hoinzi

Hans-Ullrich Kuhn

„... und dann...
hab ich den
da gekriegt!“

Band

Wie alles begann

1. Auflage 2022

www.hoinzi.de

Autor: Hans-Ullrich Kuhn (Hoinzi)

Verlag: hoinzi gmbh, Am Brüchelsteg 6, 64823 Groß-Umstadt

Lektorat & Satz: Hans-Ullrich Kuhn

Korrektorat: Hans-Ullrich Kuhn

Umschlaggestaltung: Hans-Ullrich Kuhn

Grafiken und Bilder: © Hans-Ullrich Kuhn

ISBN: 978-3-00-072732-0

ISBN 978-3-00-072732-0

9 783000 727320

Das Buch

Hoinzis Papi ist gestorben, 07.10.2022 der Pfarrer besucht die Trauerfeier und kondoliert Hoinzis Mutti: „Das sind jetzt schwere Zeiten, sicher werden Sie Ihren Mann sehr vermissen!“ „Ja, jetzt habe ich niemanden mehr, der mich zum Friseur fährt.“

Ist Ihnen schon einmal aufgefallen, dass Ihr ganzes Leben aus Kurzgeschichten besteht? Nein? Hoinzi schon.

Sie stehen morgens auf, tapern noch völlig schlaftrunken zum Briefkasten und tasten nach Ihrer Morgenzeitung. Sie fühlen sich grässlich, weil Sie auf Ihrem Weg am Bad vorbei kamen und leider versehentlich einen kurzen Blick in den Spiegel geworfen haben. Es ist Wochenende, bereits in zwei Stunden wollen Sie sich mit Ihrer neuen Liebe treffen. Also Grund zu nackter Panik. Denn wie wollen Sie dieses Nachtgesicht, das Ihnen gerade entgegenglotzte, in so kurzen Zeit in eine vorzeigbare Form bringen ...?

Und schon hat der Autor Hoinzi eine Story. Denn Hoinzi hat die Fähigkeit, aus jeder noch so unbedeutenden Begebenheit im Leben eine Geschichte zu entwickeln. Und so sammelte er im Laufe der Zeit seine Beobachtungen und packte sie schließlich in ein Buch.

„... und dann ... hab ich den da gekriegt!“ enthält die witzigsten und humorvollsten Kurzgeschichten aus dem Leben des Autors und seines Freundes- und Verwandtenkreises.

Doch das ist nicht alles. Dieses Buch ist nämlich ein hybrides Buch, das als Überraschung noch einen zweiten völlig unerwarteten Handlungsstrang enthält. Neben den Kurzgeschichten, die alleine der Entspannung, dem Spaß und dem Vergnügen des Lesers dienen sollen, enthält es, zusätzlich eine sehr ernsthafte Rahmenhandlung: Die Flucht von Hoinzis Mutti in den Wirren der letzten Kriegstage des zweiten Weltkrieges 1945 aus Pommern. Denn diese Flucht war der eigentliche Auslöser für das Buch.

Hoinzi hatte seiner Mutter, die im März 1945 aus Pommern flüchten musste, schon vor Jahrzehnten versprochen, ein Buch über diese Flucht zu schreiben. Lange Jahre schwirrte ihm dieses Projekt im Kopf herum. Er sammelte fleißig Informationen und Ideen zu diesem Thema, schrieb aber keine einzige Zeile. Er haderte inhaltlich mit der Materie. Die bereits vorhandene Literatur über „Flucht und Vertreibung“ ist mehr als vielfältig. Wer würde also noch ein zu diesem Komplex lesen wollen? Und natürlich möchte kein Autor nur für einen sehr, sehr übersichtlichen Leserkreis schreiben.

Dann aber kam die oben erwähnte Trauerfeier; und damit die zündende Idee. Aus solchen Sprüchen und Begebenheiten, erweitert um vielfältige weitere eigene Erlebnisse, würde Hoinzi ein Buch mit unterhaltsamen Kurzgeschichten machen. Und Muttis Flucht würde die Rahmenhandlung ergeben. So wird es möglich, ein ernstes Thema mit viel Humor zu verbinden und aufzulockern. Und so entstand dieses hybride Buch, das Leser mit sehr verschiedenen Interessengebieten anspricht: Idealerweise „verschlingt“ der Leser das gesamte Buch. Wer hauptsächlich Interesse an der Geschichte von Muttis Flucht hat, liest nur die Rahmenhandlung. Wer lachen möchte, liest nur die Kurzgeschichten.

„... und dann ... hab ich den da gekriegt!“ ist der erste Band einer auf vier Bände ausgelegten Serie.

Die Fotos

Für die wirklich sehr schlechte Qualität mancher Fotos, die dem Alter der Originale geschuldet ist, bitte ich um Entschuldigung. Ich habe lange überlegt, ob ich solche Fotos überhaupt in das Buch aufnehmen soll, dachte dann aber: „Ein Bild sagt mehr als 1.000 Worte“. Also, lieber schlechte Fotos als keine Fotos.

Der Autor

Hans-Ullrich Kuhn, geboren 1956 und in gewissen Kreisen nur unter seinem Spitznamen „Hoinzi“ bekannt, studierte Wirtschaftswissenschaften in Gießen und ist Steuerberater. Geboren und aufgewachsen ist er in Sulzbach am Main, in der Nähe von Aschaffenburg (und Aschaffenburg ist laut Franz Josef Strauß, der es ja nun wirklich wissen muss, der Kopf des bayerischen Löwen). Seit 1995 lebt Hoinzi im Odenwald.

„… und dann hab ich den da gekriegt …“ ist Hoinzis erstes Buch und der erste Band einer auf vier Bände angelegten Reihe.

Die Hauptpersonen

- Charlotte, genannt Lotte: Hoinzis Mutti
- Helmut, Hoinzis Papi
- Burkhard, Muttis Sohn aus erster Ehe, also Hoinzis Halbbruder
- Ute, Hoinzis Lebensgefährtin
- Hans-Ullrich, besser bekannt als Hoinzi, Sohn von Charlotte und Helmut

Alle anderen in dem Buch vorkommenden Personen werden in den jeweiligen Kapiteln vorgestellt.

Ort der Handlung:

Hoinzis Geburtsort ist Sulzbach am Main in der Nähe von Aschaffenburg (Bayern, Unterfranken). Seit 1995 lebt Hoinzi in einem kleinen Odenwaldort. Soweit in den jeweiligen Geschichten kein anderer Handlungsort beschrieben wird, spielen sie in Sulzbach oder im Odenwald.

Zur Einordnung

Um die Geschichten in diesem Buch auch richtig genießen zu können, ist es hilfreich, meine Mutti, insbesondere auch Muttis Charakter, etwas näher kennenzulernen.

Natürlich war Muttis Flucht aus Pommern, die im März 1945 begann und erst über zwei Jahre später in Sulzbach endete, prägend für sie. Zumal sie bei Beginn der Flucht erst 23 Jahre alt war.

Für mich war Mutti eine unglaubliche Frau, die das Leben nahm, wie es kam, alle Unbill, die ihr widerfuhr (Tod ihres ersten Mannes im Krieg, Flucht aus Pommern unter Todesangst, mit all den Toten und Verletzten, die sie jeden Tag sehen musste, komplette Ablehnung ihrer Heirat durch die Familie meines Vaters) irgendwie völlig unbeschadet wegsteckte und dabei immer absolut positiv gestimmt war (heute würde ihr eine sehr hohe Resilienz bescheinigt werden).

Dabei haute sie immer wieder extrem lustige Sachen raus, die für sie aber überhaupt nicht lustig, sondern völlig normal waren. Alle hier beschriebenen Begebenheiten (nicht in allen kommt Mutti vor) entsprechen der Wahrheit, auch wenn Sie manche unglaublich finden werden.

Mutti war eine große Philosophin (was sie aber nicht wusste). denn sie nahm das Leben, wie es kam. Sie war – im besten Sinn – unbedarft (nicht naiv). Sie hinterfragte nichts.

Sie haderte nicht. Sie jammerte nicht. Sie sah immer die positiven Seiten. 87 Jahre lang. Das schafft nicht jeder Mensch.

Sie war unglaublich sanftmütig, es war unmöglich, mit ihr Streit zu bekommen. Trotzdem war sie (auf schon fast hinterhältige Art und Weise, aber auch das war ihr natürlich nicht bewusst) so hartnäckig, dass sie schließlich so gut wie immer ihren Willen bekam. Beispiel gefällig?:

Urlaub, wir am Frühstückstisch. Ich habe ein grünes T-shirt an.

Erster Tag: Mutti, sehr freundlich: „Hans-Ullrich, warum ziehst Du denn immer das grüne T-shirt an, das rote steht Dir doch viel besser.“ „Mutti, ich mag das rote T-shirt nicht.“ Ende der Diskussion.

Zweiter Tag: Mutti, sehr freundlich: „Hans-Ullrich, warum ziehst Du denn immer das grüne T-shirt an, das rote steht Dir doch viel besser.“ „Mutti, ich mag das rote T-shirt nicht.“ Ende der Diskussion.

Dritter Tag: Mutti, sehr freundlich: „Hans-Ullrich, warum ziehst Du denn immer das grüne T-shirt an, das rote steht Dir doch viel besser.“ „Mutti, ich mag das rote T-shirt nicht.“ Ende der Diskussion.

Vierter Tag: Hans-Ullrich erscheint mit dem roten T-shirt zum Frühstück. Ende der Diskussion.

Geboren wurde Mutti 1922 in Pommern (also in Polen) in der Nähe von Stolp (Neu Malzkow, um genau zu sein), sie hatte sechs Geschwister.

Ihre Eltern hatten einen kleinen Bauernhof, daneben arbeitete mein Opa als Zimmermann.

Muttis erster Mann ist im Krieg gefallen, aus der Ehe ging ein Sohn, Burkhard, hervor. Im März 1945 – kurz vor Ende des Krieges – musste die gesamte Familie fliehen und gelangte über Danzig mit einem der letzten Schiffe nach Dänemark, wo sie über zwei Jahre in einem Lager lebte (mit den damals üblichen Schikanen wie zum Beispiel der, dass Einheimische den Flüchtlingskindern Süßigkeiten schenkten, in die aber Rasierklingen „eingemischt" wurden). Schließlich landete sie in ihrer zukünftigen Heimat, nämlich in Sulzbach am Main (bei Aschaffenburg, also in Bayern (oder soll ich lieber sagen in (Unter-)Franken?)), wo sie meinen Vater kennenlernte, 1954 haben sie geheiratet.

Aus Sicht der väterlichen Verwandtschaft war diese Beziehung nicht nur eine einfache Katastrophe, sondern sie war der größte Super-GAU (ja, ich weiß, GAU lässt sich normalerweise nicht mehr steigern; in diesem Fall aber schon!), der vorstellbar ist.

- Meine Mutter war 7 Jahre (!) ÄLTER (!) als mein Vater! 1954!
- Meine Mutter war ein FLÜCHTLING! Undenkbar.
- Obwohl sie WITWE war, wollte sie (wieder) heiraten!
- Sie brachte ein KIND mit in die Ehe! Wo gibt´s denn sowas?
- Und – am allerschlimmsten und natürlich absolut unverzeihlich - sie war EVANGELISCH!

Es würde den Rahmen dieses Buches weit sprengen, wenn ich beschriebe, mit welchen Tricks und Methoden (das Wort „Hirnwäsche“ ist in diesem Zusammenhang nicht übertrieben) die Familie meines Vaters versuchte, ihn von einer Heirat mit meiner Mutter abzubringen. Das ging so weit, dass Teile der Verwandtschaft bis weit in die 1970er (!) kein Wort mit meinen Eltern sprachen. Obwohl auch mein Vater vier Geschwister hatte, kannte ich als Kind im Prinzip (bis auf eine rühmliche Ausnahme, nämlich mein Onkel Ludwig, den ich hier unbedingt namentlich erwähnen möchte) nur die Geschwister mütterlicherseits. Die Verwandtschaft meines Vaters war mehr oder weniger nicht existent für mich.

Höhepunkt des Psychoterrors war, dass die väterliche Verwandtschaft vor der Hochzeit den katholischen Pfarrer in Stellung brachte. Der besuchte meine Eltern und versuchte, ihnen „ins Gewissen“ zu reden und sie von der Heirat abzubringen.

Als alles nichts nutzte, mussten meine Eltern aber auf jeden Fall versprechen, zukünftige Kinder katholisch taufen und im Sinn der katholischen Kirche erziehen zu lassen!

Wenn an dieser Hartnäckigkeit, mit der meine Eltern sich seinerzeit durchgesetzt haben, mein Vater natürlich auch einen großen Anteil hatte; ohne die revolutionäre Seite meiner Mutter hätte er diesen Kampf nie und nimmer durchgestanden.

Jüngere Menschen können sich das überhaupt nicht mehr vorstellen, aber es war wirklich zum Beispiel so, dass meine Mutter 1965, als ich zur Kommunion ging, in der Kirche nicht neben mir sitzen durfte, eben, weil sie evangelisch war. Es war sowieso schon extrem großzügig vom Pfarrer, dass sie überhaupt mit in die Kirche reindurfte (allerdings nur ganz hinten und natürlich nur stehend).

Vor Wahlen predigte der Pfarrer von der Kanzel: „Ihr wisst ja, dass nächste Woche Wahlen sind. Ich darf und will Euch hier natürlich nicht in Eurer Wahlentscheidung beeinflussen, aber, egal, welche Partei Ihr wählt: denkt immer daran: wählt christlich und sozial!

Und dass es in praktisch jeder Religionsstunde, die der Pfarrer abhielt, wegen irgendwelcher Dinge (Schwätzen, Unaufmerksamkeit, nicht still sitzen, irgendwas fiel dem Vertreter Gottes auf Erden immer ein) Schläge hagelte, war absolut normal. Alles andere hätte uns Kinder damals mehr als gewundert (Heute keine Schläge? Mag er uns nicht mehr?).

Vierte Klasse Volksschule: Ansprache des Lehrers, bevor der eigentliche Unterricht beginnt: „Nachher kommt der Direktor, der bringt Euch einen neuen Klassenkameraden mit. Der ist besonders, der ist nämlich evangelisch. Aber Ihr könnt ihn ganz normal behandeln."

Und ein Arzt war natürlich immer männlich und natürlich immer der Herr Doktor, ob promoviert oder nicht. Und die Frau eines Arztes war natürlich immer die Frau Doktor, völlig unabhängig davon, was sie im wahren Leben wirklich war. Und das wurde uns Kindern auch immer schön eingehämmert: „dass Du mir nicht vergisst, „Frau Doktor" zur Frau Doktor zu sagen!"

Was für Zeiten!

Für Mulki

Ohne Dich wäre dieses
Buch niemals entstanden.

Ute

Vielen, vielen Dank für

A L L E S !

Inhalt

Und dann hab ich den da gekriegt (1976)

„Lotte, kommst Du mal bitte?“ Mutti drehte sich suchend um.

Wir waren mal wieder auf irgendeiner dieser 0815-Familienfeiern. Mutti, Papi, Burkhard und ich stehen zusammen und unterhalten uns. Der Ruf kam von der Gastgeberin, die Mutti irgendeinem Onkel aus ihrer mehr als weitläufigen Verwandtschaft vorstellen möchte. Mutti begrüßt den besagten Onkel und übernimmt dann, in bewährter Manier, das Kommando, das heißt, sie macht “small talk” und das heißt bei Mutti unweigerlich: „Meine Kriegsflucht 1945 aus Pommern!”

Wenn wir anderen dann ab und an, leicht genervt, die Augen verdrehen, so kommt von ihr in schöner Regelmäßigkeit nur: „Aber es heißt doch immer, die Kriegsgeneration soll ihre Erfahrungen weitergeben. Sonst geht doch alles verloren!“. „Ja, Mutti, das ist schon richtig! Aber doch nicht jahrelang, auf jeder Familienfeier und mit jedem Mal derselben Story!“ Egal.

Das Gespräch folgt dem üblichen Ablauf, also, dass Mutti in Pommern geboren und aufgewachsen ist, dass sie flüchten mussten und, und, und, das volle Programm eben. Dann kommt sie auf ihren ersten Mann, der im Krieg gefallen ist. „Mit meinem ersten Mann habe ich einen Sohn.“ Sie dreht sich um, zeigt auf Burkhard und sagt huldvoll und voller Stolz: „Dies hier ist mein Sohn Burkhard.“

Das Gespräch geht weiter, nach der Flucht ist sie dann also in Sulzbach gelandet und hat meinen Papi kennengelernt. Wieder dreht sie sich in unsere Richtung, schaut meinen Papi liebevoll an und sagt: „Dies ist mein jetziger Mann Helmut“. Dann noch ein zwei Sätze, die hier nicht weiter relevant sind, dann macht sie plötzlich eine halbe Drehung zu mir und wedelt mit der Hand abschätzig in meine Richtung:

„Und dann hab ich den da gekriegt.“

Hawaii, die Zweite (1995)

Endlose Gänge, die alle paar 100 Meter unvermittelt scharf nach rechts oder links abknicken. Taghell erleuchtet durch kaltes Neonlicht. Wir tappen gottergeben, in einer Traube von weiteren 320 Menschen, immer weiter voran. Ein Baby schreit herzerweichend.

Wir könnten uns im Versorgungstrack eines großen Hotels oder - treffender - eines Krankenhauses befinden. Wenn, ja, wenn nicht alle paar Meter ein grimmig schauender Mensch in Uniform stumm und kerzengrade dastehen und uns mit grimmigem Blick mustern würde. So sehr ich mich bemühe, platte Vergleiche zu vermeiden, hier muss es einfach sein: Wir schieben uns durch diese engen Gänge wie eine Herde Schafe, die zur Schlachtbank geführt werden.

Wir befanden uns irgendwo in den Eingeweiden des Flughafens Kona auf Hawaii, Big Iland, Honolulu. Nach einem erschöpfenden Flug von den Fidjis, sind wir - mittlerweile über 17 Stunden mehr oder weniger wach (das Dahindämmern im Flieger kann beim besten Willen nicht als Schlaf bezeichnet werden) - in einer 747 nachts um 2.30 Uhr Ortszeit hier gelandet. Aufenthalt zwei Stunden. Zu lange, um im Flieger zu bleiben, zu kurz, um auf Hawaii auszuchecken. Also: Aufbewahrung (nein, ich habe mich nicht verschrieben) der 324 Passagiere in irgendeinem Transitraum.

Bewegungsmöglichkeiten außerhalb dieses Raums: ausdrücklich keine!

Wahnsinn!!!! Zum zweiten Mal nach Hawaii!!!!????

1954 heirateten meine Eltern und Mutti träumte von Flitterwochen auf Hawaii. Ein schöner Traum! 1954 lag als Urlaubsland noch nicht einmal Italien in greifbarer Nähe. Über 30 Jahre später aber, 1986, erfüllte sich Muttis Lebenstraum: Drei Wochen Urlaub auf Hawaii! Was Mutti zu diesem Zeitpunkt noch nicht wusste: Dieser Urlaub würde nicht ihr einziger Besuch von Hawaii bleiben!

„Kommt, wenn schon, denn schon! Ost- oder Westroute, ist doch zeitlich wurscht! Wir machen San Diego mit.“, schlug ich vor. Gesagt, getan. Ute und ich planten, 1995 mit meinen Eltern Urlaub in Australien zu machen. Und wir hatten gute Bekannte in San Diego. Perfekt, das liegt ja genau auf unserem Weg! Rückflug also über die Westroute, sprich Los Angeles. Von dort nach San Diego ist ein Katzensprung. Bei diesem Flug gab es eine kurze Zwischenlandung auf Hawaii, genauer, in Honolulu.

Die Betonung liegt auf „kurz“, denn zwischen Landung und Start lagen eben mal etwas mehr als zwei Stunden. Andererseits war der Stopp aber zu lange, um im Flugzeug sitzen bleiben zu dürfen. Also: Alle raus!!

Nachts, 2.30 Uhr Ortszeit = 2.30 Uhr gefühlte Zeit: Wir schliefen im Stehen. In diesem Zustand kamen wir in den Genuss der überschäumenden Gastfreundlichkeit, mit der die USA ihre internationalen Gäste standardmäßig begrüßt (wenn das Wort „Gast“ hier auch fehl am Platz ist, da wir, wie schon gesagt, im Transitbereich bleiben durften (bzw. mussten), eine Einreise in die USA also nicht stattfand). Wer diese Prozedur schon einmal am eigenen Leib erleben durfte, weiß, wovon ich rede. Alle anderen sollten sich glücklich schätzen, eine solche Erfahrung noch nicht gemacht zu haben.

In den unendlich langen Gängen mit Neonlichtern, durch die wir geschleust (oder soll ich sagen „getrieben“) wurden und die den Charme eines Krankenhausflurs hatten, stand alle zehn Meter einer dieser Immigrations-Menschen (steckt im Wort „Immigration“ nicht auch „grimm“?). Na ja, ok, für die war es halt auch 2.30 Uhr in der Frühe. Gesichtsausdruck und Körperhaltung ließen nur einen Schluss zu: Diese Passagiere – also wir - sind alle Terroristen! Und das war weit vor nine eleven.

Eine weitere Schlussfolgerung drängte sich förmlich auf: Die diplomatischen Beziehungen zwischen den USA und Nordkorea mussten, zumindest zu diesem Zeitpunkt, wesentlich weitreichender sein als von den beiden Staaten zugegeben wurde. Denn eine solch vollendete Ausbildung konnte mit Sicherheit nur in Nordkorea erworben werden. Den Feinschliff haben die Mitarbeiter der Einwanderungsbehörde dann vermutlich in einem sibirischen Gulag erhalten, denn entgegen allen anderslautenden Beteuerungen und trotz der nicht mehr vorhandenen Sowjetunion bin ich seit diesem Erlebnis der unumstößlichen Überzeugung, dass es diese Gulags noch immer geben muss!

Schließlich kamen wir – 324 Personen, darunter einige Familien mit Kleinkindern und Babys – an unserem Bestimmungsort an. Hierbei handelte es sich um einen viereckigen Raum, Größe ca. 80 qm (!), vollgestellt mit Holzstühlen (ca. 120 Stühle, mehr fasste der Raum nicht; hatte ich schon erwähnt, dass wir 310 Personen waren? Ich hatte es schon erwähnt.). In diesen Raum wurden wir reingepfercht (ich verwende jetzt einfach mal dieses Wort, obwohl es in diesem Zusammenhang ein nicht mehr zu überbietender Euphemismus ist); gefühlte Temperatur: 38° Celsius (tatsächlich waren es wohl „nur“ so um die 30°). Luft: stickig; sehr stickig.

Als wir den Raum inspiziert hatten, überkam uns überschäumende Freude. Denn, unglaublich, aber wahr, außer den Holzstühlen stand in einer Ecke noch ein großer Getränkeautomat!

Dass dieser Automat nur Dollar akzeptierte (wir waren ja schließlich - mehr oder weniger - in den USA) und wir nach vier Wochen Singapur, Australien und Fidji alle möglichen Währungen in den Taschen hatten, nur keine Dollar, dass der Automat daher also völlig nutzlos für uns – und für die Mehrzahl unserer Mitreisenden - war, tat unserer Freude in diesem Moment keinerlei Abbruch, ging es doch allein um die freundliche Geste.

Völlig aus dem Häuschen bezüglich der uns uneigennützig angebotenen Betreuungsleistungen gerieten wir jedoch, als wir bemerkten, dass sich in einer Wand noch eine Tür befand und dass sich hinter dieser Tür – völlig unerwartet für uns – eine Toilette verbarg!

Oh, eventuell haben Sie den letzten Satz jetzt ein bisschen zu schnell gelesen und daher die Bedeutung nicht ganz erfasst. Deshalb wiederhole ich den wichtigsten Teil hier sicherheitshalber nochmals und versuche dabei auch, die richtige Betonung zu treffen:

„... als wir bemerkten, dass sich in einer Wand noch eine Tür befand und dass sich hinter dieser Tür ... EINE (!) Toilette verbarg."

Nun, wir waren ja grad mal 324 Leute und hatten fast zwei Stunden Zeit, da kannste wirklich nicht meckern, da kommt, ein bisschen guter Wille vorausgesetzt, jeder mal dran.

Ich denke, nach dieser kurzen Beschreibung ist klar, in welch emotionalem Ausnahmezustand wir alle uns befanden.

Wir alle? Mutti saß verträumt auf einem der Holzstühle. Da konnte ich es mir einfach nicht verkneifen: „Gell Mutti, das hättest du nie gedacht, dass du in deinem Leben sogar ZWEIMAL nach Hawaii kommst?" Und Mutti? Lächelte völlig weltentrückt und hauchte voller Glückseligkeit: „Ja, das stimmt, es ist soooo schön."

Reparationszahlungen (1987)

1987 – Muttis hat es (wieder einmal) geschafft: Wir haben beschlossen, Urlaub in ihrer ehemaligen Heimat in Pommern zu machen. Das musste generalstabsmäßig geplant werden.

Meine Eltern haben Anfang der 1980er Jahre schon einmal Pommern besucht und dabei auch Bekanntschaften geschlossen. Muttis Elternhaus hat zwar den Krieg nicht überlebt, aber einige Nachbarhäuser in ihrem Heimatort (früher Neu Malzkow, Landkreis Stolp) standen noch und wurden jetzt von polnischen Bauern bewohnt. Und da Mutti natürlich alles genau sehen wollte („Guck mal, da hinten, da haben wir als Kinder immer gespielt!") und mein Vater alles andere als kontaktscheu ist, haben sie bei ihrem Besuch reihum überall geklingelt, wortreich erklärt, woher sie kommen und warum sie hier sind und ob sie nicht mal ins Haus reindürften, was die Bewohner in ihrer großen Gastfreundschaft auch jeweils erlaubten (was sie dabei gedacht haben, möchte ich gar nicht wissen. Ich stelle mir immer vor, bei mir klingelt jemand und sagt: „Hier habe ich vor 40 Jahren gewohnt. Darf ich mal kurz ins Haus? Ich möchte mich nur mal ein bisschen umgucken.") Daraus haben sich dann Brieffreundschaften entwickelt und Mutti hat dann auch regelmäßig – wie es in den Zeiten des Eisernen Vorhanges Brauch war – Pakete mit westdeutschen Leckereien (insbesondere Kaffee) an die Familien geschickt (was den Schock, dass auf einmal wildfremde Leute das Haus sehen wollen, hoffentlich wenigstens etwas kompensiert hat).

Für Mutti stand völlig außer Diskussion, dass sie, wenn wir jetzt wieder nach Pommern fahren, für die Bekannten viele Gastgeschenke mitbringen würde, insbesondere Kleider. Bereits Monate vor unserem Urlaub begann Mutti daher, im Verwandten- und Bekanntenkreis nach abgelegten Kleidungsstücken zu fragen. Sie war auch extrem erfolgreich, bald türmten sich Kleiderberge bei ihr in der Wohnung. Ich habe dazu vorsichtshalber nichts gesagt und Papi hat nur die Augen gerollt.

Der Tag der Abreise rückte näher. Da sich bereits im Vorfeld deutlich abgezeichnet hatte, welche Unmengen Mutti mitschleppen würde, hatten wir abgesprochen, dass wir mit zwei Autos fahren würden (was uns dann bei der Abfertigung an der DDR-Grenze noch eine längere Diskussion einbringen sollte). Damit war die Frage des Transports in meinen Augen ausreichend geklärt. Zwei Autos mit je zwei Personen, also genügend Stauraum, selbst für Muttis Verhältnisse. Dachte ich.

Wir hatten dann vereinbart, dass wir uns am Abfahrtstag bei meinen Eltern treffen, alles einladen und dann – quasi wie ein Hilfs-Konvoi – nach Pommern fahren.

Ute und ich kamen dann auch pünktlich bei meinen Eltern an, ich klingelte und lief, als die Haustür geöffnet wurde, wohlgemut und mit den Worten: „Auf geht´s, schnell einpacken und los, der Weg ist weit!“ ins Haus, kam in den Flur .... und bekam Schnappatmung: Da lagen acht (in Worten acht!) riesige Säcke, vollgepackt mit Kleidern! Sinnigerweise hat Mutti Rot-Kreuz-Säcke verwendet. Ja, Mutti hat einen ganz feinen Humor (wobei ich mir völlig sicher bin, dass ihr in keiner Weise klar war, welche Implikationen sich durch die Verwendung von ausgerechnet Rot-Kreuz-Säcken förmlich aufdringen mussten; so verzwickt denkt Mutti nicht.

Sie hat große Säcke gebraucht und die Rot-Kreuz-Säcke waren halt grad mal da und da hat sie die genommen und fertig. Im Zweifel hätte sie auch leere Zementsäcke genommen, aber das ist ein anderes Kapitel).

Tja, bekanntermaßen gibt es keine Probleme, sondern nur Herausforderungen. Also nahmen Papi und ich die Herausforderung an und begannen, die Säcke irgendwie – um unsere Koffer herum - in den Autos unterzubringen. Das hat schließlich auch geklappt, aber mir wurde trotzdem angst und bange. Schließlich mussten wir durch die damalige DDR durch. Und dann von der DDR nach Polen rein. Beides Grenzübergänge, die dafür bekannt waren, dass dort die Autos und die Reisenden akribisch durchsucht werden. Schließlich musste die hart arbeitende sozialistische Bevölkerung vor den Wirrungen des Westens, insbesondere also vor Drogen und harter Pornografie (sprich Playboy und Konsorten) geschützt werden. Und Drogen und Pornografie lassen sich sehr leicht verstecken. Ich habe uns daher schon an der Grenze gesehen, wie wir die acht Säcke komplett auspacken müssen und fünf Grenzer sich dann mit Spürhunden über den Inhalt hermachen.

Mit diesen trüben Gedanken näherten wir uns dem Grenzübergang bei Eisenach. Nein, mit diesen trüben Gedanken näherte ICH mich dem Grenzübergang bei Eisenach. Mutti dagegen war absolut happy. Sie wäre nie auf den Gedanken gekommen, dass es in irgendeiner Form an den Grenzübergängen Schwierigkeiten geben könnte. Sie war im Kopf schon im Pommern beim Verteilen der Kleider. Zunächst aber wurde uns von den DDR-Grenzern eine Diskussion zu einem Thema aufgezwängt, von dem ich niemals gedacht hätte, dass das überhaupt ein Thema sein könnte: Wir fuhren direkt hintereinander in die Grenzkontrollen rein, meine Eltern waren vor uns.

Die Grenze war so organisiert, dass zunächst die Passkontrolle erfolgte, dann ging es ca. 100 m weiter, da war dann die Zoll-/Fahrzeugkontrolle. Meine Eltern also vor uns an der Passkontrolle, der Grenzer checkt die Pässe, Gesichtskontrolle gewohnt genau, alles klar: „Bitte fahren Sie weiter."

Dann kommen Ute und ich dran. Pass Ute, Gesichtskontrolle, alles klar. Dann mein Pass, der Grenzer stutzt. Schaut mich an. Schaut nochmals in meinen Pass. „Sie heißen Kuhn?" „Ja". „In dem Fahrzeug vor Ihnen hießen die Insassen auch Kuhn?" „Ja, das sind meine Eltern. Wir fahren zusammen in den Urlaub." „Sie fahren mit ZWEI Autos?" Im ersten Moment habe ich überhaupt nicht kapiert, was der überhaupt wollte. Nun, dann ging´s los, das kostet ja doppelt Benzin und doppelt das und doppelt das und wie wir sowas überhaupt machen können und und und. Das ging fast zehn Minuten so und ich habe nur darauf gewartet, dass er uns zurückschickt. Schließlich durften wir aber doch weiterfahren, der Grenzer musste wohl nur seinen Frust darüber loswerden, dass es Familien gibt, die sich zwei Autos leisten können.

Na, das fing ja gut an. Und jetzt steht uns noch die Fahrzeugkontrolle bevor! Aber, oh welche Überraschung. Während ich mit dem Grenzer über unsere unvorstellbare Ressourcenverschwendung durch den Einsatz von gleich zwei Autos diskutieren musste, hat mein Papi, der große Kommunikator, dem Zöllner wortreich erklärt, was es mit den Rot-Kreuz-Säcken auf sich hat und dass gleich noch der Sohn ankommt und dass der die gleiche Ladung im Auto hat und dass es doch sicher nicht nötig wäre, das alles auszupacken? Und tatsächlich, der Zöllner hatte ein Einsehen. Kurzer Blick in unsere Autos: „Alles klar, fahren Sie weiter, gute Fahrt."

Und, was soll ich sagen: Der Grenzübergang DDR – Polen verlief genauso. Kurzer Blick des Grenzers auf die Rot-Kreuz-Säcke: „Auf Wiedersehen, Gute Fahrt.“

Mutti hatte es also tatsächlich geschafft, uns wohlbehalten nach Polen zu bringen, indem sie uns wie einen Hilfs-Konvoi des Roten Kreuzes, der nur versehentlich in Zivilautos unterwegs war, aussehen ließ. Was für sie aber natürlich von Beginn an völlig klar war. Wie schon gesagt, in ihrer Welt gibt es keine Probleme.

Muttis Geburtsort

Bauernhof in Malzkow

Wir haben Vorfahrt

Und dann begann das große Kleiderverteilen! Und hier war Mutti völlig bei sich und komplett in ihrem Element. Das lief dann – insgesamt fünf (!) Mal - so ab:

Ankommen bei der ersten Familie, großes Hallo, kommt rein, dann natürlich jedes Mal Kaffee und Schnaps und Kuchen und und.

Dann Auftritt Mutti: „Ich habe Euch natürlich was mitgebracht! Hans-Ullrich, hol doch mal die Säcke rein." Hans-Ullrich schleppt also die acht Säcke rein. Und jetzt geht´s los: Mutti öffnet den ersten Sack. Greift rein. Holt ein Kleidungsstück raus. In diesem Beispiel einen Rock. Sie hält ihn hoch, als wäre sie eine Verkäuferin bei Karstadt. „Oh, ja. Diesen Rock hat xy vor drei Jahren gekauft. Den habe ich immer so gerne an ihr gesehen, der hat ihr ganz toll gestanden. Aber jetzt ist sie rausgewachsen. Schade. Ich dachte mir, den kann doch Euer Grazinchen tragen, die hat doch ungefähr die gleiche Größe. Grazinchen, zieh den doch gleich mal an." Grazinchen, 14 Jahre alt und in pubertärer Bockstimmung, zieht den Rock pflichtbewusst an. „Oh, ja, der steht Dir tatsächlich ganz toll, den behältst Du gleich an. Dreh Dich doch mal um. Zeig uns doch noch mal, wie toll der Dir passt." Perfekt, nicht mal zehn Minuten und das erste Kleidungsstück war erfolgreich an die Frau gebracht (über das Gesicht, das Grazinchen bei der ganzen Prozedur gemacht hat, decke ich mal lieber den Mantel des Schweigens).

Haben Sie zufällig mitgezählt? Das war das erste Kleidungsstück aus dem ersten Sack bei der ersten Familie.

Während Mutti ihre „Verkaufsaktion" mit dem weiblichen Teil der Gastgeber fortsetzte, hatten Ute, Papi und ich uns mit dem männlichen Teil der Gastgeber, der genauso begeistert war wie wir, um den allgegenwärtigen Schnaps gekümmert.

Die Flucht: Aufbruch – 6. März 1945, 6.00 Uhr

„Am liebsten würde ich jetzt unser Haus abfackeln!“

Neu-Malzkow, Dienstag, 6. März 1945, 6.00 Uhr.

Die Flucht beginnt am Rand der Hauptstraße. Oma hat einen Rucksack auf ihrem Rücken und ihre beiden Enkel fest an den Händen, Mutti und ihre Schwester Gertrud laufen neben dem Soldatenkonvoi, der eben durch den Ort zieht, her: „Bitte, nehmt uns mit. Bitte, bitte. Wir müssen doch hier weg. Ihr seid doch auch Deutsche! Was seid Ihr nur für Menschen?“

Die einzige Möglichkeit, einigermaßen sicher und geordnet nach Danzig zu kommen, war, sich einem Soldatentreck anzuschließen. Die Soldaten aber hatten ausdrücklichen Befehl, keine Zivilisten mitzunehmen. Und so stand die Familie stundenlang am Straßenrand in eisiger Kälte und bettelte jeden vorbeikommenden Militärtreck an, sie doch um Gottes Willen mitzunehmen. Erfolglos.

Neu-Malzkow, Pommern, 93,6 Kilometer westlich von Danzig. Geburtsort meiner Mutter und Heimatort von Muttis Familie. Muttis Familie, die gemeinsam flüchten würde, bestand aus:

- Mutti, Charlotte Baaske, verwitwete Rätzke, 23 Jahre, genannt Lotte
- Muttis Sohn aus erster Ehe, Burkhard, 6 Jahre
- Muttis Mutter, Anna Baaske, 57 Jahre („Oma“)
- Muttis Schwester, Gertrud, 33 Jahre
- Gertruds Sohn, Jürgen, 9 Jahre

Muttis Vater, Wilhelm Baaske und ihre drei Brüder Günter, Hans und Kurt, befanden sich an der Front. Günter war bei den Gebirgsjägern in Skandinavien, Hans in Rommels legendärem Afrika-Korps und Kurt irgendwo im Deutschen Reich bei der SS. Muttis ältester Bruder Willi wurde schon zu Kriegsbeginn eingezogen und ist bereits in den ersten Kriegswochen gefallen, er war bei einer der ersten Angriffswellen von Danzig aus in Richtung Russland dabei.

Für meinen Bruder Günther im Lazarett Dezember 1944

Du liegst nun also im Lazarett,
im schönen weißbezogenen Bett.
Wir sind so froh, dass wir nun wissen,
Du liegst in schönen weichen Kissen!
Und um Deine Nase ist`s immer schön warm,
hörst auch nicht mehr das Wort: Alarm!
Siehst nicht mehr den hellen Feuerschein,
Das mußte dort oben wohl so sein!
Hörst nicht mehr den Sturm über die Tundra brausen,
in Deinen Ohren ist jetzt ganz anderes Sausen.
Und zwar ist es schöne Radio-Musik.
Das findest Du sicher auch mal ganz chic.
Denn nun umgeben Dich Schwesternhände,
das ist nun mal die große Wende,
vom Kriegsschauplatz ins Lazarett,
ins schöne weiche Matratzenbett.
Was macht nun eigentlich Dein Bein?
Damit hattest Du doch noch richtig Schwein.
Ist es nun eine große Wunde?
Oder machst Du damit auch schon eine Runde?
Ich rate Dir aber, lieg nur schön still;
Denn wenn ich Dich besuchen will,
wollen wir doch spazieren gehen, dann wird es aber richtig schön.
Dann vergißt Du sicher den Lappland-Dreck,
in dem schönen Schloß Kredebeck.

Minus 23°. Es schneit wieder. Wie in den letzten Tagen ständig. Schon seit Wochen ziehen Trecks mit einem nicht endend wollenden Flüchtlingsstrom durch den Ort. Zuerst ging es Richtung Westen. Dann sperrten die russischen Truppen diesen Fluchtweg endgültig ab. Nun gibt es nur noch eine einzige Fluchtmöglichkeit. Richtung Osten - nach Danzig auf ein Schiff und dann über die Ostsee nach Dänemark, das zu dieser Zeit noch in deutscher Hand ist.

Neu-Malzkow war ein Rittergut, Gutsherr war seit 1908 Richard Beyer. So gut wie alle Einwohner waren in den verschiedensten Funktionen (Bauern, Jäger, Förster, Küchenpersonal) auf dem Rittergut beschäftigt. Daneben waren die Einwohner weitgehend Selbstversorger, jeder Familie wurde vom Gutsherren ein Stück Land zur Eigenbewirtschaftung zugeteilt, dazu wurden Nutztiere wie Pferde, Schweine, Kühe, Hühner, Kaninchen u.ä. gehalten. Auch ein Gemüsegarten war immer vorhanden. Am frühen Morgen und am Abend wurden die anfallenden Arbeiten auf dem eigenen Hof verrichtet, tagsüber arbeiteten die Menschen für das Rittergut.

Der Ort Neu-Malzkow:

Malzkow war ein unscheinbarer Ort, der etwa 26 Kilometer südostwärts von Stolp und ca. 25 Kilometer von der Ostseeküste entfernt lag. Die asphaltierte Straße von Spitzkrug nach Schwarzdamerkow, welche später ein Teil der Reichsstraße 2 war, führte mit einer leichten Kurve durch den Ort, der nicht von besonderer Schönheit geprägt war. Auf beiden Seiten der Straße befanden sich Gräben.

Einrichtungen im Ort waren ein Dorfbackofen, eine Kalklöschgrube, eine Milchbank von wo die Milch der Dorfkühe in die Molkerei nach Stolp gebracht wurde und eine Dorfpumpe von wo die Dorfbewohner ihr Trinkwasser bekamen. Für sportliche Aktivitäten gab einen Sportplatz und einen Schießstand, welcher für Schießübungen genutzt wurde.

Mittelpunkt des Ortes war das Gut mit seinen Stallungen und Scheunen sowie dem angrenzenden Park. Dem Gut angegliedert war eine Brennerei welche im Jahr 1883 errichtet wurde.

Die Landschaft bestand überwiegend aus Mooren, Wäldern und Feldern, auf denen der Ackerbau für das Gut und dessen Besitzer betrieben wurde. Auf diesen Feldern wurde u.a. Kartoffeln für die ortsansässige Brennerei angebaut.

Den Hauptort Lupow, wo alle notwendigen Einrichtungen wie Ärzte, Postamt und Kirche beheimatet waren, war zu Fuß gut zu erreichen. Um in die Kreisstadt Stolp zu kommen, gab es die sogenannten Postkraftbusse, die morgens die Reisenden sowie Arbeiter nach Stolp brachten und nach Arbeitsende eben diese wieder auf die umliegenden Orte, auch nach Malzkow, zurück transportierten. Für andere weitere Reisen stand die Eisenbahn zur Verfügung. Nördlich des Ortes verlief die Bahnlinie von Stettin nach Danzig. Bahnhöfe waren in den Orten Stresow bzw. Pottangow vorhanden. Von letzterem bestand ebenfalls eine Postbusverbindung nach Malzkow.

In der Kriegszeit waren in Malzkow auch Gefangenen-Lager eingerichtet. Es gab jeweils ein Lager für amerikanische und für französische Gefangene mit insgesamt ca. 20 Insassen. In diesen Lagern waren keine Zwangsarbeiter aus anderen von deutschen Truppen besetzten Gebieten beheimatet. Die Gefangenen arbeiteten meist Seite an Seite mit der Bevölkerung auf den Feldern des Gutes. Weiterhin bekamen die Amerikaner von Ihren Verwandten aus der Schweiz Pakete zugesandt, die meistens Kaffee, Bonbons, Schokolade, Zigaretten und andere Leckerbissen enthielten. Manche Gefangenen verschenkten sogar hin und wieder Süßigkeiten an die Kinder des Dorfes.

Literaturverzeichnis, 1)

Bereits in den letzten Monaten des Jahres 1944, als sich abzeichnete, dass Deutschland den Krieg verlieren würde, flüchteten Deutsche aus den Ostgebieten nach Westen. Ab Januar 1945 wurde es dann heftig. Die Russen waren unaufhaltsam auf dem Vormarsch. Und alles, wirklich alles, war besser, als den Russen in die Hände zu fallen.

Und so schwollen die Flüchtlingstrecks immer weiter an. Die Menschen bleiben meist eine Nacht, schliefen in den Scheunen und Ställen des Ortes und zogen dann weiter. Zu der Zeit war der Landweg nach Westen noch offen. Doch im März 1945 war es damit vorbei. Die russischen Truppen näherten sich Neu-Malzkow aus Richtung Stolp. So blieb als einziger und letzter Ausweg nur noch die Flucht zu den Ostseehäfen in Danzig und um Danzig herum, also Richtung Osten.

Wie sehr Hitlerdeutschland sich Hass und Zorn seiner Kriegsgegner und hier insbesondere der russischen Bevölkerung zugezogen hatte, war daran zu sehen, dass die russischen Militärs den ausdrücklichen Befehl hatten, auch auf Zivilisten, und hierunter fielen natürlich auch die Flüchtlinge, zu schießen und auch keine Rücksicht auf Frauen und Kinder zu nehmen. Und diesem Befehl kamen sie auch nach. So schwebten die Flüchtlinge in dauernder unmittelbarer Lebensgefahr, ständig erfolgten Fliegerangriffe auf die Trecks und Maschinengewehrsalven mähten durch die Reihen. Manche russischen Tiefflieger machten sich einen regelrechten Spaß daraus, einzelne Menschen zu jagen! Das Leid war unendlich, fast jeder Angriff forderte zumindest Verletzte, oft genug aber auch Tote.

Muttis Familie harrte aus bis zuletzt. Vielleicht gibt es doch noch Hoffnung! Sie wollen ihre geliebte Heimat nicht aufgeben. Insbesondere Oma. „Hier bekommt Ihr mich nie weg. Lieber sterbe ich.“ Aber natürlich wusste auch Oma, dass eine Flucht nur noch eine Frage der Zeit war.

So war auch schon alles für einen schnellen Aufbruch vorbereitet. In der Scheune stand ein Pferdewagen, bis an den Rand vollgepackt mit Kleidung, Essen und Trinken. Unzählige Einweck-Gläser mit Fleisch und Obst. Gläser mit Marmelade. Mehl. Dazu warme Winterkleidung. Zum Schutz vor Schnee und Nässe war der Wagen mit einem großen Teppich überspannt. Wenn es denn tatsächlich sein musste, sollte dieser Pferdewagen, gezogen von den beiden Pferden, die zum Hof gehörten, zum Fluchtfahrzeug werden. Alles wohldurchdacht. Und alles umsonst!

Col d'ibardin oder: Deutsch-Französische Freundschaft (1978)

Euskal Herritar!

Urrugne, eine Gemeinde mit etwa 10.000 Einwohnern, liegt im Baskenland (!) und ist damit DIE ideale Partnergemeinde meines Heimatortes Sulzbach am Main, das ja bekanntlich bei Aschaffenburg, also dem Kopf des bayerischen Löwen, liegt. Denn ebenso wie die Bayern streben die Basken nach nationaler Unabhängigkeit. Und ebenso wie in Bayern haben auch im Baskenland bisher einzig und allein widrige Umstände dafür gesorgt, dass die so sehnlichst gewünscht Abspaltung von den jeweiligen Besatzern nicht schon längst Realität geworden ist (in Bayern insbesondere durch den tragischen und natürlich viel zu frühen Tod von Franz Josef Strauß im Jahr 1988).

Urrugne liegt an der Atlantikküste, nicht weit von der französisch-spanischen Grenze an der Biskaya, zwischen den Städten Biarritz auf französischer und San Sebastian auf der spanischen Seite. Im Gegensatz zu anderen Städtepartnerschaften wurde die Partnerschaft zwischen Sulzbach und Urrugne sehr aktiv gelebt. Es gab regelmäßig gegenseitige Besuche und es wurde auch Brauch, dass eine baskische Delegation am jährlichen Sulzbacher Karnevalsumzug (mit rekordverdächtigen 13 Karnevalswagen und vier Musikkapellen) teilnahm.

Wie es bei Bekanntschaften so ist, gleich und gleich gesellt sich gerne und so kam es, dass Ute und ich zum harten Kern einer ziemlich trinkfreudigen Truppe von Sulzbachern und Urrugnern gehörten; und hier hatten wir uns besonders mit einem Paar, Bernadette und Raimuncho, angefreundet. Da diese Truppe nicht nur trinkfreudig, sondern auch trinkfest war, wurden bei Besuchen der Basken in Sulzbach gerne auch mal ganze Nächte durchzecht, im Bett landeten wir dann meist am nächsten Tag zwischen 9.00 und 10.00 Uhr.

Das war insofern günstig, als damit sichergestellt war, dass wir bis zu den traditionell in einem Gasthaus täglich gegen 18.00 Uhr stattfindenden Treffen, die die jeweils nächste Saufrunde einleiteten, wieder ziemlich fit waren, da wir meist bis 17 Uhr durchschliefen.

Eines Jahres im Rahmen eines Camping-Urlaubs an der spanischen Mittelmeerküste beschlossen wir, auf der Heimfahrt einen viertägigen Abstecher nach Urrugne zu machen. Wir nahmen Kontakt zu Bernadette und Raimuncho auf und besprachen die Einzelheiten.

Allerdings war uns bewusst, dass wir - unter völliger Außerachtlassung unseres tatsächlichen Status als harmlose Urlauber - quasi als offizielle Botschafter aus Sulzbach angesehen werden würden. Und dies wiederum würde ein riesiges Halligalli nach sich ziehen. Denn bei der traditionell riesigen Gastfreundschaft der Urrugner war ganz klar abzusehen, dass wir in diesem Fall bei der Ankunft vom Bürgermeister mit einer großen Delegation, gefolgt von einem mehrgängigen Abendessen, empfangen werden würden und dass die nächsten Tage mit offiziellen Besuchen, mindestens je einer am Vormittag und einer am Nachmittag, ausgefüllt würden. Darauf aber hatten wir keine sonderliche Lust. Daher galt es, bereits im Vorfeld geeignete Gegenmaßnahmen zu ergreifen. Und so baten wir Bernadette und Raimuncho, den Ball flach und unseren Besuch – nun, nicht unbedingt geheim zu halten, aber auch nicht an die große Glocke zu hängen.

Was sie auch taten, aber eine Begrüßung durch den Bürgermeister blieb uns trotzdem nicht erspart, wobei diese dankenswerterweise, jedenfalls bezogen auf das Brimborium, das bei solchen Gelegenheiten sonst veranstaltet wurde, relativ moderat ausfiel. Am Ankunftstag erreichten wir Urrugne am frühen Nachmittag. Wie vorher besprochen, meldeten wir uns zuerst bei Bernadette und Raimuncho, die bereits ein Zimmer in einer Pension für uns gebucht hatten.

Zunächst natürlich, nach dem üblichen Begrüßungs-Hallo, ein Gläschen Rotwein zum Empfang; und noch eins; und noch eins. Und, ach komm: „Auf unsere Sulzbacher ein Gläschen Pastis! Und, wer weiß, wann wir uns wiedersehen, noch ein Gläschen Pastis!" „Hoinzi, Dein Rotwein ist ja leer, gib mir mal Dein Glas, ich füll nach." Na ja, wie man´s halt so macht, wenn man gute Freunde begrüßt.

Nach etwa zwei Stunden hielten wir es für eine gute Idee, mal einzuchecken. Gesagt, getan, Raimuncho lieferte uns in unserer Pension ab und wir vereinbarten, dass wir uns zum Abendessen wieder treffen würden. Die Pension war nichts Besonderes, erwähnenswert sind nur zwei Punkte, die im weiteren Verlauf dieser Geschichte noch eine Rolle spielen würden. Die Pension lag an einer vielbefahrenen Bundesstraße, die seinerzeit der Haupttransportweg für LKW zwischen Frankreich und Spanien war und die, wie wir am nächsten Morgen erfahren durften, ab 6.00 Uhr morgens dermaßen befahren wurde, dass an Schlaf nicht mehr zu denken war; zumal unser Zimmer straßenseitig lag. Und, kleines, aber entscheidendes Detail am Rande: Wir bekamen für die Haustür der Pension, die immer verschlossen war, keinen Schlüssel. Der Vermieter meinte, wenn wir reinwollten, sollten wir einfach klopfen (eine Klingel gab es nicht), er würde uns hören und reinlassen. Wir machten ihn darauf aufmerksam, dass das vielleicht keine so gute Idee sei, denn wir könnten überhaupt nicht sagen, wann wir abends (oder nachts?) zurückkommen würden. Er meinte aber, das wäre absolut kein Problem, er wäre immer da, wir bräuchten uns da überhaupt keine Sorgen zu machen. Na gut.

Wir trafen uns dann, wie verabredet, mit Bernadette und Raimuncho und gingen in einer Gaststätte essen, dabei wurde natürlich auch munter weitergezecht, aber wir waren müde von der Anfahrt und so verlief der Abend für unsere Verhältnisse recht moderat und gegen 23 Uhr verabschiedeten wir uns, um uns auszuschlafen. An der Pension angekommen, klopften wir wie verabredet an die Haustür, der Gastgeber öffnete wie versprochen und wir fielen erschöpft ins Bett. Mit Bernadette und Raimuncho hatten wir verabredet, dass wir uns bei den beiden am nächsten Tag um 9.00 Uhr zum Frühstück treffen würden. Dabei würden wir auch besprechen, was wir tagsüber unternehmen wollten.

Am nächsten Tag trafen wir pünktlich um 9.00 Uhr bei den beiden ein. Na, ja, wir sind ja im Baskenland, also erst mal ein Gläschen Rotwein zur Begrüßung, und noch eins und wer weiß, wann wir uns wiedersehen und, na, siehe einfach die Beschreibung vom Vortag.

Bernadette und Raimuncho hatten auch schon eine Idee, wie wir den Tag gestalten könnten und schlugen vor, auf den etwa acht Kilometer entfernten Col d'ibardin zu fahren. Den Namen hatten wir noch nicht gehört. Wie sich herausstellte, handelte es sich hierbei um einen Bergpass, auf dem die Grenze zwischen Spanien und Frankreich verläuft. Dort wäre ein Zollfreigebiet eingerichtet, so dass wir da sehr günstig einkaufen könnten, insbesondere natürlich Zigaretten (was uns nicht interessierte) und Alkohol (was uns sehr interessierte). Und was das Beste wäre: Der Alkohol könne vorher verkostet werden. Für umgerechnet zehn Pfennige würde es „Probiergläschen“ geben (das interessierte uns natürlich am meisten).

Hier muss ich einflechten, dass der hier beschriebene Besuch in Urrugne Ende der 1970er stattfand und dass es zu dieser Zeit noch eine echte Grenze zwischen Frankreich und Spanien gab und dass ein Zollfreigebiet damals daher noch Sinn machte.

Den Col d'ibardin mit seinen ganzen Verkaufsstätten gibt es zwar heute noch und Einkaufen ist auch heute noch relativ günstig, aber der Reiz des Besonderen ist natürlich im Zeitalter der offenen Grenzen in Europa dahin.

Ok, klingt gut. Das machen wir. Raimuncho stellte sich als Fahrer zur Verfügung, was ihn allerdings bisher nicht daran gehindert hat, bei uns fröhlich mitzupicheln und was ihn – wie wir dann feststellen konnten – auch im Laufe des Tages nicht sonderlich einbremste, was den Genuss alkoholischer Getränke anging. Ich fragte ihn zwischendurch mal, wie das hier den sei, wenn er in eine Polizeikontrolle geraten würde. Er lachte und sagte, erstens gäbe es hier so gut wie keine Kontrollen. Zweitens würde er die Jungs von der Polizei alle persönlich kennen, das wäre kein Problem. Und Drittens, selbst für den unwahrscheinlichen Fall einer Kontrolle und den noch unwahrscheinlicheren Fall, dass diese Kontrolle durch fremde, ihm unbekannte Polizisten stattfinden würde, wäre das absolut kein Thema: Die Polizisten würden ihn darauf aufmerksam machen, dass die Möglichkeit bestünde, dass er vielleicht nicht mehr ganz nüchtern und fahrtüchtig im offiziellen Sinn sei und ihn freundlich bitten, sein Auto doch am Straßenrand abzustellen und erst seinen Rausch auszuschlafen, um seine Fahrtüchtigkeit wieder herzustellen, bevor er weiterfahren würde. Dermaßen beruhigt, traten wir die Fahrt an.

Nun hatten wir uns vorgestellt, bei diesen Verkaufsstellen würde es sich um ein paar notdürftig zusammengehämmerte Holzhütten handeln. Aber, weit gefehlt: Wir trafen auf richtige Läden, die dicht an dicht gebaut waren und sich über mehr als einen Kilometer hinzogen. Hier gab es alles, was das Herz begehrt: Handtaschen, Schuhe, Lederartikel. Wir waren überwältigt.

Unter „baskenreisen.com" ist eine Beschreibung des Col d'ibardin zu finden und da steht aktuell drin: „Das Ambiente ist gewöhnungsbedürftig aber die Preise für Spirituosen sind kaum zu schlagen und bei der Fahrt auf den Berg hat man eine tolle Aussicht auf die Küste." Das stimmte schon damals und dem ist auch nichts hinzuzufügen.

Wir also in den ersten Schnapsladen rein, gleich großes Hallo, denn Bernadette und Raimuncho waren dort natürlich bekannt, zumal Bernadette - wie wir nebenbei erfuhren - als Verkäuferin dort arbeitete. Und wirklich, regalweise Alkohol, alles, was das Herz begehrte, Whisky (also Scotch) ohne Ende (und sogar Whiskey (also Bourbon), aber ich rede hier ja über Alkohol, der tatsächlich trinkbar ist), Cognac, Likör, das ganze Programm.

Also gut, fangen wir mit dem Verkosten an. Und hier begann das Unheil: Die „Probiergläschen" entpuppten sich als ausgewachsene Wassergläser, und eine Probierportion für 10 Pfennige bedeutete selbst für „normale" Touristen, dass das Glas zu einem Viertel gefüllt wurde. Und weil wir keine „normalen" Touristen, sondern gute Freunde von Bernadette und Raimuncho waren, wurden unsere Gläser grundsätzlich bis zur Hälfte gefüllt. Und unsere zu Beginn dieser Aktion schüchtern vorgetragenen Bemerkung, dass wir ja nur probieren wollten und dass Ute und ich uns jeweils gerne ein Probiergläschen teilen könnten, wurde freundlich überhört. Und das war erst der erste Schnapsladen.

Nun gut, ich möchte hier jetzt nicht zu ausführlich werden, um Sie nicht mit unbedeutenden Einzelheiten zu langweilen (wow, jetzt habe ich aber elegant die Kurve bekommen; denn wenn ich ehrlich bin, kann ich Ihnen von diesen unbedeutenden Einzelheiten – auch wenn ich wollte – nicht sonderlich viel erzählen, denn im Prinzip erinnere ich mich an den Rest des Tages nur sehr rudimentär; der einzige Erinnerungsfetzen, den ich irgendwie konserviert habe, ist, dass ich so um die 2 Uhr nachts rum mutterseelenalleine auf der Tanzfläche einer Disko stand, eine ganz eigene Interpretation von Boney M´s Daddy Cool zum Besten gab; und daran würde ich mich eigentlich lieber auch nicht erinnern wollen, aber so ein Gedächtnis folgt ja seinen eigenen Regeln. Andererseits, wenn ich mir überlege, dass ich in der restlichen Zeit ähnlich schräg drauf war, bin ich eigentlich sehr froh, dass ich nicht mehr mehr weiß. Und noch froher (heißt das so? Na egal, jetzt und hier heißt das so, denn es passt) bin ich darüber, dass die ganze Aktion in Urrugne, ca. 1.600 beruhigende Kilometer von zuhause entfernt stattfand, also an einem Ort, wo mich keine Sau kannte. Wobei, jetzt, wo ich da nochmals drüber nachdenke, fällt mir ein, dass bei den anderen Drei auch nicht viel mehr hängen geblieben ist. Und das macht mich jetzt im Nachhinein doch ein bisschen nervös, denn zumindest Raimuncho, unser selbstloser Fahrer, sollte sich doch an den einen oder anderen Vorgang erinnern können. Ja, der Mensch hat wirklich viele Schutzengel), daher hier nur ein kurzer Abriss des Verlaufs des restlichen Tages:

Irgendwann am Spätnachmittag waren wir mit unserer Einkaufstour durch. Raimuncho packte uns alle in sein Auto und wir fuhren nach Biarritz, wo wir in einem Restaurant zu Abend aßen, anschließend ging es in diverse Diskotheken, irgendwann zwischen 2 und 3 Uhr nachts kamen wir zu dem Schluss, dass wir ja vielleicht auch mal ein bisschen schlafen sollten und gegen 3.30 Uhr setzte Raimuncho uns dann wohlbehalten vor unserer Pension ab. Wir verabredeten uns für 10 Uhr, wiederum bei Bernadette und Raimuncho zum Frühstück, wobei Raimuncho schon mal andeutete, er hätte sich schon einiges an Unternehmungen zur Gestaltung des Tages ausgedacht, damit uns nicht langweilig würde und es würde mindestens so toll werden wie heute. Mit diesem, große Erwartungen weckenden, Versprechen verabschiedete er sich.

Wir standen im Dunkeln vor unserer Pension, die ebenfalls stockdunkel war. Hmm, wenn wir jetzt klopfen, wecken wir den Vermieter, das ist ja nicht grade schön für ihn. Andererseits: Wir hatten ihn ja gewarnt, also, selbst schuld. Außerdem wollten wir jetzt dringend in unsere Betten. Also klopfte ich zaghaft an die Tür. Keine Reaktion. Ich klopfte lauter. Keine Reaktion. Schließlich hämmerte ich mit beiden Fäusten auf die Tür ein. Da, endlich, öffnete sich im ersten Stock ein Fenster, ein verschlafener Kopf erschien: „Was ist denn los, was soll der Radauf?" Daraufhin Ute, sehr trocken und sehr freundlich: „Bon matin. Nous sommes là."

Wie gesagt, war ab 6.00 Uhr, selbst in unserem alkoholisierten Zustand, an Schlaf nicht mehr zu denken. Ich lag im Bett und überlegte Wir hatten noch zwei Nächte in Urrugne vor uns. Das halte ich keinesfalls aus (ich kann mit Fug und Recht behaupten, dass ich wirklich trinkfest bin, aber zweimal in meinem Leben streckte ich das Handtuch. Und dies hier war das eine Mal (das zweite Mal war nach einer durchzechten St. Pauli-Nacht morgens um 5.30 Uhr bei Onkel Fick, aber das ist eine eigene Geschichte).

Ich eröffnete Ute, dass ich hier wegmüsse, da ich ansonsten um mein Leben fürchten würde. Eine zweite Sauftour wie gestern ... unmöglich. Und wenn wir nur zehn Kilometer fahren und uns dann eine neue Übernacht-ungsmöglichkeit suchen. Aber hier bleiben wir auf keinen Fall! Und so machten wir es dann auch. Wir checkten aus und waren, wie verabredet, um 10.00 Uhr bei Bernadette und Raimuncho, denen wir mit dem Ausdruck größten Bedauerns mitteilten, dass sich unsere Pläne leider kurzfristig geändert hätten (ich weiß partout nicht mehr, was wir als Grund genannt hatte, aber es war einigermaßen glaubhaft), wir sofort aufbrechen müssten und uns das unheimlich leidtue, insbesondere natürlich eingedenk der Tatsache, dass Raimuncho den uns erwartenden Tag schon so perfekt durchgeplant hat. Alle waren kurz untröstlich, aber dann, immer optimistisch nach vorne schauen, holte Raimuncho die Rotweinflasche raus. Na gut, dann nehmen wir wenigstens noch ein Abschiedsgläschen zu uns, soviel Zeit muss sein. Ja, ok, ein Pastis geht auch noch. Aber wirklich nur ein Glas, wir müssen unbedingt los ....

Parsifal (1992)

Der Schweiß rinnt mir unerbittlich in den Nacken. Mein klatschnasses Hemd klebt an meiner Brust, das Jackett, das ich mittlerweile ausgezogen habe, aber aufgrund der Platznot nirgends ablegen kann, wärmt mir zusätzlich den Schoß. Ich! Koche! In! Meinem! Eigenen! Saft!

Verstohlen schiele ich auf meine im Dunkeln schwach leuchtende Uhr: Noch zwei Stunden!!!!!!!!!! Zweieinhalb Stunden war ich schon in der Hölle und jetzt soll ich noch zwei weitere Stunden hier ausharren???

Um mich herum herrscht angespannte Stille. Alle Blicke sind andächtig auf die Bühne gerichtet. Die Freude des bisher Erlebten und die erwartungsvolle Anspannung auf das, was noch kommen wird, sind mit den Händen zu greifen. Nur ich, ich bin hier völlig falsch. Seit zweieinhalb Stunden sitze - sitze?, nein kauere ich - auf einem dieser vermaledeiten Folterhocker. Jeder Melkschemel ist bequemer. Temperatur: knapp unter 40°. Lüftung/Klima? Fehlanzeige.

Die einzigen Lichtblicke sind die beiden je einstündigen Pausen nach dem ersten und dem zweiten Aufzug, die allerdings den Nachteil haben, aus der viereinhalbstündigen Vorstellung sechseinhalb Stunden zu machen. Sechseinhalb Stunden bis zum rettenden Biergarten!!!

Wir befinden uns in Bayreuth im Richard-Wagner-Festspielhaus, mitten in einer Parsifal-Vorstellung. Es ist August, der Sommer zeigt sich von seiner besten Seite, Beginn der Vorstellung: 16.00 Uhr. Aktuelle Zeit, nach dem ersten Aufzug und der ersten Pause: 19.30 Uhr. Es läuft der zweite Aufzug. Geschätzte Zeit bis zum Ende der Vorstellung: Jahre! Und: on top: Regie: Wolfgang Wagner!!

Bild.de (https:www.bild.de/unterhaltung/kultur/bayreuther-festspiele/was-sie-wissen-muessen-46988932.bilt.html) sagt: **Wagner hat für Wagnerianer etwas Religiöses. Besonders der „Parsifal“, die letzte Oper des großen (und ein wenig irren) Richard Wagner (1813–1883).**

Worum geht's? Um die Erlösung der Welt. Nach ausdrücklichem Wunsch des Meisters darf die Oper NUR in Bayreuth aufgeführt werden. Und geklatscht werden darf auch nicht. Wer hier den Parsifal dirigiert, gilt als Hohepriester des grünen Hügels.

Und weiter:

Je ergriffener Dirigenten den „Parsifal“ angehen, desto länger zieht sich die Aufführung hin. Die Uraufführung dauerte (ohne die zwei Pausen à 60 Minuten!) 4:04 Stunden, Arturo Toscanini brauchte in den Dreißigerjahren 4:42 Stunden!

Wir haben´s in 4:25 Stunden geschafft!

Br-klassik.de beschreibt den Komfort im Opernhaus (https://www.br-klassik.de/themen/bayreuther-festspiele/hintergrund/bayreuther-festspiele-knigge-gebrauchsanweisung-insider-tipps-kleidung-toilette-pausen-100.html):

Es wird eng drinnen. Also lassen Sie die Taschen draußen. Im eigenen Interesse: Eine Tasche könnte bereits leichte Luftzüge aufhalten, und Sie werden jeden, wirklich jeden leichten Luftzug wollen. Denn ja, es wird heiß. Sehr heiß. Darum gilt auf allen Plätzen: Ausziehen ist erlaubt, ignorieren Sie die Etikette, weg mit dem Jackett! Wählen Sie leicht ausziehbare Schuhe – aber Vorsicht, sie müssen bequem sein, denn die Füße schwellen während der Vorstellung in der Hitze an. Nicht, dass Sie dann am Ende eines Aufzugs nicht mehr reinkommen in die Schuhe. Und bitte: Wir wissen, dass es ungesund ist, aber bitte, bitte, im Sinne der anderen 1973 Zuschauer: Sparen Sie nicht am Antitranspirant. Dieseln Sie sich richtig ein – Aluminium, ja bitte!

Dem ist nichts, absolut nichts hinzuzufügen!

Rückblende: sechs Monate vorher

Februar 1992. „Hey, wir haben´s mal wieder geschafft!!! Diesmal hat´s nur sieben Jahre gedauert!" Ich komme vom Briefkasten und winke Ute mit den Eintrittskarten für die diesjährigen Richard-Wagner-Festspiele in Bayreuth zu. Ich schau mir die Karten an. Was ist es denn diesmal? Parsifal. Parsi WAS??? Ich bin ahnungslos wie ein neugeborenes Baby. Und ebenso grundsätzlich positiv gestimmt in freudiger Erwartung auf eine Zukunft, die nur schön sein kann. Mit meiner Ahnungslosigkeit sollte es dann genauso schnell vorbei sein wie mit meinem uneingeschränkt positiven Blick auf die Zukunft.

Bis weit in die 1990er Jahre war es ein Riesenglück, wenn es gelang, Eintrittskarten für die Bayreuther Richard-Wagner-Festspiele zu ergattern. Die Karten konnten nicht einfach gekauft werden. Nein, sie wurden zugeteilt. Im Schnitt betrug die Wartezeit auf Karten zehn Jahre (ich nehme an, Trabbi-Käufern aus der ehemaligen DDR kommt das irgendwie bekannt vor?).

Die Festspiele finden immer im August statt, angeboten wird jeweils eine Auswahl von etwa fünf Wagner-Opern, diese Auswahl ändert sich ab und an. Im September eines Jahres konnten immer die Bestellformulare für das kommende Jahr angefordert werden. Auf diesen Formularen konnten dann die Ticketwünsche angegeben werden, also welche Oper, welche Plätze, Anzahl Tickets usw.. Etwa im Februar/März des nächsten Jahres gab es dann Antwort aus Bayreuth, normalerweise in Form von: „Leider hat das Kartenkontingent für Sie nicht ausgereicht".Nun sind wir zwar keine Opernfans und Wagnerfans sind wir schon dreimal nicht, aber Karten für Bayreuth zu ergattern, war natürlich eine Herausforderung für uns.

Schon für das unübertreffliche Gefühl, wenn wir auf einer Party so nebenbei sagen können: „Ach, im nächsten Monat sind wir übrigens in Bayreuth beim Wagner." ...... Herrlich – nicht zu übertreffen!!

Also haben wir angefangen, jährlich Karten für Bayreuth zu bestellen. Da wir wussten, dass die Chancen gering waren, haben wir jeweils wahllos mehrere Vorstellungen angekreuzt, also z.B. „15.08. Der fliegende Holländer", „16.08. Tannhäuser", „17.08. Die Meistersinger von Nürnberg". Dabei haben wir immer vier Karten bestellt. Das war keine große Gefahr, denn zum einen war es relativ unwahrscheinlich, dass wir überhaupt Karten bekommen würden und zum anderen: Selbst für den praktisch undenkbaren Fall, dass wir für jede der drei bestellten Vorstellungen jeweils die von uns bestellten vier Karten bekommen hätten, wäre es kein Problem gewesen, diese Karten (mit Gewinn) weiterzuverkaufen (was zwar verboten war, aber wer würde das schon kontrollieren?). Hinzu kommt: Es ist zwar extrem zeitaufwendig, an die Karten zu kommen. Die Kosten für die Karten halten sich aber in Grenzen. Die Karte für den teuersten Platz hat damals 185 DM gekostet.

So ging das jahrelang. Wir bestellten regelmäßig Karten, Bayreuth schickte ebenso regelmäßig Absagen. Bis plötzlich, nach zehn Jahren: Bingo! 1985: Wir bekamen vier Karten für den Fliegenden Holländer! Da hatten wir doppeltes Glück. Nicht nur, dass wir überhaupt Karten bekommen hatten, nein, wir hatten auch noch Karten für den Holländer bekommen. Das kürzeste Wagner-Stück (grad mal 2 ½ Stunden, wer die Bestuhlung in der Oper kennt, kann ermessen, welch Glücksfall das ist) und zudem noch das Wagner-Stück, das sich für Opern-/Wagner-Laien, die wir nun mal sind, am leichtesten erschließt. Um es kurz zu machen: Die Vorstellung war toll und eindrucksvoll, das Wetter spielte mit, das Ambiente war genau, wie von uns erwartet und wir haben die ganze Sache sehr genossen.

Nun hatten wir Blut geleckt und hatten in den Jahren danach weiterhin immer wieder brav Karten bestellt. Sieben Jahre nach dem Holländer hatten wir wieder Glück. Vier Karten, diesmal für den Parsifal. Hmmmm. Keine Ahnung. Na, wurscht. Der Holländer war ja ganz nett, freuen wir uns mal auf den Parsifal (an dieser Stelle bitte ich alle Opern-/Wagner-Fans ganz, ganz herzlich um Entschuldigung. Ich darf Ihnen versichern, dass ich wirklich kein ganz schlechter Mensch bin).

Wir also nach Bayreuth zum Parsifal:

Hier muss ich nun noch einige Infos zum organisatorischen Ablauf einflechten: Die Vorstellung des Parsifal beginnt gegen 16.00 Uhr und endet, mit zwei einstündigen Pausen, gegen 22.30 Uhr. Die Bayreuther Hotels hatten sich komplett auf die Festspiele eingestellt und einen Rundum-Service geboten: Etwa 45 Minuten vor Beginn der Vorstellung stand ein Hotelbus bereit, um uns zum Festspielhaus zu fahren. Vorher konnte in der Lobby noch gemütlich ein Sekt getrunken werden. Nach der Vorstellung wurden wir vom Hotelbus wieder abgeholt. Im Restaurant des Hotels konnte bis 2.00 Uhr nachts a la carte bestellt werden. Die Frühstücksbar am nächsten Tag war bis 14.00 Uhr geöffnet. Dazu kommt, dass wir bei unserem ersten Bayreuth-Besuch nach der Holländer-Vorstellung noch einen tollen Biergarten entdeckt hatten. Perfekt.

Nun gut, wir also in den Parsifal rein. Und das war für mich als Opern-Banause der absolute Horror! Die Aufführung dauerte ca. 4,5 Stunden (!), wobei, sehr, sehr dankenswerterweise, zwei Pausen á eine Stunde eingeschoben werden. Kurz zusammengefasst, wie ich die Handlung empfunden habe: Dasteht 4,5 Stunden lang so´n Typ auf der Bühne und singt sich die Kehle aus dem Leib, um ihn rum in wechselnder Besetzung 30 bis 40 Leute, die gegen ihn ansingen……. Fertig, das war´s. Mehr konnte ich da nicht reininterpretieren.

Egal, auch der längste Parsifal hat mal ein Ende. Wir raus, endlich frei, rein in den Biergarten und endlich Spaß! Gegen 0:30 Uhr kamen wir dann ins Hotel zurück und merkten plötzlich, dass wir noch Hunger hatten. Na, kein Problem, Restaurant hat ja bis 2 Uhr offen. Also, wir rein ins Restaurant und Essen bestellt. Während wir auf das Essen warteten, hatte ich die Vorstellung nochmals reflektiert. Ich habe eine relativ laute Stimme:

„Was für eine unausgegorene Scheiße, da steht so ein Typ ohne Sinn und Zweck stundenlang rum und jault sich einen ab. Ich möchte mal wissen, was das soll, das tut sich doch kein normaler Mensch an! Da lass ich mir ja lieber ohne Betäubung zwei Zähne ziehen, bevor ich mir diesen Mist nochmal gebe!" (und und und.....)

So habe ich fünf Minuten Dampf abgelassen. Dabei habe ich aus den Augenwinkeln ein älteres Ehepaar gesehen, das an einem Nachbartisch saß und mir immer interessierter zuhörte. Plötzlich stand die Frau auf und kam an unseren Tisch. Sie sprach mich – sehr höflich - an: „Entschuldigen Sie bitte, ich wollte nicht lauschen, aber ich habe Ihr Gespräch mitgehört. Darf ich Sie fragen, wie Sie an Ihre Karten gekommen sind?". Ich war zunächst überrascht ob dieser Frage, habe ihr dann aber erklärt, dass wir die ganz normal bestellt und bekommen haben, dass wir jährlich Karten bestellen und diesmal nach sieben Jahren Wartezeit mal wieder Karten bekommen haben."

„Ich frage nur deshalb, weil mein Mann schon 85 Jahre alt ist. Er ist sehr krank und weiß nicht, wie lange er noch leben wird. Er ist ein ganz großer Wagner-Fan und sein sehnlichster Wunsch war, vor seinem Tod wenigstens einmal eine Wagner-Vorstellung in Bayreuth besuchen zu können; Parsifal war dabei sein absoluter Traum. Wir haben schon fünfzehn Jahre lang Karten bestellt und immer nur Absagen bekommen. Dieses Jahr haben wir uns entschlossen, Karten auf dem Schwarzmarkt zu kaufen.

Wir haben für unsere beiden Parsifal-Karten 3.000 DM bezahlen müssen."

Peng! Damit war ich bedient. Ich absoluter Wagner-Banause bekomme die Karte quasi nachgeschmissen und bashe den Parsifal in Grund und Boden und am Nachbartisch sitzt ein Mann, der seit fünfzehn Jahren sehnsüchtig auf eben solche Karten gewartet hat.

Hoinzi bei der Bundeswehr – der dritte Tag (1976)

Donnerstag, 1. Juli 1976: Mein erster Tag bei der Bundeswehr. Bei den Pionieren!!! In Ingolstadt, knappe 300 km von daheim entfernt! Ok, für die Entfernung bin ich selbst verantwortlich. Wenn ich schon zur Bundeswehr musste (Zivildienst war für mich nie eine Option), wollte ich auch was erleben. Und so kreuzte ich bei der Musterung nicht nur nicht „heimatnahe Stationierung erwünscht" an, sondern wählte darüber hinaus die damals angebotene Option „marinewillig". In meinen Vorstellungen sah ich mich schon mit einem Schiff der Gorch-Fock-Klasse durch die Weltmeere kreuzen.

Diese Träume hielten genau bis zu dem Moment, in dem ich meinen Einberufungsbescheid erhielt. Einsatz beim 4. Pionierbataillon 10 in Ingolstadt. Hm, also Ingolstadt statt Kap Horn… Na gut, Ingolstadt soll ja auch ganz schön sein. Aber Pioniere? Frontsoldaten? Die immer zehn Zentimeter unter der Grasnarbe dem Feind entgegen robben und dabei die Infrastruktur für die nachfolgenden Heeresteile aufbauen? Die allerersten, die Feindberührung haben?

- Warum dürfen Kampfstände maximal 1.80 m tief sein? Weil ab 2.50 m Bodentiefe mit dem Auftreten von Pionieren zu rechnen ist;
- Warum haben Pioniere beim Bund die interne Bezeichnung BTW5?
  Blind, taub, wasserdicht und aufblasbar bis 5 atü.
  Könnte ich jetzt beliebig fortsetzen.
  Und das mir, mit meinen zwei mehr als linken Händen, der ich es nicht mal schaffe, einen Nagel einigermaßen gerade in die Wand zu kloppen?

Vor mir lag also eine schreckenserregende Zeit. Umfassende Ausbildung, meist natürlich im Feld, 30-km-Märsche mit 20 kg Gepäck, wahlweise bei sengender Hitze, klirrender Kälte oder strömendem Regen, unzählige 36-Stunden-Übungen und weitere Dinge, von denen ich im Moment nicht mal weiß, dass es sie gibt.

Mein Dienstantritt am 1. Juli 1976 hing damit zusammen, dass ich das Abitur nachgeholt hatte. Und da ich vor dem Abi eine Ausbildung zum Industriekaufmann gemacht hatte, konnte ich Schreibmaschine schreiben. Was das eine mit dem anderen zu tun hat, habe ich bei Dienstantritt nicht gewusst. Zwei Tage später aber war ich schlauer. Diese beiden Tatsachen bedeuteten nämlich den absoluten Jackpot für mich! Den Lotto-Sechser mit Zusatzzahl! Den Hauptgewinn bei El Gordo!!!!

Die ersten Tage bei der Bundeswehr sind dafür vorgesehen, aus einem Zivilisten einen 1a-Soldaten zu machen. Dazu gehören ärztliche Untersuchung, Grundeinweisung und natürlich Einkleidung. Damit die Rekruten auch schon zu Beginn ein einigermaßen einheitliches Bild abgeben und beim Antreten nicht aussehen, wie eine Gruppe Urlauber, die auf ihren Reisebus wartet, erhält jeder Rekrut gleich am ersten Tag einen dunkelblauen Trainingsanzug, der bis zur endgültigen Einkleidung zu tragen ist.

Das war also der Stand, als es am dritten Tag morgens um 7.00 Uhr hieß: „Raustreten!“ 130 hoffnungsfrohe Rekruten stürmten in ihren blauen Trainingsanzügen die Treppen der Kompanie runter nach draußen und versuchten schon mal, ein optisch einigermaßen erträgliches Bild abzugeben; was natürlich gründlich misslang, denn das Wort „Formalausbildung“ ist zu diesem Zeitpunkt der Umwandlung in einen ordentlichen Menschen, also einen Soldaten, den Rekruten höchstens in der Theorie bekannt (wobei – obwohl sie es zu diesem Zeitpunkt nicht ahnen können – die glücklichsten Rekruten die sind, die dieses Wort nicht mal in der Theorie kennen).

Der Spieß stand auf der Treppe zur Kompanie und begrüßte uns zackig. Wir wussten, dass nach der Begrüßung normalerweise der Ablaufplan des Tages bekannt gegeben wurde. Gespannt warteten wir darauf, was wir heute wieder Neues erleben durften. Und in diesem Moment, wie aus dem Nichts, kam vom Spieß die Frage:

„Wer von Ihnen kann Schreibmaschine schreiben?"

Erstauntes Schweigen. Zunächst benötigte ich einige Sekunden, um überhaupt zu begreifen, dass ich die Frage richtig verstanden hatte. Dann stellte ich innerhalb von Zehntelsekunden die Überlegung an, ob es eher gut oder eher schlecht sei, wenn ich zugeben würde, dass ich Schreibmaschine schreiben kann. Was ich schon wusste: bei der Bundeswehr bloß nie auffallen, weder positiv noch negativ. Andererseits: Was, wenn ich mich nicht melde und es später durch irgendeinen dummen Zufall doch rauskommt, dass ich Schreibmaschine schreiben kann. Ich kam zu keinem eindeutigen Ergebnis. Aber ich musste eine Entscheidung treffen; und zwar pronto. Na gut, was soll´s, melde ich mich halt. Wir sind 130 Rekruten, da bin ich einer unter vielen. Ich also hoch mit meiner Hand. Dann schaute ich mich um. Und was musste ich feststellen? Ich war der Einzige, der sich gemeldet hatte (später ist mir dann klar geworden, dass der 1. Juli traditionell der Termin ist, an dem Abiturienten eingezogen werden, weil die bis dahin ihr Abi abgeschlossen haben. Und Abiturienten, die über den ersten Bildungsweg kommen, haben in der Regel keine Schreibmaschinenkenntnisse).

Und da kam er auch schon, der Satz, der mein Leben für die nächsten zwei Jahre entscheidend beeinflussen sollte (zwei Jahre, weil ich - nachdem ich mein Glück einigermaßen begriffen hatte, meinen W15-Status (Wehrpflichtiger, 15 Monate Dienstpflicht)in den Z-2-Status

(Zeitsoldat, zwei Jahre) umwandelte. Im Hinblick auf die Gehaltsunterschiede (W15 knappe 200 DM pro Monat, Z2 knappe 1.200 DM brutto = netto pro Monat (heute über 2.200 Euro), dazu rentenversichert: Soldatenherz, was willst Du mehr? Und das bei lediglich neun schlappen Monaten längerer Dienstzeit):

„Pionier Kuhn, melden Sie sich sofort im Geschäftszimmer“ (auch „Schreibstube“ genannt).

„Jawohl, Herr Hauptfeldwebel.“ Also marschiere ich klopfenden Herzens Richtung Geschäftszimmer. Au weia, was wird das jetzt? Hätte ich mich lieber doch nicht melden sollen? Jetzt ist es zu spät. Also, rein ins Geschäftszimmer: „Pionier Kuhn meldet sich wie befohlen.“ Im Geschäftszimmer befand sich eine einzige Person, ein Stabsunteroffizier. Er stellte mir einige Fragen zu meinem bisherigen Werdegang, insbesondere zu meiner Ausbildung. Das Gespräch dauerte etwa fünf Minuten. Dabei erfuhr ich auch den Sinn und Zweck der Frage: Das Geschäftszimmer war heillos unterbesetzt und musste dringend verstärkt werden. Die Sollstärke betrug fünf Mann, davon waren zwei längere Zeit auf Weiterbildung, einer war – ebenfalls längere Zeit – krank, der vierte ist nun auch noch krank geworden. Mit anderen Worten: Der Motor der Kompanie ging auf dem Zahnfleisch. Meine Chance!

Mittlerweile kam der Spieß von der Rekrutenansprache zurück, ging in sein Zimmer, das direkt neben dem Geschäftszimmer lag und mit einer Durchgangstür verbunden war und rief durch die Tür: „Pionier Kuhn, kommen Sie mal!“ Ich meldete mich also beim Spieß.

Und dann kam, wiederum völlig aus dem Nichts, schon die zweite Frage an diesem Tag, die mich aus der Fassung brachte und die mich fast einen der geilsten Jobs, den die Bundeswehr damals zu vergeben hatte, gekostet hätte:

„Können Sie Fußball spielen?”

Hä?? Was hat denn eine Schreibmaschine mit Fußball zu tun? (Später erfuhr ich dann, dass der Spieß ein absoluter Fußballnarr war, der regelmäßig kompanieinterne Spiele Innendienst gegen Außendienst austragen ließ und daher seine Personalentscheidungen meist weniger auf der Basis von Können, sondern auf der Basis „toller Fußballer“ ja / nein, traf).

Nun war ich schon immer der größte Sportmuffel der Welt. Und vom Fußballspielen hatte ich so viel Ahnung wie eine Kuh vom Fliegen! Schon wenn in der Volksschule Fußballspielen angesagt war und die Mannschaften zusammengestellt wurden, stand ich regelmäßig (und zwar völlig zu Recht) als Letzter zur Wahl. Durch die Mannschaft, die mich schließlich nehmen musste, ging dann jeweils ein – je nach Lesart genervtes oder fatalistisches – Stöhnen. Meist wurde ich dann im Tor geparkt, denn da konnte ich am wenigsten falsch machen (jedenfalls, solange die Abwehr auf Zack war. Wurde die vom Gegner umspielt, war der erfolgreiche Torschuss nur noch Formsache, egal, ob ich noch im Tor oder schon unter der Dusche stand).

Daher meine ehrliche Antwort: „Nein, Herr Hauptfeldwebel, absolut nicht“.

„Hmmm, hmmmm, hmmmm...” Ich konnte förmlich sehen, wie es im Kopf des Spießes ratterte, als er Vor- und Nachteile abwog. Eine Null im Fußball?? Unmöglich. Was soll ich mit dem? Der ist doch keine Verstärkung? Nein, nein, das passt mir gar nicht...

„Aber Schreibmaschine schreiben können Sie?“

„Ja, und zwar sehr gut!“ (was nicht gelogen war).

Und dann die erlösenden Worte: „Ok, Sie kommen ins Geschäftszimmer!“ Gott sei Dank war die Not im Geschäftszimmer so groß, dass der Fußball - höchst ausnahmsweise - mal hintenanstehen musste.

„Jawohl, Herr Hauptfeldwebel. Ab wann, Herr Hauptfeldwebel?“

„Ab sofort!“

Auch, wenn ich es immer noch nicht kapiert hatte: Ich hatte es geschafft!! An meinem dritten Tag bei der Bundeswehr war meine noch nicht mal begonnen Ausbildung zum Pionier beendet und ich hatte einen Bürojob ergattert, der – wie sich im Laufe der Zeit herausstellen sollte – mindestens genauso gut, gemütlich und bequem war wie ein Beamtenjob im mittleren Dienst, irgendwo in den Tiefen einer Registratur.

Und auch bezüglich der Fußballspiele hatte der Spieß einen Glücksgriff getan. Endlich hatte er jemanden gefunden, der freiwillig das Telefon hütetet, wenn der Innendienst mal wieder - für das Vaterland - den Außendienst niederkämpfen musste.

Geteiltes Leid ist halbes Leid oder: Wettbewerb (1968)

Mit zwölf Jahren hast Du auf alles Bock, nur nicht auf Gartenarbeit! Allerdings war mein Papi im Hinblick auf meine wahren Interessen ziemlich schmerzfrei und setze mich regelmäßig in Haus und Garten ein. So auch eines samstags, als ich dazu verdonnert wurde, unseren Gemüsegarten umzugraben. Nun hatten wir nicht, wie heute oftmals üblich, irgendeinen kleinen Alibibereich von einigen Quadratmetern, nein, unser Garten hatte es in sich: tausend Quadratmeter (ja, es ist keine Null zuviel dran, Sie lesen schon richtig). Heute völlig undenkbar, da wären das zwei Bauplätze (wenn nicht drei).

Oh Mann. Garten umgraben. Perfekte Wochenendbeschäftigung. Und dann noch den ganzen Garten. Minimum drei Stunden, eher vier bis fünf. Und das bei diesem irren Badewetter. Also gut, packen wir´s an, die Arbeit macht sich ja doch nicht von allein. Lustlos machte ich mich ans Werk. Und als wäre das nicht schon Strafe genug, kamen, kaum dass ich begonnen hatte, zwei Kumpel von mir die Straße entlang geschlendert. Natürlich! Jetzt darf ich mir auch noch den Spott anhören. Super Tag!

Und - logisch - es kam, wie erwartet: Kaum sahen sie mich, fingen sie schon an zu feixen. Oh, Du armer Hund, musst Du arbeiten. An so einem schönen Tag. So ein Pech aber auch. Wir gehen jetzt schwimmen. Willst Du nicht mitkommen?“ Seeeeehr lustig, was hab ich gelacht. Zähneknirschend hörte ich mir ihre Häme an und stellte mich mental schon darauf ein, dass das jetzt drei Stunden so weitergehen würde. Na toll.

Plötzlich durchzuckte mich eine Idee: Aber, ne, das kannste nicht bringen. Das ist dann doch zu offensichtlich. Innerlich haderte ich mit mir.

Ob der Schlichtheit meines Einfalls habe ich keine Sekunde daran geglaubt, dass das klappen könnte.

Zu plump, durchsichtig und durchschaubar war mein Unterfangen. Da fällt ja nicht mal ein vierjähriges Kind drauf rein. Vergiss es.

Andererseits: Was konnte ich schon groß verlieren? Die Arschkarte hatte ich eh schon und die beiden Jungs machten keine Anstalten, ihre Lästermäuler zu zähmen. Wenn´s schief ging, musste ich mir halt noch drei Stunden zu ihren üblichen Ergüssen anhören, für wie dumm ich sie denn halten würde. Da kommt´s schon auch nicht mehr drauf an. Wohlan denn, wagen wir´s:

„Hört mal, ihr Pfeifen! Ich wette, dass ich eine Reihe hier mindestens doppelt so schnell umgraben kann wie Ihr! Wie schaut´s aus? Wir graben abwechselnd jeder ne Reihe um und stoppen dabei die Zeit!“ Innerlich zog ich schon mal mein Genick ein, um gegen den jetzt unweigerlich kommen müssenden Sturm der „für wie blöd hältst Du uns eigentlich?“-Rufe mental gewappnet zu sein. Doch, Wunder über Wunder. Sie sprangen sofort darauf an! „Du bist doch die Obermemme! Dir zeigen wir´s. Bis Du den Spaten einmal eingestochen hast, haben wir die komplette Reihe umgegraben.“ Ich konnte mein Glück kaum fassen.

Und auf ging´s: Nach drei Stunden war das Werk getan! Natürlich sorgte ich dafür, dass ich Letzter wurde; ich wollte meine wackeren Mithelfer ja nicht um ihr Erfolgserlebnis bringen. Schließlich haben sie mir 2/3 meiner Arbeit abgenommen! Äußerlich schwer zerknirscht ob meiner Niederlage, innerlich aber jubilierend, begleitete ich die beiden anschließend zum Schwimmen.

George Orwell lebt (2018)

Eine unserer Bekannten, die auch in unserer Straße wohnt, war ganz begeistert, als sie erfahren hat, dass wir im Urlaub mit dem Auto bis nach Moskau und anschließend über Öland (Schweden) fahren wollen. „Oh, das ist ja ganz toll, schreibt Ihr mir bitte ab und zu eine Postkarte, damit ich weiß, wo ihr überall gewesen seid?“ Klaro, kein Thema.

So machen wir´s auch:

- Dresden – Postkarte
- Polen – Postkarte
- Lettland – Postkarte
- Litauen – Postkarte
- Estland – Postkarte
- Moskau – Postkarte
- St. Petersburg – Postkarte
- Öland – Postkarte
- Dänemark – Postkarte

Ja, wir sind fleißige Postkartenschreiber. Na gut, um der Wahrheit die Ehre zu geben: Ute ist eine fleißige Postkartenschreiberin.

Aus dem Urlaub zurück, Small Talk mit unserem Briefträger: „Hab ich Dir eigentlich schon erzählt, dass wir mit dem Auto bis Moskau gefahren sind?“ Er grinst: -Nein, hast Du nicht. Aber ich weiß trotzdem Bescheid. Ihr seid durch Polen, Lettland, Litauen und Estland gefahren. Und in St. Petersburg wart Ihr auch. Und auf Öland. „Ich habe alle Eure Postkarten gelesen!“

Rohrreiniger (2003)

„Hans-Ullrich, kannst Du bitte mal schnell vorbeikommen? Mein ganzer Hof steht voller Wasser!“ Ach, Mutti. Schnell vorbeikommen?” Das sind 45 km…. Andererseits: „Hof unter Wasser“? Nun denn…

Mein Elternhaus hat einen relativ großen Hof, in der Mitte sitzt ein entsprechend dimensionierter Gully, bisher gab es nie Probleme mit der Ableitung des Regenwassers. Die letzten Tage hatte es allerdings fast durchgängig geregnet. Ich schaute mir die Sache also an und tatsächlich, das Wasser stand zentimeterhoch hoch, im Gully lief nichts ab. Na gut, also ran an den Dreck, kann ja nur daran liegen, dass der Gully durch irgendwas verstopft ist. Also, Gully-Deckel ab, Schmutzschutz-Eimer raus, keine Verstopfung. Wäre ja auch zu schön gewesen.

Also weiter. Ich lege mich neben dem Gully auf den Bauch (ich wollte eh schon lange mal wieder ins Schwimmbad) und versenke einen Arm im Gully. Ein bisschen Schlamm, paar kleine Ästchen, nichts, was die Verstopfung erklären würden (zum Glück auch keine tote Ratte, mit der ich eigentlich schon fest gerechnet hatte). Also schürfe ich immer tiefer. Da, plötzlich, spüre ich etwas relativ Weiches. Da ich keine Ahnung habe, was das sein könnte, taste ich vorsichtig weiter, um mal den Umfang festzustellen. Hmm, ein richtiger Block. Das könnte schon passen und die Verstopfung erklären. Irgendwie kommt mir die Konsistenz auch bekannt vor. Na gut, was soll´s, hilft ja alles nichts. Also fasse ich mit beherztem Griff zu, von dem Block löst sich eine Handvoll, ich ziehe Arm und Hand aus dem Gully. Und, was habe ich gefunden: einen stabilen Block, bestehend aus altem Bratenfett!!!

Mir schwant Fürchterliches.... „Mutti!!!!" Mutti steht schon die ganze Zeit neben mir und schaut mir interessiert zu. Ich halte ihr das Fett hin. „Was ist das denn??? Beziehungsweise: Wo kommt das her??" „Na, das ist Bratenfett. Ich kippe da immer die Pfanne mit dem alten Fett rein." Und dann mit vorwurfsvollem Ton: „IHR sagt doch immer, das darf ich nicht in den Ausguss und auch nicht ins Klo schütten. Irgendwo muss ich es ja lassen."

Exkurs: Das geniale deutsche System der Mülltrennung

Und nun? Wissen SIE, wohin altes Fett entsorgt werden muss? Ich jedenfalls musste erst nachlesen: es gehört in die Restmülltonne. Was für ein Glück. Bei den bei uns existierenden – und dabei mehr als widersprüchlichen - Abfallbestimmungen (oh, Entschuldigung, Abfall gibt es ja nicht mehr, das muss natürlich „Wertstoffe" heißen (ja, ja, Framing ist auch in der Politik angekommen)) – bin ich schon extrem froh, dass das Altfett nicht über die Giftmüllannahmestelle entsorgt werden muss.

Aber, wenn wir schon beim Thema sind: Sollten Sie der Meinung sein, dass Sie unser System der Wertstofftrennung vielleicht nicht bis in die kleinsten Verästelungen durchdringen, dann werde ich Sie nun aus diesem Dilemma befreien, zumindest soweit Ihre Unsicherheit die Nutzung der gelben Säcke/gelben Tonne betrifft. Dafür genügen mir ein einziger Satz sowie ein Kleiderbügel.

Damit wissen Sie ab sofort nicht nur, wie Sie den Müll ordnungsgemäß und rechtssicher trennen; ganz zwanglos und quasi nebenbei wird sich Ihnen auch die fast schon transzendentale und elegante deutsche Wertstoffgesetzgebung erschließen; allerdings komme ich hierbei nicht umhin, Sie gleichzeitig in den ganz konkreten Wahnsinn, der leider ebenfalls in den deutschen Wertstoffverordnungen steckt (und die darüber hinaus nicht mal einen Sinn haben, denn seit ich in einem Fernsehbeitrag gesehen habe, wie lkw-weise gelbe Säcke aus Deutschland ungeöffnet irgendwo in Afrika landen und dort verbrannt werden, ist mein Vertrauen in die Logik deutscher Bestimmungen, das sowieso nicht sehr groß war, noch weiter gesunken) einzuführen. Also, zurück zur Frage:

Da Gelbe Säcke dafür vorgesehen sind, Verpackungen aufzunehmen (und für sonst nichts!), gehört ein Kleiderbügel, der Ihnen mitgegeben wird, wenn Sie ein Kleidungsstück kaufen, in den Gelben Sack, denn damit zählt er zur Verpackung, wogegen Kleiderbügel, die Sie aus Ihrem Kleiderschrank entsorgen wollen, in die Restmülltonne gehören, da es sich hierbei eben nicht um eine Verpackung handelt.

Noch Fragen?

Fuji san oder: Vorsicht! Japaner! (1993)

Natürlich würden wir auf unserer Japan-Tour auch den Fuji besteigen.

Unsere komplette Japanreise haben wir als individuelle Tour über das Frankfurter Reisebüro Interair Voss-Reisen organisiert. Wir haben ganz grob vorgegeben, was wir gerne sehen möchten (Tokio, Fuji, Kobe), die Feinplanung erfolgte dann über Interair. Unser Ansprechpartner im Reisebüro war ein extrem freundlicher und höflicher Japaner, nennen wir ihn Yasashiku Watanabe. Herr Yasashiku organisierte alles, wirklich alles für uns: Flugtickets, Hotels, Fahrkarten für die Bahn, Fahrkarten für die Busse - ja, er informierte uns sogar darüber, wo wir seiner Meinung nach ein Taxi nehmen sollten und was die jeweilige Taxifahrt kosten würde. Dass er uns nicht noch die Taxis vorgebucht hat, war alles. Wirklich lobenswert und vorbildlich. Die komplette Kommunikation mit Herrn Yasashiku lief über das Telefon.

Bezüglich unserer Reiseroute wurden wir ebenfalls extrem gut beraten. So fragte Herr Yasashiku zum Beispiel anfangs, ob wir in unserem Urlaub lieber Kultur oder lieber Natur genießen möchten (Natur), anschließend hat er uns eine auf unsere Wünsche abgestimmte Reiseroute vorgeschlagen. Hierbei war auch die Besteigung des Fuji enthalten, das wurde aber nicht groß weiter thematisiert, das war einfach in dem kompletten Reisevorschlag enthalten (im Nachhinein glaube ich, dass Herr Yasashiku einfach hoffte, dass wir von uns aus sagen würden, dass wir die Besteigung ausfallen lassen).

Wir haben den Reisevorschlag geprüft und telefonisch noch einige Änderungswünsche geäußert, wobei wir die

Fuji-Besteigung 1:1 übernommen haben. Im Verlauf unserer Planung haben wir mehrmals mit Herrn Yasashiku telefoniert. Irgendwie kam er während dieses Telefonat, quasi nebenbei, immer wieder auf unsere Fuji-Tour. Ob wir denn die Fuji-Tour auch genau geprüft hätten, ob wir hier Fragen hätten usw.. „Nein, nein, alles klar von unserer Seite, kann genauso bleiben, wie vorgeschlagen.” Ich hatte schon bei diesen Telefonaten immer den Eindruck, dass es Herrn Yasashiku aus irgendeinem Grund lieber gewesen wäre, wir hätten die Fuji-Besteigung aus unserem Programm gestrichen, keine Ahnungwarum.

Das Reisebüro ließ uns dann auch eine endgültige Bestätigung über den Reiseverlauf zukommen. An diesem Punkt dämmerte dann Herrn Yasashiku anscheinend, dass er wohl so einfach nicht davonkommen würde. Denn meine bisher diffuse Ahnung bestätigte sich: Es war, wie ich im Verlauf von zwei in diesem Zusammenhang mit ihm geführten Telefonaten erkennen musste, tatsächlich sein erklärtes Ziel, uns die Fuji-Besteigung auszureden. Offenbar war er der Meinung, dass der auf der Tour gebotene Komfort für uns verweichlichte Europäer in keinerlei Hinsicht ausreichend sein konnte.

Nun hatte er bei seinem Plan, uns von dieser Tour abzuhalten, ein riesiges, seiner kulturellen Herkunft geschuldetes Problem: Japaner können nicht nein sagen! Ein „nein“ könnte dazu führen, dass der Gesprächspartner sein Gesicht verliert. Und lieber würde ein waschechter Japaner Harakiri begehen, als es zu einer solchen Katastrophe kommen zu lassen.Er konnte also keinesfalls einfach sagen: „Bitte überlegen Sie sich nochmals, ob Sie die Besteigung tatsächlich machen möchten, denn Sie haben hierbei nicht den Komfort, den Sie normalerweise gewohnt sind und auch erwarten dürfen.“

Also musste er subtiler vorgehen und uns dazu bringen, dass wir von uns aus zu der Erkenntnis gelangen würden, dass die Besteigung für uns keinesfalls erstrebenswert sei.

Bitte erlauben Sie mir an dieser Stelle eine kurze Abschweifung, denn es liegt mir sehr am Herzen, die wirklich überall anzutreffende Höflichkeit der Japaner, die uns extrem beeindruckt hat, ausdrücklich zu würdigen. Hierzu nur zwei kleine Beispiele:

- Der Bahnhof Shinjuku in Tokio ist einer der größten Bahnhöfe der Welt. Die Architektur ist – gelinde ausgedrückt – irre, selbst Einheimische können sich hier mal ganz leicht verlaufen. Der Bahnhof hat 36 Gleise und 200 (!) Aus-/Eingänge. Eigentlich ist es eine eigene Stadt. Wir armen deutschen Touristen also mittendrin in diesem Wahnsinn, in der Hand Fahrkarten mit ausschließlich japanischen Schriftzeichen, Anzeigetafeln ohne Ende und natürlich Hektik, Hektik, Hektik. Alle hetzen, alle haben es erkennbar eilig. Da können wir doch niemanden ansprechen, am Ende ist es dann unsere Schuld, wenn jemand seinen Zug verpasst.

Gewusel

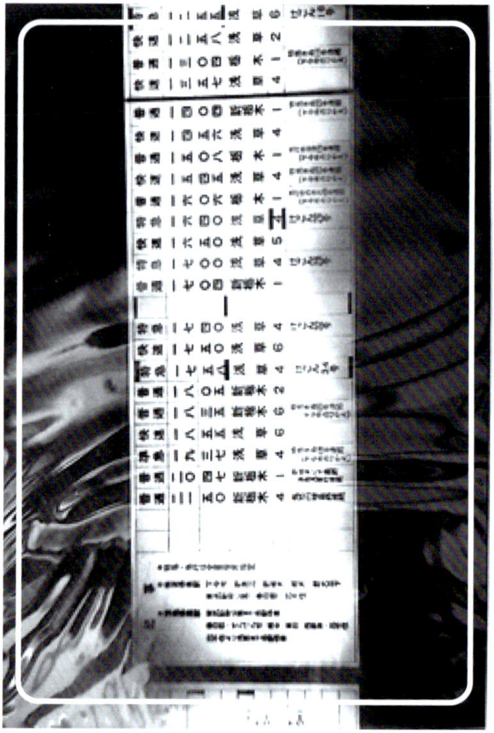

"What shall I say?

Plötzlich bleibt eine junge Frau, die unsere hilflosen Gesichtsausdrücke natürlich gesehen hat, stehen und fragt auf Englisch, ob sie uns helfen könne. Wir zeigen ihr unsere Fahrkarten. “Hai, hai, no problem“. Sie deutet in eine Richtung und setzt zu einer Erklärung an, die sich ungefähr folgendermaßen anhörte: Diese Richtung etwa 300 m, dann scharf rechts, an dem McDonalds vorbei, dann ca. 350 m geradeaus, dann geht es nach links, aber Vorsicht, nicht zu früh abbiegen, dann wieder geradeaus, ca. 600 m...... An etwa diesem Punkt bemerkte die freundliche Dame, dass wir offensichtlich leicht überfordert waren. Kurz entschlossen brach sie ihre Erklärung ab und sagte: “follow me.“

Sie ist mit uns den kompletten Weg bis zu unserem Bahnsteig gelaufen, das waren gefühlt zwei Kilometer; und das, obwohl sie es erkennbar eilig hatte und ihr eigenes Ziel genau in der entgegengesetzten Richtung lag.

- Beim Einchecken in unserem Hotel in Tokio gab es ein Problem: Wir hatten zwei Zimmer gebucht und waren natürlich durch die Anreise ziemlich geschafft und total verschwitzt. (Wir hatten einen der heißesten Sommer der letzten Jahre erwischt.) Die Dame an der Rezeption konnte unsere Buchung nicht finden. In Deutschland hätte es jetzt wahrscheinlich eine Diskussion ergeben, in der uns vermittelt worden wäre, dass wir ja vermutlich einfach zu blöd wären, um eine Zimmerreservierung fehlerfrei vorzunehmen; bestenfalls hätten wir in der Lobby Platz nehmen dürfen, während unsere Verfehlungen geklärt würden. Was passierte in Tokio?: Die Dame schaute uns an, erkannte unseren Zustand und sagte: „Ich buche Sie jetzt erstmal in zwei Zimmer ein, da können Sie sich frisch machen. Unterdessen werde ich heraus-bekommen, wo wir (!) einen Fehler gemacht haben." Sie kannte uns nicht, sie wusste nicht, ob wir hier überhaupt eine Reservierung hatten (wir hätten uns ja auch im Hotel irren können), trotzdem hat sie uns sofort vorbehaltslos geholfen.

Ok, damit wieder zurück zu unserem Herrn Yasashiku:
Erstes Telefonat:

- Herr Yasashiku: „Bitte entschuldigen Sie, aber ich muss Ihnen noch eine Information für Ihre Fuji-Besteigung geben, die Ihnen vielleicht nicht gefallen wird."
- Ich: „Ja, bitte?"

- Herr Yasashiku: „Es tut mir sehr leid, aber die letzte Unterkunft vor dem Gipfel kann von uns leider nicht vorausgezahlt werden. Dort wird nur Bargeld akzeptiert." Und dann, hoffnungsvoll: „Möchten Sie unter diesen Umständen von der Besteigung nicht lieber Abstand nehmen?"
- Ich: „Nein, nein. Das ist absolut kein Problem für uns. Wenn ich das weiß, nehme ich entsprechend Bargeld beim Aufstieg mit, kein Thema."
- Herr Yasashiku, hörbar resignierend: „Sie brauchen sich nicht darum zu kümmern. Ich organisiere, dass Sie in Ihrem Hotel in Tokio einen Briefumschlag mit dem abgezählten Betrag erhalten." (Hatte ich schon erwähnt, dass die Organisation durch Herrn Yasashiku vorbildlich war? Tatsächlich wurde uns bei unserer Ankunft in dem Hotel ein Briefumschlag in die Hand gedrückt, der genau den notwendigen Betrag für die Zahlung der Unterkunft enthielt!)
- Ich: „Das ist aber sehr freundlich von Ihnen, vielen Dank."

  Telefonat Ende.

Einige Tage später:
Zweites Telefonat (vermutlich hat sich Herr Yasashiku auf dieses Telefon tagelang vorbereitet; er war nun fest entschlossen, uns endgültig dazu zu bringen, dass wir von unserer Seite her die Fuji-Besteigung abzusagen):

- Herr Yasashiku: „Bitte entschuldigen Sie, aber ich muss Ihnen nun doch noch einige Informationen für Ihre Fuji-Besteigung geben."
- Ich: „Ja, bitte?"
- Herr Yasashiku: „Sie sollten wissen, dass die Unterkünfte am Berg etwas einfach gestaltet sind."Hoffnungsvolle Pause….

- Ich: „Ja, das denken wir uns schon. Das macht uns absolut nichts aus."
- Herr Yasashiku: Aber bitte bedenken Sie: Besonders die letzte Unterkunft vor dem Gipfel. Das ist eigentlich mehr eine Hütte." Hoffnungsvolle Pause ...
- Ich: „Kein Problem für uns."
- Herr Yasashiku: „Es gibt da auch keine abgetrennten Zimmer, alle schlafen zusammen in einem großen Raum." Hoffnungsvolle Pause ....
- Ich: „Machen Sie sich keine Sorgen, das ist wirklich in Ordnung für uns."
- Herr Yasashiku: „In diesem Raum sind bis zu 30 Personen drin!" Hoffnungsvolle Pause ....
- Ich: „Herr Yasashiku, ich freue mich, dass Sie so um unser Wohl besorgt sind. Aber das ist nicht unsere erste Trekking-Tour. Wir kennen diese Berghütten. Bitte machen Sie sich keine Sorgen um uns."

Nun wurde Herrn Yasashiku klar, dass er mit normalen Mitteln bei mir nicht weiterkommen würde. Daher wühlte er bis zum Grund seines ihm zur Verfügung stehenden Rhetorikbaukastens und in Kamikaze-Manier ließ er sein finales Argument, das uns sicherlich den Todesstoß versetzen würde, auf unsere ungeschützten Köpfe niederprasseln:

- Herr Yasashiku: „Es kann sogar sein, dass da auch Japaner dabei sind."
- Ich: „Herr Yasashiku !!!!!!!"

An diesem Punkt kapitulierte er bedingungslos. Das letzte Hindernis, das zwischen uns und dem Gipfel des Fuji stand, war ausgeräumt.

Der Gipfel des Fuji

Alle warten auf den berühmten Sonnenaufgang

Tja, und hier ist er ....

Abstieg – wie bei den meisten Bergen über Geröllhalden

„Mein Gott, ist das ein goldiges Lämmchen" (2004-2011) - Teil 1: Wie es begann

Ich hätte es wissen müssen!!!

„Mein Gott, ist das ein goldiges Lämmchen!" Utes Ausruf, dem – im Nachhinein betrachtet - Harmlosigkeit zu unterstellen nur einem durch völlige Ahnungslosigkeit gesegneten Außenstehenden einfallen kann, ist mir noch im Kopf, als hätte sie ihn gerade eben erst getan. Denn mit diesem Ausruf begann ES. ES sorgte dafür, dass ich etwa drei Jahre nach diesem Ausruf mit einer stattlichen fünfzehnköpfigen Schafherde dastehen würde. Und wieder einige Jahre später eben diese Schafherde so nach und nach durch ganz Deutschland kutschieren würde, um sie wieder loszuwerden.

Das Drama entwickelte sich für mich völlig unerwartet und schleichend; die Gefahr erkannte ich erst, als es schon längst zu spät war. Doch der Reihe nach:

An einem herrlichen Frühlingstag im April fuhren wir am frühen Nachmittag nach Sulzbach, um unsere Verwandtschaft zu besuchen. Plötzlich sahen wir am Straßenrand ein Schild: „Heute Frühlingsfest in Rai-Breitenbach – Essen vom Grill – Trinken – Kleintierausstellung". „Kleintierausstellung". Na, das können wir uns ja mal kurz anschauen (wobei ich eher das „Trinken" im Kopf hatte), Zeit haben wir ja noch genug. Rai-Breitenbach ist ja nur zwei Kilometer entfernt. Also, kurz entschlossen abgebogen und auf ging´s zum Frühlingsfest. Das Fest war fand auf dem Dorfplatz statt, es war klein und überschaubar. Wir verschafften uns einen Überblick und stellten fest, dass die Kleintierausstellung hauptsächlich aus Hühnern, Kaninchen und Schafen bestand.

Gemütlich liefen wir die Tiergatter ab. In einem der Gatter stand ein schwarzes Mama-Schaf mit einem etwa 14-Tage altem Lämmchen, herzallerliebst anzusehen. Dieses Lämmchen war die Ursache für Utes Ausruf.

Wir bewunderten Mama und Kind gebührend. Plötzlich sagte Ute: „Das Lämmchen möchte ich haben." „Ja, ja, aber sonst geht´s Dir gut?" schoss es mir durch den Kopf. „Das könnte unserer Wiese kurzhalten." Das war zwar eine exzellente und zudem sehr reizvolle Idee, denn wir hatten vor unserem Haus eine etwa 2.500 qm große Hangwiese, deren Pflege schon recht aufwendig war, aber dafür ein Schaf? „Überleg doch mal, dafür ein Schaf? Das ist doch aufwendig. Die tägliche Pflege. Und was sollen wir mit dem denn im Winter machen?" Das Thema verlief sich im Sand, ich atmete auf.

Natürlich hätte ich es besser wissen müssen, schließlich kenne ich Ute. Sechs Wochen später, Ute, so ganz nebenbei: „Wollen wir uns nicht doch das Lämmchen holen?" Diese Worte trafen mich wie ein Blitz aus heiterem Himmel. Welches Lämmchen? Die Geschichte mit dem Frühlingsfest hatte ich längst vergessen (heute würde ich sagen „verdrängt"). Also gut! Da ich Utes Hartnäckigkeit kannte, war mir klar, dass ich aus dieser Nummer so einfach nicht mehr rauskommen würde. „Ok, ich kümmere mich darum." Dabei hatte ich die große Hoffnung, dass der Schafzüchter, dem das Lämmchen gehörte, es keinesfalls hergeben würde. Also gut, meine Recherche begann: Zunächst telefonierte ich mit der Gemeindeverwaltung Rai-Breitenbach, um herauszubekommen, wem die Schafe gehören, wobei ich als Antwort sehnlichst erwartete: „Tut mir leid, keine Ahnung."Aber, was kam?: „Ah, das kann ich Ihnen sagen!" Ich bekam also den Namen des Schafzüchters, sogar nebst Telefonnummer. Also gut, hätte ja klappen können.

Dann Anruf beim Züchter („Bitte, Bitte, sagen Sie „Nein", Bitte, Bitte"): „Wir hätten Interesse, Ihr „Frühlingsfest-Lämmchen" zu kaufen." „Das freut mich, klar, kein Problem." Das war mein Todesstoß! „Aber, es gibt zwei Voraussetzungen." Ich schöpfte Hoffnung. „Das Lamm darf erst nach sechs Monaten von der Mutter getrennt werden, solange müssten Sie also warten." Das gab mir zwar einen Aufschub, löste aber mein Problem nicht wirklich. Und die zweite Voraussetzung? „Schafe sind Herdentiere. Sie müssten daher mindestens zwei nehmen." Das klang schon besser. Vielleicht würde Ute einsehen, dass das dann doch ein bisschen viel wäre. Ich vereinbarte mit dem Züchter, dass ich die Sache mit Ute durchsprechen und mich dann wieder melden würde. Anschließend schilderte ich Ute die Bedingungen: „Zwei? Das ist ja noch besser!"

Damit war die Sache entschieden.

Mein Gott, ist das ein goldiges Lämmchen (2004-2011) - Teil 2: Es wird ernst

Das halbe Jahr war rum, der Termin für das Abholen der Schafe stand fest. Zwischenzeitlich hatten wir uns mit der Theorie der Schafhaltung vertraut gemacht und auch die erforderliche Ausrüstung (Elektrozaun, Weidezaunbatterie, Iglu usw. usw.) beschafft. Unsere Wiese war bereits entsprechend vorbereitet und eingezäunt, die Schafe konnten kommen!

Also, auf geht´s: Zum vereinbarten Zeitpunkt trafen wir mit unserem Hänger an der Schafweide ein. Auf der Wiese tummelten sich etwa 30 Schafe. Unser schwarzes Lämmchen wartete schon, isoliert von der Herde, auf uns. Nun ging es noch darum, welches Schaf wir als Zweites nehmen würden (wir hatten mit dem Züchter vereinbart, dass wir das bei der Abholung aussuchen würden).

Hier ist es nun an der Zeit, zum weiteren Verständnis des Geschehens einige fachliche Informationen einzuflechten: Wie wir mittlerweile wussten, stammten die Schafe, die wir bekommen sollten, aus der Rasse der Skudden. Skudden sind relativ leichte Schafe, sie werden nicht zur Fleisch-, sondern zur Wollproduktion gehalten (bzw. WURDEN zur Wollproduktion gehalten, heutzutage ist die Wolle nichts mehr wert, weil die Verarbeitung leider zu aufwendig ist). Skudden sind eine sehr robuste Rasse, einer ihrer Vorteile ist, dass sie auch im Winter auf der Weide bleiben können (damit waren meine Bedenken bezüglich eines Winterquartiers erledigt), sie benötigen nur einen Unterstand. Schafherden (also nicht nur Skudden) bestehen in der Regel alleine aus weiblichen Tieren, Böcke werden, um die „Lammproduktion“ unter Kontrolle zu halten, stets separat gehalten.

Ach, bei der Gelegenheit: für alle Männer, die denken, ihnen würde es schlecht gehen. Seien Sie froh, dass Sie kein Schafbock (bzw. überhaupt ein männliches Nutztier) sind! Bei männlichen Tieren gibt es nämlich nur zwei Möglichkeiten:

Entweder, es ist schon sehr früh zu sehen, dass sich ein Tier zu einem prächtigen Bock entwickelt. Dann hat es das große Los gezogen. Der Bock wird hofiert und umsorgt und gehegt und gepflegt, denn er ist dafür ausgesehen, die Rasse durch seine edlen Gene zu vermehren. Diesen Tieren fehlt es an nichts. (Sie sehen, Ihre Chancen, zu dieser Kategorie zu gehören, sind - wie auch bei den Schafen - denkbar gering).

Oder, und hier beträgt die Wahrscheinlichkeit 99,99 %: Die Böcke sind absolut nutzlos und machen nur Arbeit und Ärger, da sie nicht nur getrennt von den Weibchen gehalten werden müssen, sondern auch untereinander getrennt werden müssen, da es sonst ständig zu Rivalenkämpfen kommt; es bestünde zwar noch die theoretische Möglichkeit, die Böcke zu kastrieren, dann werden sie friedlich, aber das ist auch wieder aufwendig und teuer. Mit anderen Worten: sie sind absolut unerwünscht und werden daher so schnell wie möglich geschlachtet.

Sie sehen, als Mann aus der Rasse der Menschen: Egal, wie schlecht es Ihnen auch geht, im Vergleich zu Männern aus der Rasse der Schafe: Es geht Ihnen gut!

Und damit zurück zu den Skudden:

Die Geburt von Lämmern wird „Ablammen“ genannt.

Skudden werden in drei Farben gezüchtet: schwarz, weiß und braun (wie Sie gleich sehen werden, eine für den weiteren Fortgang des Geschehens nicht ganz unerhebliche Tatsache). Tja, welches Schaf nehmen wir denn noch mit?

Unsere Blicke schweiften über die Herde. Der Züchter deutete auf eine braune, bereits ausgewachsene Skudde. „Ich würde Ihnen diese Skudde empfehlen. Sie ist schon erwachsen und sie hat schon mehrmals abgelammt. Es ist immer gut, wenn ein erwachsenes Tier dabei ist. Ok, damit war unser zweites Schaf gefunden.

Nun hatten wir also ein schwarzes und ein braunes Schaf. Ute: „Weißt du was, jetzt nehmen wir noch ein weißes Schaf, dann haben wir von jeder Farbe eines." Hier war er wieder, der Blitz aus dem völligen Nichts! Mir stockte der Atem. Der Züchter aber war begeistert. „Das ist ja eine ganz tolle Idee!" (An dieser Stelle darf ich Ihnen einen Rat geben: Lassen Sie sich nie durch irgendwelche Äußerlichkeiten täuschen. Auch Schafzüchter können gute Verkäufer sein!) „Schauen Sie mal, das weiße Lämmchen da drüben. Das wäre doch was, das ist etwas älter als Ihr schwarzes. Dann haben Sie eine tolle Familie zusammen." Und schwupp, hatten wir drei Schafe, das Fundament für eine erfolgreiche Schafzucht war gelegt (was ich in diesem Moment Gott sei Dank noch nicht wusste).

Das wäre schon mal geschafft. Aber: Jedes Tier braucht einen Namen. Bei dem schwarzen und weißen Lämmchen waren wir uns schnell einig: Das schwarze solle „Roberto Blanco" heißen, das weiße „Roy Black". Ja, lassen Sie´s ruhig erstmal sacken. Utes Humor eben.

Aber das braune? Ute hatte auch hier die zündende Idee: „Ist doch ganz einfach. Das Schaf ist braun. Also heißt es Adolf!" Punkt, aus, die Namensfindung war beendet. Wir hatten nun also „**die** Roberto", „**die** Roy" und vor allem „**die** Adolf". Sie sind sicher immer noch am sacken lassen?

Später wurden wir einmal gefragt, warum in Gottes Namen wir Adolf denn Adolf und nicht Eva (Braun) getauft hätten. Diese Frage war berechtigt. Die Antwort ist schlicht und einfach: Das war uns im entscheidenden Moment nicht eingefallen, „Adolf" lag irgendwie näher.

Mein Gott, ist das ein goldiges Lämmchen (2004-2011) - Teil 3: Einzug in das Serai oder: Erbarme, die Schafe kommen

Die Auswahl war also getroffen, die Namensgebung abgeschlossen. Nun also rein mit den goldigen Tierchen in unseren Hänger und dann ab nach Hause.

So, jetzt nur noch schnell die Schafe auf ihre eingezäunte Weide bringen. Ist ja kein Problem, wenn die das fette, saftige Gras sehen, laufen sie ganz von allein in die richtige Richtung. Also, Elektrozaun an einer Stelle aufmachen, Anhänger entsprechend vor dem Zaun platzieren, Anhängertür aufmachen und – „Viel Spaß beim Fressen auf eurer neuen Wiese!" Die Anhängertür war noch nicht richtig offen, da drängten sich die Drei schon raus. Aber ganz anders, als wir das geplant hatten: Sie rannten nämlich in drei verschiedene Richtungen davon. Und zwar überall hin, nur nicht in Richtung Wiese!

Oje, und jetzt? Die genaue Schilderung des Verlaufs der nächsten drei Stunden erspare ich mir und Ihnen. Nur so viel: Wir jagten auf unserem großen Grundstück (das zum Glück eingezäunt ist) den Schafen hinterher, natürlich von nix eine Ahnung und davon sehr viel. (Heute würde es mich – und zwar ohne Hilfe – keine 30 Minuten kosten, die Schafe wieder einzufangen bzw. würden sie mir heute gar nicht mehr erst ausbüxen, aber natürlich „aller Anfang ist schwer"). Zuerst zu zweit, am Schluss, mit Hilfe einer immer größer werdenden regen Teilnahme der ob der willkommenen Abwechslung sehr interessierten Nachbarschaft, mit fünfzehn (!) sehr willigen Helfern.

Mit Roy hatten wir es hierbei am einfachsten, den haben wir schon nach einer halben Stunde erwischt. Der war nämlich so im Panikmodus, dass er auf der Flucht in unseren Teich gestürzt war, da mussten wir ihn nur noch rausfischen. Die beiden anderen haben es uns deutlich schwerer gemacht. Na ja, irgendwann war dann auch das überstanden.

An dieser Stelle noch ein Tipp für den Fall, dass Sie einmal in die Verlegenheit kommen sollten, ein Schaf fangen zu müssen: Wenn Sie es gegriffen haben (was Ihnen als Laie sowieso nie gelingen wird), halten Sie es auf jeden Fall fest. Auch, wenn Sie nur ein Fitzelchen seiner Wolle in Ihrer Faust haben! Wenn Sie nur dieses Fitzelchen haben, kann es zwar passieren, dass das Schaf sich losreißt und Sie dann nur ein Stückchen Schafwolle in den Händen halten. Wenn Sie aber nachgreifen wollen, ist das Schaf auf jeden Fall weg! Im Übrigen: Schafe fangen machen nur Anfänger, der Profi lockt die Schafe, indem er trockene Brötchen in eine Schüssel bröckelt und diese Schüssel dann hin- und herschwenkt. Diese schabenden Geräusche kennen die Schafe nämlich. Und auch bei Schafen gilt meist: Gier frisst Hirn.

Mein Gott, ist das ein goldiges Lämmchen (2004-2011) - Teil 4: Von den Freuden, ein Schäfer zu sein

Ein Argument, mit dem wir unsere irrwitzige Idee der Schafhaltung im Vorfeld rechtfertigten, war, dass die Tiere unsere 2.500 qm große Wiese kurzhalten würden, dass wir uns also das mühselige (Hanglage!) Mähen sparen würden. Schon allein das ist doch schon ein Grund, sich Schafe zuzulegen, oder?

Und tatsächlich, in dieser Hinsicht ging unser Plan voll und ganz auf. Die Schafe hielten die Wiese kurz, wir hatten keine Arbeit mehr mit dem Mähen. Allerdings, eine Kleinigkeit hatten wir nicht bedacht: Das mit dem Kurzhalten hatten die Drei innerhalb von 14 Tagen erledigt! Und nun? Die Schafe müssen ja fressen. Was machen wir denn jetzt? Tja, was machen wir denn jetzt? Innerhalb von vier Wochen war ich mit sämtlichen Landwirten im Umkreis von zehn Kilometern per Du, denn in dieser Zeit habe ich die alle (Achtung, Wortspiel) abgegrast und sie gefragt, ob sie nicht Weideflächen für unsere Schafe hätten. Glücklicherweise bekam ich genügend Flächen zusammen, denn mittlerweile wusste ich, dass eine neue Weide eben mal für zwei bis drei Wochen gut war, dann mussten die Schafe umgestellt werden. Ich war also schon allein mit dem Umstellen gut beschäftigt. Alle zwei Wochen auf der jeweils nächsten Fläche Elektronetz aufbauen (vorher immer schön das Gras wegsensen, damit es keinen Kurzschluss im Zaun gibt), Schafe zusammentreiben, Schafe in den Hänger, Schafe zur neuen Weide fahren (wie schon gesagt, Umkreis 10 km), Schafe rauslassen, zurück zur bisherigen Weidefläche, Elektronetz abbauen usw. usw. usw.. Bei Wind und Wetter, gerne auch im strömenden Regen, alles kein Problem.

Und, natürlich, mühselig Erfahrungen sammeln: s Esieht zwar immer sehr einfach aus, aber es will eben schon gelernt sein, einen Elektrozaun fachgerecht aufzubauen. Und vor allem: den Zaun auch richtig unter Strom zu setzen, denn oftmals entsteht irgendwo am Zaun – zum Beispiel durch Gebüsch, das in den Zaun reinragt – ein Kurzschluss. Dann ist der Strom weg. Und ich behaupte bis heute: Schafe riechen den Strom! Und damit riechen sie es natürlich auch, wenn der Strom weg ist. Und mit Schafen ist es wie mit kleinen Kindern: Das, was sie nicht haben können, ist grundsätzlich besser als das, was sie haben. Und wenn die Viecher das erstmal raushaben, ist es kein Problem für sie, mit ihren Schnauzen das Elektronetz vom Boden hochzuschieben und darunter durchzuschlüpfen. Und so kam es zu Beginn meiner Karriere als Schafzüchter des Öfteren vor, dass ich die Schafe auf eine neue Weide brachte, nach getaner Arbeit alles Werkzeug im Auto verstaute, mich dann nochmals zu den Schafen umdrehte, um – ob des sich abzeichnenden Feierabends sehr zufrieden mit mir – die Früchte meiner heutigen Mühen und Plagen zu betrachten und ...... das letzte der drei Schafe eben im angrenzenden Maisfeld verschwinden zu sehen. Einfangzeit: drei Stunden. Feierabend: verschoben. Ach ja, das Wetter: selbstverständlich strömender Regen, was sonst.

Höhepunkt in dieser Beziehung war, als eines Spätabends gegen 22.30 Uhr (oder ist das schon Frühnachts) das Telefon klingelte: „Wir haben eben noch einen Spaziergang mit dem Hund gemacht. Dabei haben wir gesehen, dass Deine Schafe ausgebüxt sind. Nur, damit du Bescheid weißt ....“Ich also mit einem Handscheinwerfer raus auf die Weide.... Gegen 3 Uhr morgens hatte ich meine Schäfchen wieder beisammen.

Und dann noch die so überaus besorgten Spaziergänger! Die Weideflächen befanden sich oft an Wanderwegen. Und unsere Schafe hatten sehr schnell spitzbekommen, dass sie gefüttert werden, wenn sie auf sich aufmerksam machen. Und wie machen Schafe auf sich aufmerksam? Indem sie „Mäh, mäh, mäh“ rufen, wenn sie sich nähernde Menschen bemerken. Und dann kamen regelmäßig die Anrufe: „Deine Schafe schreien wie verrückt vor Hunger, das ist Tierquälerei.“ Besonders herausragend: Eines Tages rief mich der Bürgermeister an: „Ein zur Jagd Berechtigter hat mich darüber informiert, dass du Deine Schafe hungern lässt!“ Da platzte mir der Kragen: „Dann richte mal Deinem zur Jagd Berechtigtem von einem zur Steuerberatung Berechtigten aus, dass der zur Steuerberatung Berechtigte lieber selbst verhungern würde, als seine Schafe hungern zu lassen!“

Mein Gott, ist das ein goldiges Lämmchen (2004-2011)
Teil 5:- Die wundersame Schafvermehrung

Als professioneller Schafzüchter - schließlich war ich stolzer Besitzer von drei Schafen - nahm ich – selbstredend – auch regelmäßig an den Schafbesitzerversammlungen teil. Dabei erzählte ich einmal meinem Sitznachbarn, wie wir zu unseren drei Schafen gekommen waren i. Seine Antwort: „Ja, so hat das bei mir auch angefangen. Mittlerweile habe ich eine stattliche Herde von 20 Schafen, das kam mehr oder weniger völlig ungeplant." Großes Gelächter von meiner Seite: „Wie hast du das denn zustande gebracht? Sowas würde mir nie passieren!"

Drei Jahre später war es soweit. Und das kam so:

Einige Monate, nachdem wir die Schafe zu uns geholt hatten, rief mich der Schafzüchter, von dem wir die Schafe hatten, an:

Züchter: „Ich bekomme nächste Woche einen Schafbock, um meine Schafe decken zu lassen. Willst du deine dazustellen?"

Ich: „Ne, Danke für dein Angebot, aber die drei, die wir haben, reichen voll und ganz aus, da brauchen wir nicht noch mehr Schafe. Zumal unsere Weideflächen begrenzt sind."

Züchter: „Du, denk da bitte nochmals drüber nach. Schafe wollen gedeckt werden. Die fressen sich schon prophylaktisch Fett an, damit sie stark genug für ihre Jungen sind. Wenn die nicht regelmäßig, sprich einmal im Jahr, gedeckt werden, werden die zu fett. Das ist nicht gut."

Ich: „Hm, na gut, das kann ich ja einsehen. Aber was machen wir denn dann mit den Lämmern?"

Züchter: „Kein Thema. Wenn ihr sie nicht behalten wollt, nehme ich die."

Ok, das war ein Angebot. Damit war das Thema durch. Also, auf zum Decken.

Und tatsächlich, kurz vor Ostern, wie es sich gehört, haben unsere Schafe – fast zeitgleich – abgelammt und wir waren stolze Besitzer von vier (!) nagelneuen Lämmern. (Adolf geruhte, uns Zwillinge zu schenken.) Und ewig grüßt das Murmeltier: „Sind die goldig! Die geben wir auf keinen Fall her. Die behalten wir selber. Meine Güte, drei oder sieben. Wo ist da schon groß der Unterschied?" Nun hätte ich sagen können: „Mindestens schon mal in der Frequenz, die Schafe auf neue Weideflächen zu setzen?", aber da ich wusste, dass Widerstand sowieso zwecklos und ich natürlich auch schon in unseren Nachwuchs verliebt war, ersparte ich mir diese Argumentation. Und schon waren´s sieben.

Und so weiter und so fort. Decken, Nachwuchs, Decken, Nachwuchs. Wobei ich sagen muss, ganz so dramatisch, wie ich es hier schildere, war es dann doch nicht. Bei den neugeborenen Lämmern waren natürlich auch Böckchen dabei, die haben wir immer gleich abgegeben. Und wir haben nicht jedes Jahr alle Schafe decken lassen; und irgendwann haben wir uns dann doch dazu durchgerungen, nicht alle Lämmchen behalten zu wollen, sprich, wir haben Lämmchen auch abgegeben.

Links das weiße ist die Roy (Black),
vorne das schwarze die Roberto (Blanco),
rechts ist der kastrierte Leo (siehe unten)
und im Hintergrund die braune Adolf

Wobei es auch hier Rückschläge gab: So haben wir zum Beispiel im Bekanntenkreis ein Paar gehabt, das extrem begeistert von den Lämmchen war und ernsthaft auch zwei bis drei Schafe haben wollte. Da in dieser Zeit auch die Hochzeit der beiden anstand, nutzen wir die gute Gelegenheit und schenkten ihnen zu dem freudigen Ereignis zwei Lämmchen. Große Freude! Etwa ein Jahr später: „Du, Hoinzi, wir haben uns da ein bisschen überschätzt. Die Arbeit mit den Schafen wird uns einfach zu viel. Könntest du die beiden Schafe nicht zurücknehmen?“ Schwupp, wieder zwei mehr. Und dann war da auch noch unsere Gutmütigkeit: Einer der Züchter, Karl (ich erwähne den Vornamen, weil der gleich eine Rolle spielt), hatte einen Hammel (sollten hier wider Erwarten der Schafzucht nicht kundige Leser dabei sein: das ist ein kastrierten Bock), mit dem kam er irgendwie nicht zurecht. Irgendwann sagte er mal: „Mir reicht´s jetzt mit dem Vieh. Nächste Woche schlachte ich den, dann wird der zu Gulasch gemacht.“ Das konnten wir natürlich keinesfalls dulden. Also: „Wenn du möchtest, nehmen wir den, dann hast du deine Ruhe.“ Karl war damit einverstanden, wir durften das Tier mitnehmen. Nun brauchten wir natürlich noch einen Namen. Und was drängte sich da förmlich auf: Der Züchter, von dem wir das Schaf bekommen haben, hieß Karl. Der wollte das Schaf zu Gulasch machen. Also, alles klar, das Schaf heißt „Karl Gulasch“!

Ja, und irgendwann war unsere Herde dann tatsächlich auf fünfzehn Schafe angewachsen. Und mir das Lachen vergangen.

In diesem Zusammenhang noch eine kleine Geschichte am Rande: Eines der Lämmchen, das wir unbedingt behalten wollten, war ein Bock (den wir „Leo“ tauften). Nun ist es so, dass ein Bock nicht bei der Herde bleiben kann, denn nach einigen Monaten ist er geschlechtsreif und wenn er dann nicht von den anderen Schafen getrennt wird, gibt es Inzucht in der Herde. Also musste Leo kastriert werden. Oje, das arme Tier. Eines Tages war es dann soweit: Die Tierärztin kam zum vereinbarten Termin auf die Weide, ich hatte Leo schon eingefangen und wir harrten der Dinge. Die Tierärztin zu mir: „Leo muss während der Operation festgehalten werden. Würdest du das übernehmen? Meine Helferin konnte leider nicht mitkommen.“ „Oje, das ist aber ganz schlecht, der guckt mich ganz bestimmt nie mehr an, wenn er merkt, was ich ihm angetan habe.“ Aber, na gut, da müssen wir durch: Also halte ich Leo also, der die ganze Prozedur mit der sprichwörtlichen Schafsgeduld über sich ergehen lässt, fest. Und, was soll ich sagen: Seit dieser Zeit war Leo nicht nur das zahmste Schaf der ganzen Herde, er lief auch noch hinter mir her wie ein Hund. Und da wusste ich: Nachtragend ist er schon mal nicht.

Mein Gott, ist das ein goldiges Lämmchen (2004-2011) - Teil 5: Es reicht

Dass die Schafe immer wieder mal aus dem Elektronetz entwischten, wenn das Netz aufgrund eines Kurzschlusses oder weil die Weidezaunbatterie leer war, keinen Strom hatten, habe ich hingenommen, das gehört einfach dazu. Auch im Radio sind immer wieder diesbezügliche Warnmeldungen für Autofahrer zu hören. „Rind ausgebrochen“, „Schafherde steht auf der Straße“ usw. Aber irgendwann haben die Schafe sich überhaupt nicht mehr darum gekümmert, ob das Netz Strom führt oder nicht. Sie sind auch abgehauen, wenn Strom im Netz war. Und wenn die das mal raushaben, ist es vorbei mit Schafhaltung im Netz. Dann machen die das immer wieder; und ihre Lämmchen tun es ihnen nach. Und dann hilft eigentlich nur noch schlachten.

Hinzu kam noch, dass einige der Weideflächen nur wenige hundert Meter von einer Straße entfernt waren, die extrem beliebt bei Motorradfahrern ist. Da hatte ich immer schon den Albtraum, dass die Schafe mal mitten auf der Straße in einer Kurve stehen und ein ganzer Pulk Motorradfahrer in vollem Karacho angebraust kommt .... Das Fass zum Überlaufen brachte dann eine Radionachricht: „ Am 26. April 2008 ist ein ICE entgleist, weil er mit hoher Geschwindigkeit bei Fulda in eine Schafherde gerast ist, die im Landrückentunnel auf den Gleisen stand. Es entstand ein Millionenschaden.” Das war dann endgültig der Punkt, an dem ich beschloss: es reicht!! Die Schafe müssen weg.

Also gut, gehen wir´s an. Aber wie? Schlachten kam natürlich nicht in Frage (von allen anderem abgesehen,

rentiert sich das auch überhaupt nicht. Skudden sind Woll-, keine Fleischschafe, sie wiegen ausgewachsen gerade mal 40 bis 45 kg, bei schlachtreifen Lämmern bleiben, wenn es hochkommt, beim Schlachten etwas 8 kg Fleisch (mit Knochen!) übrig, da lohnt der ganze Aufwand überhaupt nicht).
Aber das war auch überhaupt nicht mein Plan. Als guter Geschäftsmann beschloss ich natürlich, die Schafe zu verkaufen und dabei einen enormen Gewinn einzustreichen. Irgendwie musste ich ja für die Mühen der letzten Jahre entschädigt werden. Also, auf geht´s. Google zeigt mir die Berufsschäfer in der Gegend an. Nach drei Anrufen war ich dann in der Realität angekommen: „Ne, Schafe kaufe ich nicht dazu, die züchte ich ja selber. Und außerdem: Skudden? Was soll ich denn mit denen? Ich brauche Fleischschafe."

Damit war die Sache mit dem „reich werden" durch. Na gut. Nächster Plan: Wir sind im Odenwald, da gibt es immer noch Schäfer, die als Landschaftspfleger durch die Gegend ziehen, denen ist es wurscht, ob Fleisch- oder Wollschaf. Und dann verschenke ich sie halt, was soll´s. Hauptsache, ich werde die Viecher los. Aber schon wurde ich wieder desillusioniert. Bei meinen entsprechenden Anrufen meist schallendes Gelächter. „Ich könnte Ihnen noch ein paar von meinen Schafen geben."

Also gut, aktivieren wir Plan C: Annonce in den örtlichen Mitteilungsblättern der Umgebung: „Schafe in gute Hände abzugeben. KEIN SCHLACHTEN!!!!" Es kam genau ein Anruf:

- Ich: „Ja, Hallo"
- Anrufer: „Ja, Hallo, ich Mustafa. Du Schafe?"
- Ich: „Jaaaaa?"
- Anrufer: „Ich nehmen Schafe. Was kosten?"
- Ich: „Was haben Sie denn mit den Schafen vor?"
- Anrufer: „Essen."

Nun gingen mir doch langsam die Ideen aus. Aber halt, es gibt doch Gnadenhöfe! Mann, Hoinzi, warum bist du da nicht schon früher draufgekommen? Ich also wieder ans Telefon und die Gnadenhöfe in der näheren Umgebung abtelefoniert. Und auch hier musste ich wieder merken: Einfach ist alle Theorie. Meist bekam ich die Auskunft: „Oh Gott, bitte nicht, wir sind schon bis zum Anschlag mit Tieren überlastet." Meine Definition „nähere Umgebung" wurde immer lockerer, mittlerweile war ich bei einem Radius von 100 km angekommen. Aber, so nach und nach hatte ich dann doch Erfolg und konnte die Schafe verteilen. Bis auf fünf, die blieben übrig (die ganze „Verteilaktion" zog sich übrigens über mehr als drei (!) Jahre hin).

Der Radius wurde größer und größer, bis ich schließlich bei einem Gnadenhof im Schwarzwald landete. Im Schwarzwald!! 270 Kilometer! Aber, der Erfolg gab mir recht: „Ja, zwei Schafe könnten wir nehmen." Also gut, machen wir einen Ausflug in den Schwarzwald. Man gönnt sich ja sonst nichts. Wir vereinbaren einen Termin. Am Tag vor der geplanten Übergabe klingelt das Telefon. „Hier ist der Gnadenhof." Oje. Mein Herz rutscht in die Hose. Sicher machen die einen Rückzieher! Aber nein, im Gegenteil: „Wir könnten noch ein Schaf mehr nehmen." Wow.

Nun waren´s nur noch Zwei. Meine Güte, das muss doch zu schaffen sein! Schließlich landete ich beim „Hagel-Hof" in Löningen (das ist in der Nähe von Oldenburg). Löningen. Knappe 380 km von uns weg. Geht´s noch? Warum rufst Du da überhaupt an? Am Telefon hatte ich die Besitzerin des Gnadenhofs, Frau Deppe. Eine sehr einfühlsame Frau. Sie wollte mir sehr gerne helfen. Aber: Wir hatten Oktober, es ging auf den Winter zu und Frau Deppe sagte mir, dass sie es mit den Futterkosten für ihren Tierbestand gerade mal so schaffen würde, über den Winter zu kommen. Da könne sie nicht noch zusätzliche Tiere aufnehmen. Aber wenn wir die Schafe im Frühjahr immer noch hätten, würde sie sie auf jeden Fall aufnehmen. Und so sind wir verblieben.

Es wurde Frühjahr. Und wir hatten die Schafe immer noch. Banger Anruf bei Frau Deppe? Und tatsächlich: „Natürlich, ich stehe zu meinem Wort."

Liebe Frau Deppe, ich bin Ihnen heute noch dafür dankbar, dass Sie unsere beiden letzten Schafe bei sich aufgenommen haben, obwohl auch Ihr Hof schon bis zum Anschlag ausgelastet war. Aber ich denke, wir haben daraus eine echte win-win-Situation gemacht, gell?

Und so endete meine Karriere als Odenwälder Schafzüchter.

Die Flucht: Aufbruch – 4. März 1945

Zwei Tage vorher: Neu-Malzkow, Sonntag, 4. März 1945

„Anna, Anna ....“. Es ist Sonntagmorgen, 10.00 Uhr, Oma jätet Unkraut im Gemüsegarten. Anneliese, die Frau des Bürgermeisters, kommt, schon von Weitem laut rufend, quer über die Straße gelaufen.

Schon seit Tagen geben der Bürgermeister, Theodor Vandersee, und seine Frau täglich „Wasserstandsmeldungen“ ab. Wo verläuft die Front? Wo steht der Russe heute? Welche Flüchtlingsrouten sind noch frei? Beide lassen keinen Zweifel mehr daran, dass eine Flucht unumgänglich ist. Es kann sich nur noch um Tage handeln, bis der Befehl zur Aufgabe des kleinen Dorfes mit seinen etwas mehr 400 Einwohnern und 80 Haushalten und Gehöften kommt (tatsächlich gaben die in Neu-Malzkow stationierten SS-Einheiten diesen Befehl am 8. März 1945).

Aber meine Oma wollte nicht weg; alles in ihr wehrte sich dagegen. Unser Hof! Unsere Tiere! Ich gehe hier nicht weg...“

Das tägliche Dorfleben:

Das Leben der Dorfbewohner hatte einen geregelten Ablauf. Als erstes standen morgens die Älteren des Dorfes auf und versorgten das Vieh mit Futter und erledigten den größten Teil der Hofarbeit wie Kühe melken und den Stall säubern. Die Kühe wurden nach dem Melken auf die Dorfstraße getrieben. Von dort trieb der Kuhhirte alle Kühe auf die Weide. Anschließend mussten die Älteren des Dorfes die Arbeiten verrichten, die Ihnen zugeteilt waren: die Arbeit auf dem Feld, das Führen des Haushaltes oder die Arbeit als Mitarbeiter des Roten Kreuzes. Zur Mittagszeit kamen die Kühe ins Dorf zurück und mussten erneut gemolken werden. Ein drittes Mal wurden die Kühe am Abend, nach einigen weiteren Stunden auf der Weide, gemolken. Nach dem Abendessen versammelte sich die ganze Familie in der Wohnstube und verrichtete dort noch weitere kleinere Arbeiten wie Wolle spinnen oder Socken stopfen. Auch Besen wurden von jeder Familie aus Birkenreisig selber hergestellt.

Alle Lebensmittel die man nicht selber herstellen konnte, wie z.B. Zucker, konnten in Lupow in einem Lebensmittelgeschäft erworben werden. Auch ein Postamt befand sich in Lupow, später gab es ein weiteres in Neu- Malzkow. Die Kirche und andere behördliche Einrichtungen waren in Lupow beheimatet.

Butter, die gegen Kriegsende nicht mehr selber hergestellt werden durfte, sollte ebenfalls in den Geschäften erworben werden. Allerdings fanden die meisten Dorfbewohner Mittel und Wege dieses Verbot zu umgehen. Natürlich durfte niemand der Nachbarn von diesem Rechtsbruch erfahren.

Brot wurde ebenfalls selber hergestellt. Alle zwei Wochen, teilweise auch jede Woche, war Backtag am Dorfbackofen. Aus Mehl, geschälten und gekochten Kartoffeln, Wasser, Milch, Salz und Sauerteigkulturen wurde ein Teig hergestellt, der dann über Nacht ruhen musste. Am nächsten Morgen wurden aus dem Teig Brotlaibe geformt, die im Dorfbackofen gebacken wurden. Das Brot musste dann bis zum nächsten Backtag ausreichen.

Einige Arbeiten waren saisonbedingt und konnten nur zu bestimmten Zeiten ausgeführten werden. Zu Beginn des Jahres wurde, je nach Witterung, der angefallene Stallmist von den einzelnen Häusern abgeholt und auf den Feldern verteilt.

Im Frühling war die Zeit des Säen und Setzen. Kartoffeln, Zuckerrüben, Getreide, etc. mussten auf die Felder gebracht werden. Alle weiteren Arbeiten wie Pflügen folgten darauf. Auch das Scheren der Schafe stand an. Die dabei anfallende Wolle wurde gewaschen und zu Fäden gesponnen.

Je näher der Sommer kam, musste schon damit angefangen werden für den Winter vorzusorgen. Um im Winter Futter für das Vieh zu haben, begann man schon früh damit Heu zu machen und dieses auf dem Heuboden einzulagern. Auch für das leibliche Wohl der Einwohner über die Wintertage musste gesorgt werden. In den Wäldern rund um Malzkow gab es viele Blaubeersträucher. Wenn die Zeit gekommen war, wurden die Kinder nachmittags in den Wald geschickt, um die Beeren zu pflücken. Je näher der Herbst kam, um so mehr Obst wurde reif. Birnen und andere Köstlichkeiten wurden eingemacht und getrocknet, um diese für den Winter haltbar zu machen.

Neben dem Anhäufen der Vorräte musste Feuermaterial für die kalten Winter herbeigeschafft werden. Tannenholz wurde per Wagen zu den einzelnen Höfen gebracht und dort zersägt und aufgespalten, so dass es zum Heizen geeignet war. Neben Holz war Torf für die Bewohner ein bevorzugtes Heizmittel. Kohle gab es im tiefsten Hinterpommern so gut wie gar nicht. In einem der Nahe gelegenen Moore wurde Torf gestochen. Mit speziellem Werkzeug wurden ziegelartige Stücke aus der Moorwand herausgemacht, welche dann von der Sonne getrocknet wurden. Diese getrockneten Torfstücke wurden auf die Haushalte verteilt.

Der Herbst nahte und damit stand eine der arbeitsreichsten Zeiten des ganzen Jahres an, die Erntezeit. Getreide und Zuckerrüben konnten in Malzkow selber nicht verarbeitet werden. Daher wurden sie in andere Teile des Kreises „exportiert“ um daraus Mehl bzw. Zucker zu gewinnen. Die angebauten Kartoffeln hingegen wurden in der zum Gut gehörenden Brennerei verarbeitet. Während der Erntezeit wurden alle Hände benötigt. Die Ältesten, die nicht mehr die Kraft zur Erntearbeit hatten, blieben zu Hause und kochten Essen. Die Jüngsten, die noch nicht in der Lage waren bei der Ernte zu helfen, brachten das Essen auf die Felder. Neben der Arbeit für das Gut musste noch die eigene Ernte eingefahren werden, die nicht nur geerntet, sondern auch winterfest gemacht werden musste. Hierfür wurde Laub gesammelt, was Kartoffeln vor leichtem Frost schützen sollte. Aus den geernteten Zuckerrüben wurde Sirup gekocht, welcher als Zuckerersatz bzw. als Brotaufstrich diente.

Der Frühwinter bedeutete Schlachtzeit. Auch in dieser Zeit unterstützten sich die Familien gegenseitig, in dem sie von Haus zu

Haus zogen. Der Schlachter für Großtiere, z.B. Schweine, war der Dorfschmied. Es wurden damals alle Teile des geschlachteten Tieres verarbeitet. Aus Schweineknochen wurde Seife hergestellt, die Därme für Wurst gereinigt, das Fleisch gepökelt. Die Federn des Geflügels wurden für Decken und Kissen verwendet und das Fleisch ebenso gepökelt oder geräuchert.

Literaturverzeichnis, 1)

„Anna, bitte, bitte, macht Euch bereit!“ Die Russen kommen immer näher. Wir haben höchstens noch ein, zwei Tage! Oma durchzuckte es heiß. „Nun noch Tage? Um Gottes Willen. Aber Gertrud ist doch noch in Stolp! Keinesfalls gehe ich ohne Gertrud.“ Gertrud hatte Wohnung und Arbeitsplatz in Stolp. Sie hatte Oma hoch und heilig versprochen, zurück nach Neu-Malzkow zu kommen, wenn sich abzeichnen würde, dass an einer Flucht kein Weg vorbeiführt. Ihren Sohn Jürgen hatte sie sicherheitshalber bereits bei der Oma gelassen. Aber Gertrud war nicht da. Verständigungsmöglichkeiten gab es keine. Oma würde bleiben.

Die Schwarze Hand (1967)

Mit elf Jahren wurde ich kriminell!

Ich wurde Mitglied der „Schwarzen Hand“. Die Schwarze Hand war eine hochkriminelle, äußerst kaltblütige, straff durchorganisierte Bande mit einem Chef, der von den Mitgliedern bedingungslosen Gehorsam forderte und erhielt. Was der Chef sagte, war unumstößliches Gesetz! Und der Chef, der war ich. Und dass die Bande so diszipliniert und gehorsam war, lag daran, dass ich nicht nur der Chef, sondern zugleich auch das einzige Mitglied dieser kriminellen Vereinigung war. Und das kam so:

Es waren Sommerferien. In unserem Viertel waren wir eine Rasselbande von etwa zehn Kindern und wir trafen uns jeden Tag zum Spielen (irgendwo hin in den Urlaub zu fahren, war zu dieser Zeit sowas von weit weg, auf diesen Gedanken wären wir nicht mal im Traum gekommen). Wir gingen im Main baden, streiften durch die Natur, besuchten einen in der Nähe liegenden Bauernhof, um uns auf dem Heuboden auszutoben (eine Tätigkeit, die unsere Mütter besonders liebten, denn hinterher sahen wir aus, als wären wir durch den Häcksler gedreht worden (wobei, für uns war das natürlich auch kein Vergnügen, denn das daraus resultierende Jucken hielt sehr lange an) und spielten wahlweise Völker- oder Federball.

Besonders gerne besuchten wir den „Roten Felsen“. Der lag etwa drei Kilometer von unserem Viertel entfernt mitten im Wald. Dadurch wurde schon der Weg dorthin zu einem Abenteuer. Wir tobten durch den Wald und spielten Fangen und Verstecken, immer Richtung „Roter Felsen“. Dann kamen wir noch an einigen Teichen vorbei und unterhalb des Roten Felsens schlängelte sich ein kleines

Bächlein durch den Wald, perfekt, um unseren Durst zu stillen, den wir natürlich in der Sommerhitze hatten, wenn wir ankamen. Der Ausdruck „Roter Felsen“ ging völlig am Thema vorbei, denn es handelte sich einfach um einen Erdrutsch. Das Gelände stieg an der besagten Stelle relativ steil an und rutschte irgendwann mal auf einer Höhe von etwa 20 Metern die Erde ab. Und da die Erde an diesem Ort aus rotem Lehm bestand, tauften wir das ganze Gebilde kurzerhand „Roter Felsen“.

Wie auch immer, wir hatten unseren Spaß. Von unten nach oben hochklettern, von oben nach unten runterrutschen, Cowboy und Indianer (könnten nicht hinter der nächsten Ecke die feindlichen Sioux lauern? Oder mindestens eine Räuberbande?), na, eben das Übliche. Wir hatten also jeden Tag unsere Freude. Aber, hmmm, sechs Wochen Ferien? Irgendwann zieht sich das dann doch. Mit anderen Worten: Uns wurde laaaaangweilig.

Nun war ich begeisterter Leser von Abenteuerbüchern, „Fünf Freunde“ von Enid Blyton, „Emil und die Detektive“ von Erich Kästner, das ganze Programm eben. In diesen Büchern ging es meist um mehrere Kinder, die als Bande unterwegs waren. Und da ging es mir durch den Kopf! Das ist gut! Das machst Du auch! Ich gründe eine Bande und bringe mal ein bisschen Pepp in die ganze Sache! Das war die Geburtsstunde der Schwarzen Hand.

Nun musste der Schwarzen Hand natürlich Leben eingehaucht werden. Daher setzte ich mich eines Abends an meinen Schreibtisch und verfasste einen anonymen Brief: „Hände weg vom Roten Felsen!!! Der Rote Felsen gehört uns!! Wenn Ihr da nicht wegbleibt, werdet Ihr es bitter bereuen!!“ Diesen Brief jubelte ich meinem besten Kumpel, Martin, unter. Und schon hier zeigte sich die perfide kriminelle Energie, die damals (ich betone „damals“, heute würde mir sowas nicht mal im Traum einfallen!), aus welchen Gründen auch immer, in mir schlummerte. Ich wartete nämlich sehr geduldig eine günstige Gelegenheit ab. Diese Gelegenheit ließ nicht lange auf sich warten: Wir waren mal wieder am Main baden, Martin war im Wasser, seine Badetasche lag auf seiner Decke neben mir. Perfekt. Brief rein in die Badetasche. Fertig.

Das schlug ein wie eine Bombe: Martin fand den Brief am Abend beim Auspacken. Am nächsten Tag, als wir uns trafen, war mächtig halligalli! Wer wagt sowas? Was soll das überhaupt? Wir haben beim Spielen am Roten Felsen noch nie irgendjemanden gesehen. Das darf doch nicht wahr sein. Und, vor allem: Wie kam der Brief in Martins Badetasche? Wir waren doch ganz allein am Badeplatz gewesen.......

Sofort bildeten wir eine Detektivgruppe und begannen mit den Ermittlungen. Wo sollten wir anfangen? Das war bestimmt eine Gruppe aus irgendeinem der Nachbarviertel. Also liefen wir die Viertel nacheinander der Reihe nach ab und schauten, ob wir etwas Verdächtiges erkennen konnten. Das ging über mehrere Tage, die Langweile war wie weggeblasen. Insbesondere auch, weil wir durch Präsenz zeigen wollten, dass wir uns nicht einschüchtern lassen, sprich: Wir tauchten natürlich nun erst recht täglich am Roten Felsen auf. Dabei durchsuchten wir den kompletten Wald nach feindlichen Gruppen, konnten aber natürlich nie jemanden finden, denn es gab ja niemanden.Um die Spannung hoch zu halten, haben ich jeden Abend einen neuen anonymen Brief verfasst: „Wir haben Euch heute am Roten Felsen gesehen. Dies ist die letzte Warnung! Verschwindet!“ Der Gerechtigkeit halber habe ich diese Schreiben jeweils bei einem anderen Mitglied unserer Gruppe platziert (und selbstverständlich habe ich selbst auch immer wieder mal einen Drohbrief bekommen, das wäre ja sonst höchst verdächtig gewesen, wenn nur ich hier verschont geblieben wäre), was wiederum zu weiteren wilden Spekulationen führte: „Woher wissen die, wer alles zu unserer Gruppe gehört?” Und vor allem: „ Woher wissen die, wo wir wohnen?“ „Die müssen uns doch ständig beobachten.“ „Und wann bringen die die Briefe?“ Wir bildeten Beobachtungsteams und legten uns vor unseren eigenen Häusern auf die Lauer, um diesen verbrecherischen Boten aufzuspüren. Erfolglos, es war nicht zu fassen! Wie es sich in einem richtigen Krimi gehört, steigerte ich nach und nach die Spannung. Nächster Brief: „Wir haben Euch gewarnt. Jetzt wollt Ihr morgen schon wieder zum Roten Felsen!! Bleibt weg!“ Oh, mein Gott. Woher wissen die jetzt, dass wir morgen zum „Roten Felsen“ wollen? Es muss einen Maulwurf in unseren Reihen geben! Wer kann das sein?

Das zog ich etwa zwei Wochen durch. Niemand wäre auch nur im Traum auf die Idee gekommen, dass ich dahinterstecken könnte. Bis ich dann den klassischen Fehler machte: Ich zog jemanden ins Vertrauen. In diesem Fall Martin; denn natürlich wollte ich ob meiner grandiosen Idee auch mal ein Lob einheimsen (seitdem weiß ich: Eitelkeit tut nicht gut). Nachdem er mir hoch und heilig versprochen hatte, die Informationen, die ich ihm gleich geben würde, unter keinen Umständen in irgendeiner Form weiterzugeben und wenn es ihn sein Leben kosten würde, ließ ich die Katze aus dem Sack.

Anschließend dauerte es keine zwölf Stunden, bis die komplette Gruppe Bescheid wusste und ich gezwungen war, mich für den Rest der Ferien alleine zu beschäftigen.

Kilimandscharo (1991)

Nun also der Kilimandscharo (oder kurz „Kibo“). Bei aller Trekking-Begeisterung: Dieses Ding hatte ich bisher überhaupt nicht auf dem Schirm. Höhentrekking, das war für mich immer irgendwas zwischen 2.000 und – als höchstes der Gefühle – 3.000 Metern, wobei 3.000 Meter schon sehr nach Todeszone klang. Alles, was da drüber ging, war vielleicht was für Irre (entschuldigen Sie bitte, Herr Messner, ist wirklich nicht persönlich gemeint), aber ganz sicher nicht für mich. Und dann kommt Yvonne, ne gute Freundin von uns, um die Ecke, 10 Jahre jünger als ich, strahlt uns an und erzählt, dass sie auf dem Kibo war, Gilmans Point, 5.681 Meter hoch! Die! Auf dem Kibo! Fast 6.000 Meter hoch! Und wo bleibe ich??

Schon noch´n gutes Stück zu Fuß

Mir ist´s ja wurscht, wenn jemand in den Alpen rumturnt, das ist nicht mein Ding. Da würde ich nie Neid oder den Drang, das auch zu wollen, verspüren. Zuviele Stadttouristen. Und wenn es dann für jemanden das höchste der Gefühle ist, das Matterhorn zu besteigen und dabei, wenn er über einen Grat greift, in die Scheiße eines seiner Vorkletterer zu greifen, ok, dann ist das sein Vergnügen, geht mich nix an.

Aber der Kibo? Und Yvonne war oben? Und ich nicht?? Never. Das kann ich keinesfalls auf mir sitzen lassen! Mit Ute war ich mir da sofort einig, das ziehen wir durch. Also, kurze Recherche:

Es gibt verschiedene Routen auf den Kibo, jede von ihnen hat ihre eigenen Schwierigkeiten und Reize. Startpunkte sind teilweise in Kenia, teilweise in Tansania. Wir haben uns schließlich für die Marangu-Route entschieden (Startpunkt Tansania), auch „Coca-Cola-Route" genannt. „Coca-Cola" deshalb, weil es die einfachste und leichteste aller auf den Kibo führenden Routen ist; unter anderem, weil es - jedenfalls zu unserer Zeit - die einzige Route war, in der wir in Hütten übernachten konnten (die darüber hinaus - welch unvergleichlicher Komfort (!) - auch noch jeweils über Toilettenhäuschen (darauf werde ich noch zu sprechen kommen) verfügten. Bei allen anderen Routen erfolgte die Übernachtung in freier Natur in Zelten. Ok, Coca Cola ist gebongt, die nehmen wir. Da wir zu dieser Zeit keinerlei Erfahrungen mit Höhentrekking hatten, war der Kibo allein schon genug Herausforderung für uns, da war es nicht notwendig, durch die Wahl einer anspruchsvolleren Route noch einen draufzusetzen.

Diese Entscheidung war also schnell getroffen. Nun mussten wir uns aber unserem kleinen Zeitproblem widmen: Es war nämlich so, dass wir - als wir die Kibo-Tour geplant hatten - eigentlich überhaupt keine Zeit dafür hatten. Unsere Terminkalender waren sowieso schon übervoll, auch die „regulären" Urlaube für diese Jahr waren schon geplant, es war wirklich alles dicht. Vernünftig wäre es also gewesen, den Kibo auf das nächste Jahr zu verschieben und dann die Tour in aller Ruhe anzugehen. Mit einem schönen Rahmenprogramm, vielleicht noch eine Woche Safari in einem der Nationalparks, Abstecher nach Kenia, Badeurlaub auf Sansibar, wäre alles voll easy möglich gewesen. Aber das ließ unser jugendliches Ungestüm natürlich nicht zu. Weiß der Teufel, was bis nächstes Jahr alles passiert. Und dann klappt es nicht. Und dann war Yvonne auf dem Kibo und wir nicht! Nix, das machen wir sofort. Wir fliegen runter, machen den Kibo und fliegen wieder heim, das ganze Beiwerk braucht´s nicht. Also, schau´n wir mal:

Die reguläre Marangu-Tour geht über sechs Tage, darin enthalten ist beim Aufstieg ein Akklimatisationstag, weiterhin sind für den Abstieg zwei Tage vorgesehen. Dazu noch einen Tag für die Anreise aus Deutschland und einen Tag für den Rückflug (praktischerweise mit nur einer Stunde Zeitverschiebung, so dass wir schon mal das Thema „jet lag" aus dem Kreuz hatten). Also, acht Tage. Hmmm. Das muss doch schneller gehen. Da muss doch noch was zu machen sein! Ja, es war tatsächlich noch was zu machen, das durften wir nur niemandem, der sich mit Höhenkrankheit auskennt, sagen.

Exkurs: Höhenkrankheit

Eine der größten Gefahren, die bei Trekkingtouren in größeren Höhen drohen, ist die Höhenkrankheit. ()Sie kann bereits unter 2.000 m auftreten, ab 3.000 m muss ernsthaft mit ihr gerechnet werden, ab 4.000 m schlägt sie dann oft richtig zu. Symptome sind Kopfschmerzen, Krankheitsgefühl, Schwindel, Appetitmangel, Übelkeit, Erbrechen und Schlafstörungen. In schweren Fällen kommt noch akute Atemnot dazu, ohne Gegenmaßnahmen kann sie tödlich sein (und das ist beileibe keine allein theoretische Gefahr!).

Das Heimtückische an der Höhenkrankheit ist, dass niemand, wirklich niemand, dagegen gefeit ist. Sie können fünfmal auf einem Achttausender gewesen sein, ohne auch nur den Anflug einer Höhenkrankheit zu spüren. Trotzdem kann es sie bei Ihrer sechsten Tour bereits auf 3.000 m erwischen.

Die einzige erfolgsversprechende Behandlungsmöglichkeit ist der sofortige (und die Betonung liegt hier tatsächlich auf „sofortig“) Abstieg in tiefere Regionen. Mit anderen Worten: Wen die Höhenkrankheit erwischt, der kann den Gipfel definitiv vergessen!

Lässig, wie wir waren, haben wir kurzentschlossen entschieden, den Akklimatisationstag wegzulassen. Und dann der Abstieg: zwei Tage, was soll´n das? Morgens um 6.30 Uhr ist Sonnenaufgang auf dem Gipfel, danach ist das Ding doch sowieso durch. Dann haben wir noch zehn Stunden für den Abstieg. Das reicht, das schaffen wir. Und damit hatten wir die Tour in das uns vorher festgelegte Zeitfenster von sechs Tagen gequetscht.

Hat auch tatsächlich geklappt, aber trotzdem würde ich diese Gewalttour niemandem zur Nachahmung empfehlen. Erst durch unseren Trek auf den fast 7.000 m hohen Ojos del Salados in Chile (eigenes Kapitel) habe ich den wahren Wert einer guten Akklimatisation kennengelernt. Und im Nachhinein frage ich mich, wie groß unser Glück überhaupt gewesen sein muss, dass wir es ohne jegliche Akklimatisation auf den Kibo-Gipfel geschafft haben. Denn alles hat dafür gesprochen, dass wir durch unseren unverzeihlichen Leichtsinn in den „Genuss“ der Höhenkrankheit gekommen wären; und damit wäre das Thema „Kibo-Gipfel“ dann sofort durch gewesen.

Hier kurz der Verlauf der Marangu-Route (Startpunkt ist das Marangu-Gate, das ist einer der Eingänge zum Kibo-Nationalpark):

1. Tag: Marangu Gate (1.840 m) - Mandara Hut (2.730 m)

1. Tag: Mandara Hut (2.730 m) - Horombo Hut (3.730 m)
2. Tag: Horombo Hut (3.730 m) - Kibo Hut (4.700 m)
3. Tag Kibo Hut (4.700 m) - Gipfel (Uhuru-Peak, 5.895 m) - Marangu Gate

Die genaue Schilderung des Tourverlaufs schenke ich mir, darüber gibt es im Internet genügend Berichte. Nachfolgend daher nur einige Highlights:

Für die Einreise nach Tansania ist eine Gelbfieberimpfung erforderlich. Die darf nur im Gesundheitsamt durchgeführt werden. Also, hopp, hopp, Termin im Gesundheitsamt Wiesbaden, Impfung, bitte zwei Tage keinen Alkohol. Hä? Das ist natürlich Quatsch, das müssen die doch sagen, schon aus Haftungsgründen. Komm, wir gehen einen Schoppen machen auf die gelungene Impfung. Etwa zwei Stunden später engt sich plötzlich mein Gesichtsfeld dramatisch ein: Innerhalb einer Minute sehe ich links und rechts nur noch schwarz, richtig erkennen kann ich nur noch Gegenstände, die genau vor mir stehen. Und das eigentlich auch nicht. Denn über das übrig gebliebene Gesichtsfeld legen sich plötzlich schnell rotierende, in lustigen Regenbogenfarben leuchtende Kreise. Hm, war da vielleicht doch was dran an der Alkoholwarnung? Glücklicherweise normalisiert sich mein Blickfeld nach etwa zwei Stunden wieder. Also, sag ich doch, war bestimmt Zufall, niedriger Blutdruck, Rücken oder sowas, aber sicher doch nicht diese lächerlichen drei 0,5er Gläser Bier.Abflugtag: Abflug in Frankfurt, Zwischenlandung in Addis Abeba (wir fliegen mit Äthopian Airlines), wo wir aus dem Flieger raus und uns im Transitbereich sechs Stunden rumdrücken müssen. Addis Abeba (bzw. der Transitbereich des Flughafens) ist übrigens einer von zwei Orten auf der ganzen Welt, wo es mir wirklich nicht gelungen ist, Bier oder sonst was Alkoholisches aufzutreiben.

Der zweite Ort war Diyarbakır, Kurdenhochburg, weit im Südosten Anatoliens. Schrecklich. Aber so ist das Schicksal, was soll ich machen?

In Tansania landen wir in Arusha, Auschecken, Taxi, dann zum Kibo-Nationalpark zu unserem Hotel. Wir kommen gegen 18.00 Uhr an, dann noch Abendessen und ab ins Bett, denn gleich morgen geht die Tour los.

Vorher muss ich aber unbedingt noch ein für mich riesengroßes Problem lösen: Zu meinem Selbstverständnis gehört, dass ich mein Gepäck selbst schleppe. Wo sind wir denn? Ich bin doch kein Sklaventreiber! Aber: Die Kibo-Besteigung wird nur erlaubt, wenn pro Reisegruppe (in unserem Fall bestand die Reisegruppe aus Ute und mir) ein einheimischer Führer und pro Teilnehmer zwei einheimische Träger gebucht werden; das ist die tansanische Form einer Arbeitsbeschaffungsmaßnahme. Prinzipiell nicht schlecht, dann kommt wenigstens Geld da an, wo es wirklich benötigt wird. Allerdings wollen die Träger natürlich auch was tragen, das wiederum gehört zu deren Selbstverständnis. Hm, und nun? Ute hat sich entschlossen, ihr Gepäck tatsächlich von ihren Trägern befördern zu lassen, also musste ich „nur“ noch meine beiden eigenen Träger beschäftigen.

Tja, die Jungs müssen motiviert werden, nicht, dass sie am nächsten Tag schlapp machen!

In den Reiseführern, die ich zur Vorbereitung gelesen habe, heißt es, dass es wichtig wäre, immer genügend Flüssigkeit in Form von Wasser dabeizuhaben; insbesondere wurde auch die Mitnahme von Wassersäcken empfohlen (was sich im Nachhinein als völliger Schwachsinn herausstellte, da wir auf jeder Unterkunftshütte, die auf der Tour liegt, nicht nur Wasser, sondern auch Cola, Limo und selbstverständlich auch die wirklich lebensnotwendige Flüssigkeit, also Bier, bekamen. Ausprobiert habe ich es zwar nicht, aber ich bin sicher, wenn ich auf 4.700 Metern eine Bloody Mary bestellt hätte, hätte es auch geheißen „no problem, one minute, please"). Ok, wir hatten daher vier Wassersäcke dabei, Fassungsvermögen je 10 Liter. Und dazu hatten wir glücklicherweise (man denkt ja mit) auch einige große schwarze blickdichte (wichtig!), wirklich sehr stabile Plastikabfallsäcke dabei. Damit war die Sache gebongt. Ich füllte auf unserem Hotelzimmer die vier Wassersäcke mit Wasser und packte je zwei in eine der Abfalltüten. Diese händigte ich den Trägern aus und erklärte ihnen wortreich, dass wir nun mal eben Deutsche wären und sehr sicherheitsbewusst und dass in den Plastiktüten absolut überlebensnotwendige Sachen stecken würden und dass mir schon klar wäre, dass sie da nicht zusätzlich auch noch meinen Rucksack tragen könnten und dass ich ihre Fürsorge zwar voll und ganz zu schätzen weiß, aber ein dritter Träger nun wirklich nicht notwendig sei, denn diesen lächerlichen Rucksack könne ich schon noch selbst tragen (was sich dann kurz vor der Kibo-Hütte auf 4.700 Meter als maßlose Selbstüberschätzung herausstellte. Und spätestens seit diesem Zeitpunkt weiß ich, was das Wort „Demut“ wirklich bedeutet).

Tag 3 des Aufstiegs: Übernachtung auf der Kibo-Hütte, 4.700 Meter, letzte Station vor dem Gipfel: Sechs Kilometer vor der Kibo-Hütte gebe ich endgültig auf! Schon gestern habe ich geschwächelt, aber ein Indianer kennt ja keinen Schmerz. Heute früh hatte ich mich dann wieder ein bisschen erholt und zusammengerissen. Aber nun ist endgültig Schluss. Ich muss meinen Rucksack abgeben, die dünne Luft, zusammen mit der leichtsinnigerweise nicht durchgeführten Akklimatisation, haben gewonnen. Einer meiner Träger schnappt sich den Rucksack; und ich fühle mich plötzlich, als könnte ich fliegen.....

Ankunft Kibo-Hütte, unsere Träger warten mit unserem Gepäck schon auf uns. Nach diesem anstrengenden Marsch giere ich nach Schokolade. Da ich mich kenne, habe ich mir natürlich was mitgebracht. Ich wühle im Rucksack, ziehe triumphierend ein Glas Nutella raus, richte mich auf ..... und schaue in die völlig ungläubigen Gesichter unserer Träger. Schokolade! In einem Glas! Ein ganzes Glas voller Schokolade. Und das schleppen die irren Touristen auch noch hier hoch. Nun wussten sie, dass es für „irre Touristen“ noch eine Steigerung gab; und diese Steigerung stand in Gestalt von mir direkt vor Ihnen (und da wussten sie noch nicht, dass ich für den Gipfel auch noch zwei Dosen Bier eingepackt hatte). Wie auch immer: Das Glas ging zweimal reihum, dann war es leer.

So, nun noch schnell auf´s Klo. Am Rande des Platzes steht ein schmuckes Holzhäuschen, das muss es sein. Gedankenverloren gehe ich auf das Häuschen zu und öffne die Tür, im Kopf gehe ich schon unsere Gipfeltour durch, die heute Nacht gegen 2 Uhr beginnen wird. Mehr so nebenbei registriere ich, dass ich sogar in den Luxus einer Sitztoilette komme und, Gipfel des Komforts, gegen den Geruch gibt es sogar einen Toilettendeckel. Immer noch tief in Gedanken versunken, beuge ich mich über den Toilettensitz, öffne den Deckel und ….. glotze unvermittelt ins Nichts!!! Schlagartig sind meine Gedanken, mit Hilfe von sehr viel Adrenalin, wieder im Hier und Jetzt. Und nun raffe ich auch, was hier los ist: Das Toilettenhäuschen wurde nicht nur an den Rand einer mehrere hundert Meter nach unten fallenden Felswand gebaut; nein, die Toilette selbst wurde praktisch einen Meter über den Rand hinausgebaut, quasi frei schwebend. Womit die Frage der Entsorgung sich erledigt hatte. Wichtig war nur, dass ich mir in der Zeit, in der ich auf der Toilette saß und mein Geschäft verrichtete, keinerlei Gedanken darüber machte, dass die theoretische Möglichkeit bestand, dass die die Toilette mitsamt ihrem Besucher, in diesem Fall also mit mir, den Abgang machen könnte.

Tag 4 des Aufstiegs:

„Good morning, wakeup-call. Good mornig. Time to start, please wake up everybody.“ Nur ganz, ganz langsam dringen diese Worte in mein Bewusstsein. Dann aber werde ich aggressiv. Diese aufgesetzte Fröhlichkeit unseres Guides. ICH! BRINGE! IHN! UM!!! Es ist 1.30 in der Frühe. Unser Gipfelsturm steht an. Und ich weiß ganz genau, was hier los ist. Vor lauter Angst, dass wir den verdammten Sonnenaufgang um ca. 6.30 Uhr verpassen, peitscht uns der Guide viel zu früh aus den Betten. Ich sehe uns schon um 5 Uhr in gottverdammter Kälte auf dem Gipfel stehen, wie wir uns den Arsch abfrieren und die Sekunden bis ½ 7 Uhr zählen. Aber es hilft nichts, der Guide ist unerbittlich. Und der Guide ist der Chef.

Los geht´s. immer bergauf, bergauf, bergauf, und keine Luft...... Luft...Luft. Zunächst geht es noch über gut zu laufende, glatt getretene Pfädchen. Aber dann fängt die Geröllhalde an. Und das bedeutet: drei Schritte hoch, zwei Schritte zurück. Und natürlich immer weiter hoch, hoch, hoch, Luft, Luft, Luft. In Zeitlupe kommen wir voran. Tatsächlich? Kommen wir tatsächlich voran?? Wir sehen ja nix außer der Taschenlampe unseres Guides und - wie Glühwürmchen - die Taschenlampen der anderen Gruppen, die ebenso gequält werden, wie wir.

Aber dann, morgens 6.00 Uhr: Geschafft! Wir sind tatsächlich oben! Wir haben Gilmans Point erreicht. Allerdings kann ich keinerlei Glücks- oder Triumpfgefühl empfinden. Mit geht´s nämlich voll scheiße. Mir ist schwindlig und kotzübel, dazu habe ich rasendes Kopfweh. Auch mit meinem Orientierungssinn ist´s nicht mehr weit her. Ohne unsere Führer wären wir hier nie angekommen. Wieder rächt sich die fehlende Akklimatisation.

Blick vom Gilmans Point

Unser Führer fragt, wie´s aussieht, ob wir zum Uhuru Peak weiterlaufen wollen. Der Uhuru Peak (5.895 m) ist der tatsächlich höchste Punkt des Kibo. Noch gestern war für mich völlig klar, dass ich den natürlich auf jeden Fall mitnehme. Dies habe ich auch sehr deutlich unserem Guide vermittelt, nicht, dass es da irgendwelche Zweifel geben würde (unser Guide hatte mir vorher schon sehr diplomatisch zu erklären versucht, dass die Besteigung des Kibos ja schon erfolgreich wäre, wenn wir Gilmans Point erreichen würden und dass es zu dem nochmals 200 Meter höheren Uhuru-Peak kein leichter Weg wäre. Wir sollen uns doch sehr gut überlegen, ob wir diese Strapazen wirklich auf uns nehmen wollten (da der Führer schon tausende Touris auf den Kibo gebracht hatte, konnte er natürlich sehr gut einschätzen, wer welche Konditionen hat und mich hat er - und zwar sehr zu Recht, wie ich im Nachhinein zugeben muss - als nicht uhurupeaktauglich eingestuft).

Nun stand ich da und war schon froh, wenn ich einfach nur schaffte, Luft ein- und wieder auszuatmen. Der Rückweg würde in diesem Zustand schwer genug werden (Ute ging es übrigens ausnehmend gut), an ein Weiterlaufen in Richtung Uhuru-Peak war in keiner Weise zu denken.

Aber hey, Hoinzi, egal, wie mies Du drauf bist: Du wirst doch wohl hoffentlich die Besteigung anständig zum Abschluss bringen! Denn eine, eine einzige Aufgabe habe ich noch zu verrichten, die muss einfach sein, sonst war der Aufstieg nicht erfolgreich!

Um mit möglichst wenig Ballast laufen zu können, haben wir unsere großen Rucksäcke in der Kibo-Hütte gelassen. Auf den Gipfel mitgenommen haben wir nur unsere leichten Tagesrucksäcke, in die normale Menschen auch ihre dringend notwendige Wasserration reingepackt hätten.

Normale Menschen schon, der Hoinzi dagegen hat seine zwei den ganzen Aufstieg über mühselig mitgeschleppten Dosen Bier reingepackt. Denn das muss sein auf einem Gipfel. Andere errichten vielleicht ein Gipfelkreuz. Ich trinke auf jedem Gipfel ein Bier. Ohne Bier keine erfolgreiche Besteigung. Aber hier, auf dem Kibo, funktioniert das nicht. Das hatte ich auch noch nicht erlebt, dass ich so kaputt bin, dass ich nicht mal mehr ein Bier trinken kann. In gewisser Weise hat der Kibo mich besiegt. Aber so leicht gebe ich nicht auf. Es ist die Geste, die zählt: Also, Lasche aufziehen (fast schaffe ich noch nicht mal das) und, wie bei einer Taufe, schön langsam das Bier aus der Dose auf den Kibo rinnen lassen. JETZT habe ich die Besteigung wirklich geschafft.

Wer, um Gottes Willen, ist St. Patrick???? (2000)

Gleich zu Beginn bitte ich alle Irländer und Irland-Fans ob dieser Frage um Entschuldigung für meine damalige Ignoranz. Dank unseres hier geschilderten Erlebnisses weiß ich heute natürlich sehr genau, wer St. Patrick ist und was es mit dem dazugehörigen Tag auf sich hat.

An einem 16. März (bitte beachten Sie das Datum) gaben wir am Miethafen im beschaulichen Wellington (Nordinsel) unser Auto ab (auf Neuseeland ist es nicht erlaubt, ein Mietauto von der Nord- auf die Südinsel (bzw. umgekehrt) mitzunehmen) und setzen mit der 17.00 Uhr-Interislander-Fähre durch die fjordähnliche Landschaft der Marlborough Sounds auf die Südinsel nach Picton über. Dort hatte ich vorab schon ein Zimmer organisiert. Die Fahrt dauert ca. 3 ½-Stunden, so dass wir wussten, dass wir relativ spät ankämen. Dies hatten wir unserem Vermieter bereits telefonisch mitgeteilt und unsere Ankunft bei ihm für ca. 21.00 Uhr avisiert. Da wir unser Mietauto erst ab dem nächsten Tag reserviert hatten, wollten wir vom Fährhafen mit dem Taxi zu unserer Unterkunft fahren.

Marlborough Sounds

Marlborough Sounds

Als wir gegen 20.30 Uhr im Hafen von Picton einliefen, mussten wir feststellen, dass unsere Vorstellung mit dem Taxi rein theoretischer Natur war. Wir stehen beim Einlaufen der Fähre an der Reling. Vom Kay leuchten uns jede Menge Autoscheinwerfer entgegen, darunter auch viele Taxis und Busse. Das übliche Gewusel bei Ankunft einer Fähre eben. Beim Auschecken haben wir uns dann gewundert, dass es die übrigen Fährpassagiere ungewöhnlich eilig hatten; jeder wollte der Erste am Ausgang sein. Na gut, wir haben ja Urlaub und heute nichts mehr vor, also, nur kein Stress. Wir haben alle anderen Passagiere vorgelassen und sind als mehr oder weniger Letzte von der Fähre geschlendert. Als wir aus dem Fährterminal ins Freie gelangten, wussten wir schlagartig, woher die (nunmehr auch für uns verständliche) Hektik der anderen Passagiere rührte: Vor dem Fährterminal war tote Hose! Außer uns gab es keine menschliche Seele mehr, geschweige denn irgendein Taxi! Oha. Aber, kein Problem: Denn zum Glück gab es an den Wänden Plakate mit Taxi-Werbung. Dann jedoch wurde ich auf den Boden der Tatsachen heruntergeholt: Keine Firma hatte ein Taxi frei! Mittlerweile ging es auf 22.00 Uhr zu. Ich telefonierte mit unserem Vermieter, der uns dann glücklicherweise abholte.

Für den nächsten Tag (also den 17. März!) hatten wir eine Besichtigungstour mit einem Boot in die Marlborough

Sounds geplant. Wir bummeln gegen 10.00 Uhr in Richtung Hafen und kommen an einer schnuckeligen Bar vorbei. Groß gefrühstückt hatten wir noch nicht, also, machen wir mal eine Frühstückspause. In der Bar waren wir die einzigen Gäste. Freundliche Bedienung, gutes Frühstück, alles Top. Komisch, dass hier nicht mehr los ist.... Na gut. Wir haben dann bezahlt, sind weiter zum Hafen und haben eine mehrstündige Bootstour gemacht. Gegen 15.00 Uhr kamen wir zurück und planten, in unserer Unterkunft Mittagsschlaf zu halten; wozu haben wir schließlich Urlaub? Auf dem Rückweg zu unserer Unterkunft sind wir wieder an der besagten Bar vorbeigekommen. Ach komm, da war es doch nett, gehen wir rein und trinken noch ein Bier. In der Bar waren wir wieder die Einzigen. Ist ja komisch. Da wir nur ein Bier trinken wollten, haben wir uns an eines der zahlreichen Stehtischchen gestellt, die in der Bar vorhanden waren. Unser Bier kam. Einige Minuten später kam die Bedienung nochmals an unseren Tisch, und stellte uns mit den Worten „enjoy your meal“ ungefragt einen Teller mit grün gefärbten (!) Würstchen hin. Wir hatten zwar nichts bestellt, aber da wir die einzigen Gäste waren, war es ausgeschlossen, dass die Bedienung den Tisch verwechselt hatte; und da wir darüber hinaus auch gut etwas essen konnten und dazu noch neugierig waren, wie grüne Würstchen wohl schmecken würden, haben wir nichts weiter dazu gesagt und es uns stattdessen schmecken lassen. Dabei stellte sich heraus: Ja, auch grüne Würstchen können gut schmecken.

Und plötzlich ging es im Minuten-Takt: Eingangstür auf, zwei Leute kamen rein. Eingangstür auf, vier Gäste. Eingangstür auf, acht Gäste usw. usw.. Innerhalb einer halben Stunde war die Bar rammelvoll und es wurde immer enger. Und auf jeden Tisch wurden immer sofort Teller mit enger. Und auf jeden Tisch wurden immer sofort Teller mit grünen Würstchen gestellt. Hmm, komisch, irgendein lokales Fest vielleicht? Keine Ahnung.

Auch an unserem Tisch standen mittlerweile noch vier Gäste, mit denen wir uns sehr nett unterhalten haben. Ach komm, was soll´s, es macht grad Spaß, sich mit den Einheimischen zu unterhalten, trinken wir doch noch ein Bier. Und noch ein Bier. Und noch ein Bier. Und der Würstchen-Nachschub riss nicht ab. Immer, wenn die Teller auf dem Tisch auch nur halb leer waren, kam der nächste Teller. Tja, was soll ich sagen; auch der schönste Tag geht einmal zu Ende und irgendwann sollten wir doch mal in´s Bett kommen. Gegen 23.00 Uhr (!), als die Bedienung mal wieder einen neuen Teller mit Würstchen auf unseren Tisch stellte, sagte ich zu ihr, dass wir zahlen möchten. Ihre Antwort: „you don't have to pay anything". Wie, you don´t have to pay? Ok, die Würstchen vielleicht, die hatten wir ja tatsächlich nicht bestellt; vielleicht war das ja wirklich irgendein Fest mit "Freiwürstchen". Aber unsere gefühlt 20 Bier pro Person? Und dann kam es: "No, nothing to pay. It is St. Patrick´s day!!!!!!!"

Was für eine Verschwendung (2003)

Bei einem meiner Besuche erzählt Mutti, was sie kürzlich erlebt hat. Sie war einkaufen: Beim Heimlaufen kam sie an einer Baustelle vorbei, da haben die Bauarbeiter gerade Beton angerührt. Dazu haben sie einige Zementsäcke aufgeschnitten und den Zement in die Mischmaschine gekippt. Die leeren Zementsäcke haben sie dann achtlos auf einen Haufen geworfen.

Muttis Stimme ist voller Empörung: „… und stell Dir vor, die haben die Säcke einfach verbrannt! Die schönen Säcke. Da hätte ich unseren ganzen Gartengrünschnitt drin sammeln können! Wenn ich mich nur nicht so geschämt hätte, ich hätte die Arbeiter gefragt, ob ich die Säcke haben kann."

Vor meinem geistigen Auge sehe ich Mutti mit 20 leeren Zementsäcken unter den Armen und komplett zementeingestaubt nach Hause laufen und danke Gott und der Welt, dass Mutti doch so etwas wie Schamgefühl besitzt.

„Mensch, Mutti, das ist ja wirklich unglaublich. So eine Verschwendung!"

Der Spätentwickler (1970 - 1974)

Bis zum zarten Alter von fast 18 Jahren war ich das bravste Kind, das Gottes schöne Welt je zu Gesicht bekommen hat:

- Mit elf Jahren hat Papi mich mal an einem Bier lecken lassen. Damit stand für mich fest, dass ich sowas Ekliges mein Leben lang nie mehr anfassen würde! „Ihh, was für´n bitteres Zeugs“ (das ist mal wieder ein eindrucksvoller Beweis dafür, wie kurz die Halbwertszeit vermeintlich unumstößlicher guter Vorsätze ist);
- Mit zwölf Jahren fingen meine Schulkameraden an, heimlich Zigaretten zu rauchen. „Komm, Hans-Ullrich, wir rauchen mal eine.“ „Ne, meine Eltern haben gesagt, ich soll nicht rauchen;“
- Mit 16 Jahren nahm ich an einer Brauereibesichtigung teil, im Anschluss gab es für jeden zwei Freibier. Meine Kumpels waren begeistert, ich habe meine zwei Bier verschenkt;
- Ebenfalls mit 16 konnte Mutti meinen Vater gerade noch davon abzuhalten, mich zwangsweise zu einer Discoparty zu fahren („Der muss doch mal raus! So findet der nie ne Freundin!“ „Nein, Papi, bitte nicht. Ich guck doch viel lieber Fernsehen mit Euch.“).

Zwar war ich mit neun Jahren schon mit Ingrid verlobt und für uns war völlig klar, dass wir bis an unser Lebensende untrennbar zusammenbleiben würden. Sobald wir erwachsen waren (also mit 12), wollten wir heiraten und zusammenziehen. Dieser Zustand der Glückseligkeit währte fast zwei volle Tage. Dann kamen Ingrids Eltern hinter unsere Liaison. Sie nahmen ihre Tochter gehörig ins Gebet und machten ihr unmissverständlich klar, dass vor einem erfolgreichen Abschluss ihres schon seit langem geplanten Medizinstudiums (also in 1.000 Jahren) Männer in ihrem Leben mit Sicherheit keinen Platz finden würden (und möglichst auch hinterher nicht). Und der Taugenichts von Hans-Ullrich schon mal gar nicht.

In diesem immerwährenden Zustand kindlicher Unschuld habe ich die „Santana“ gemieden wie der Teufel das Weihwasser. Zu dieser Zeit konnte nicht ermessen, in welch privilegierter Situation wir Jugendliche in Sulzbach uns befanden. Wir hatten nämlich eine echte, wahrhaftige Diskothek! Eben die „Santana“. Eine Disko! Bei uns! In Sulzbach! In diesem Kuhkaff mit damals nicht mal 4.000 Einwohnern! Die nächsten Diskos waren in Aschaffenburg, dann kam ewig lange nichts, dann Hanau und Frankfurt. Für uns 14-Jährige also sowieso völlig unerreichbar. Davon abgesehen, dass da Einlass erst ab 16 Jahre war.

Aber wir, wir hatten eine eigene Disko!

Und das kam so: Zu dieser Zeit waren in Aschaffenburg jede Menge amerikanischer Soldaten stationiert und die waren – im Gegensatz zur homogenen deutschen Bevölkerung - (lang) damals schon multikulturell, überwiegend schwarz. Und darunter waren jede Menge GIs (google kanns erklären) und die waren jung und wollten nach Dienstschluss jede Menge Spaß. Jede Menge Spaß bedeutete jede Menge Bier und – natürlich – German Frolleins. Entsprechend benahmen sich die Jungs auch in den Diskos. Und so dauerte es nicht lange, bis die meisten Diskos genug hatten und speziell für die amerikanischen Soldaten “off limits“-Schilder an ihre Türen hängten. Tja, dumm gelaufen.

Diese Gunst der Stunde erkannte Mitte der 1960er Jahre ein cleverer Sulzbacher Geschäftsmann. Er eröffnete die besagte „Santana“ (Markenzeichen: „Sex Machine“ von James Brown wurde rauf- und runtergenudelt) und machte bekannt, dass speziell Gis herzlich willkommen wären. Und damit war seine Altersversorgung gesichert. Und Sulzbach hatte seinen Skandal.

Zur Wahrheit gehört aber auch, dass der Mann seinen Laden im Griff hatte. Klar, in der Bude wurde gehascht, darüber brauchen wir gar kein Wort zu verlieren, das war damals völlig normal. Aber sonst herrschte Ordnung. Die GIs durften „German Frolleins“ anbaggern, solange die German Frolleins damit einverstanden waren. Aber wenn nicht, dann nicht! Und das wurde auch unmissverständlich durchgesetzt! Anders als bei Harvey Weinstein und Konsorten war bei uns in Sulzbach schon 1972 die unumstößliche Devise: „nein heißt nein“. Zwar aus anderen Motiven heraus, aber nichtsdestotrotz.

Das Allerbeste an dem Laden aber war, dass an Wochenenden von 14.00 bis 19.00 Uhr schon 14-Jährige reindurften (der clevere Inhaber griff eben die gesamte Wertschöpfungskette ab und dazu gehörten eben auch die 14- bis 17-Jährigen!!). Der Himmel auf Erden.

Sämtliche Eltern waren im Panikmodus, geht bloß nicht da rein, da wird gehascht! Und wahrscheinlich verkaufen sie auch Mädchen in Bordelle nach Saudi-Arabien. Aber alle ab 14 waren natürlich absolut begeistert. Alle, außer mir! Meine Eltern haben gesagt, ich soll da nicht reingehen, da wird gehascht und gesoffen, also geh ich da natürlich nicht rein. Wenn ich an der Disko vorbeimusste, wechselte ich regelmäßig die Straßenseite; dass ich mich dabei nicht auch noch bekreuzigte, war ein Wunder; wenn ich nicht lieber sowieso einen Umweg von einem Kilometer machte, um diesem Tempel der Sünde bloß nicht zu nahe zu kommen.

Meine Eltern und ich befanden sich also in einem absolut wohlgemuten Zustand. Im Gegensatz zu anderen

Eltern, die jeden Samstag ab ca. 18.00 Uhr schweißgebadet auf ihrem Wohnzimmersofa saßen und Fingernagel kauend darauf warteten, dass – je nach Geschlecht ihres über alles geliebten Kindes – entweder die Türklingel anschlug und die Polizei ihren völlig bekifften Sohn zurückbrachte, dem darüber hinaus noch ein Messer im Rücken steckte oder ihre völlig in Tränen aufgelöste 14-jährige Tochter aus der Disko zurückkam und ihnen beichtete, dass sie von einem der GIs schwanger wäre (und, der Schrecken nimmt kein Ende, sie natürlich nicht wisse, von welchem der fünf in Frage kommenden Kerle das Kind schlussendlich sei).

Wobei die möglichen Schreckensszenarien für Eltern von Mädchen noch eine zusätzliche Steigerung erfahren konnten: Denn ob das Messer im Rücken des Jungen von einem weißen oder von einem schwarzen GI stammte, machte im Ergebnis keinen großen Unterschied. Bei den Mädchen dagegen .... „Heilige Jungfrau Maria, steh uns bei (tief katholisch halt). Wenn schon ein Ami-Balg, dann wenigstens ein weißes...". Zur selben Zeit, in der den Eltern diese trübseligen Gedanken durch den Kopf gingen, hüpfte ihr Töchterlein vermutlich fröhlich auf der Tanzfläche rum und dachte an alles Mögliche, nur nicht daran, sich von irgendeinem dahergelaufenen Ami schwängern zu lassen.

Meine Eltern dagegen zerbrachen sich den Kopf einzig und allein darüber, wie sie es schaffen könnten, dass ihr Bub endlich mal zum Tanzen geht!

Allerdings, um der Wahrheit die Ehre zu geben: Von meinem „brav sein" gab es eine, wirklich nur eine einzige, Ausnahme: mein erster Vollsuff, da war ich 16!!

Nach Abschluss der Realschule habe ich eine zweijährige Ausbildung zum Industriekaufmann in der „Glanzstoff" (später „Enka") in Erlenbach absolviert. Zur Arbeit hin und zurück kam ich mit dem Zug. Die Glanzstoff war ein Chemiewerk und – mit 6.000 Mitarbeitern – einer der größten Arbeitgeber der Region. Sie war auf die Herstellung von Chemiefasern (insbesondere Garnen, wie zum Beispiel Viskose, Rayon und Nylon) spezialisiert. Die kaufmännische Verwaltung war in verschiedene Abteilungen untergliedert (Einkauf, Verkauf, Lager, Personal), die wir Lehrlinge (Lehrlinge, nicht Auszubildende!) der Reihe nach durchliefen, in jeder Abteilung blieben wir 6 bis 12 Wochen. In der Glanzstoff herrschte absolutes Alkoholverbot. Das Werk war komplett eingezäunt, wer rein wollte, musste durch ein Tor gehen und seinen Glanzstoffausweis vorzeigen. Es gab auch Taschenkontrollen, sowohl beim Reingehen (Alkohol?), als auch beim Rausgehen (Diebstahl?). Vor dem Werk gab es einen Bahnsteig, auf dem gab es einen Kiosk, in diesem Kiosk gab es Alkohol.

Bei uns Lehrlingen war es Brauch, dass wir uns, wenn jemand von uns Geburtstag hatte, in der Mittagspause in seiner Abteilung treffen und gratulieren und ein bisschen quatschen. Trotz Alkoholverbotes gab es ab und an auch ein halbes Gläschen Sekt Orange für jeden von uns, das wurde auch geduldet.

Und bei einer solchen Gelegenheit ist´s dann passiert: Wir haben mal wieder über die Mittagspause gemütlich einen Geburtstag gefeiert. Irgendwie war die Stimmung besonders ausgelassen, keine Ahnung mehr, warum. Jedenfalls wurde aus dem obligatorischen Gläschen Sekt Orange für jeden ein zweites Gläschen und ein drittes Gläschen und irgendwann sank der Anteil des Orangensaftes an dem Sekt Orange gegen null und es wurde entsprechend auch immer lustiger und ausgelassener. Und an diesem Punkt ging dann der Sekt aus!

Hmmm, ein bisschen könnten wir schon noch feiern, wir haben ja noch Mittagspause. Idee aus der Gruppe: Jemand (bitte beachten Sie die Wortwahl: nicht „ich“, sondern „jemand“) könnte ja zum Bahnhofskiosk gehen und noch was zu trinken holen. Klasse Idee, alle waren hellauf begeistert. Prima: Und wer geht??? Betretenes Schweigen. Wer hat sich schließlich erbarmt? Genau. Ich also mit meiner Aktentasche raus aus der Glanzstoff und rein in den Kiosk. „Ich hätte gerne was zu trinken.“ „Gerne, was denn?“ (Sie sehen, mit der Alterskontrolle war es zu der Zeit nicht allzu weit her.) Tja, ich hatte absolut keine Ahnung, was „man“ denn so trinkt. Wahllos deutete ich auf die erste Flasche, die mir in die Augen stach. Und was habe ich erwischt? Chantré, 36 %! Ich kann bis heute keinen Chantré sehen! Und das ist mittlerweile fast 50 Jahre her.

Mit klopfendem Herzen und der Flasche Chantré in der Aktentasche lief ich zum Eingangstor. Immer schön weiterlaufen, Ausweis hochhalten, „Grüß Gott“ (wir waren in Bayern!) und schwuppdiwupp, war ich drinnen, keine Taschenkontrolle!!!

Also, zurück zur Party, wo ich natürlich mit großem Hallo empfangen wurde. Ich präsentierte stolz meinen Schatz und dann ging´s los: „ Oh, toll, gib her, nein ich zuerst, nein ich!”.....

Und hier nun machte ich den entscheidenden Fehler: „Ihr spinnt wohl! Keiner hat sich rausgetraut! Ich habe die Flasche geholt, also trink ich auch zuerst.“ Mit diesen Worten schraubte ich den Verschluss auf, setzte die Flasche an und trank den Chantré wie Wasser (ich hatte wirklich absolut keine Ahnung von Alkohol).

Die Wirkung ließ nicht lange auf sich warten: Mir wurde immer schummriger, alles drehte sich, ich schwankte (und wusste überhaupt nicht, was mir geschah). Irgendwann lösten wir uns dann auf und ich schaffte es irgendwie, in meine Abteilung zurückzukommen. Mittlerweile war mir kotzübel. Ich versuchte auch, mich auf der Toilette zu erleichtern, aber das hat bei mir noch nie funktioniert. Also, die Übelkeit wurde ich nicht los. Zu der Zeit saß ich mit einem weiteren Glanzstoff-Mitarbeiter in einem ziemlich kleinen, geschlossen Raum. Wenn ich mir das heute vorstelle: Ich muss gestunken haben wie ein ganzes Schnapslager! Mein Büro-„Mitinsasse“ hat aber kein Wort darüber verloren. Ich habe dann noch versucht, weiterzuarbeiten, aber das hatte keinen Sinn, zumal ich alles doppelt sah. Also: „Mir ist schlecht, darf ich nach Hause?“. „Ja, geh nur.“ Ich also raus und zum Bahnhof getorkelt. Dann in den Zug rein. Von der ganzen Fahrt weiß ich nur noch, dass ich an einer Tür gelehnt habe, das Fenster weit aufriss und den Kopf in den Fahrtwind hielt. Wenn die Tür aufgesprungen wäre, wäre ich rausgefallen wie ein Stein.

In Sulzbach raus aus dem Zug und heimgetorkelt. Daheim angekommen, brauchte ich ca. fünf Minuten, um meinen Haustürschlüssel zu finden und weitere fünf Minuten, bis ich das Schlüsselloch der Haustür getroffen hatte. Es war niemand daheim, meine Eltern waren noch auf der Arbeit, Mutti würde in etwa einer halben Stunde kommen. Mein Zimmer lag im ersten Stock, die Treppe begann gleich hinter der Haustür. Ich machte die Haustür zu und ließ sofort meine Tasche fallen, dann einen Schritt die Treppe hoch, einen Schuh ausziehen, wieder einen Schritt die Treppe hoch, den zweiten Schuh ausziehen. Und so weiter, auf jeder Stufe landete ein Kleidungsstück von mir: T-shirt, Hose, Unterhemd, Socken. Dann: geschafft: Zimmertür auf, ins Bett, Decke über den Kopf und Gut Nacht, Marie.

Mittlerweile kam Mutti nach Hause, schloss nichtsahnend die Haustür auf und sah .... Na, Sie wissen schon. „Um Gottes Willen! Was ist denn hier los!!“ Mutti stürmt also die Treppe hoch, reißt die Tür zu meinem Zimmer auf, sieht mich im Bett liegen: „Hans-Ullrich!“

Mmmmhh. „Was ist denn passiert?!“ Mmmmmhh. „Bist Du krank?“ Mmmmmm. Mutti weiß sich keinen Rat und beschließt, unseren Hausarzt anzurufen. In ihrem Schreck hatte sie – Gott sei Dank – die Haustür aufgelassen. Als sie nun die Treppe zum Telefon runterstürmt und die Haustür dabei schließen möchte, sieht sie zufällig die Nachbarin, Frau Funk, im Garten stehen. „Frau Funk, stellen Sie sich vor. Hans-Ullrich ist krank! Der liegt im Bett und bringt keinen Ton raus! Ich muss gleich den Arzt anrufen.“ Frau Funk fragt, ob sie mal gucken soll. Ja, gerne. Frau Funk kommt also in mein Zimmer. Und, Frau Funk ist vom Fach, ihre Eltern haben eine Gaststätte! Schon als sie die Tür öffnet, riecht sie den Alkohol. Sie kommt zu mir, schüttelt mich an der Schulter und fragt: „Hans-Ullrich, hast Du was getrunken?“ „Jaaa“.

Epilog:

Dass sich in meiner kindlichen Unbedarftheit über die Jahre – wie in einem Dampfkessel, allerdings ohne Ventil - ein immer größer werdender Druck aufbaute, bemerkte ich nicht. Bis zu dem Zeitpunkt, in dem ich mit meinem Kumpel Martin in Paris Campingurlaub machte: Martin hatte zu dieser Zeit schon Führerschein und Auto, ich war 17 ½ und es war der erste Urlaub ohne meine Eltern. Und auf diesem Campingplatz, mich umwaberte ein Gefühl vorher nie gekannter Freiheit, hielt der Kessel dem Druck nicht mehr stand und explodierte in einer alles zerfetzenden Orgie mit Gauloises (natürlich die blauen, also die guten ohne Filter, wenn schon, denn schon), Bier und Rotwein ohne Ende. Und das war´s dann mit dem braven Hoinzi. In diesem Zusammenhang werde ich auch den Place de Trocadero nicht vergessen, von dem man eine fulminante Aussicht auf den Eiffelturm genießen kann, von dem ich aber mehr oder weniger nur noch einen sich dort befindlichen Gully in Erinnerung habe. Kann gut sein, dass neben diesem besagen Gully immer noch meine 2 ½ Liter-Flasche Lambrusco (unschlagbarer Preis, umgerechnet 2,50 DM) steht, die ich aufgrund sehr kurzfristig geänderter Prioritäten an diesem Tag nicht mehr benötigte.

Nepal (1983) – Teil 1: Anreise und Kathmandu/Bhaktapur

Endlich, endlich stand die lang ersehnte Trekking-Reise nach Nepal vor der Tür: Diese Reise hatte ich mir für mein überaus erfolgreich abgeschlossenes Studium geschenkt. Man gönnt sich ja sonst nichts. Allerdings hatte ich zu diesem Zeitpunkt mein Studium weder abgeschlossen, noch war ich sonderlich erfolgreich. Ich bin nämlich beim ersten Versuch glorreich durchgerasselt. Und als ich dann ein halbes Jahr später doch noch bestanden habe, stand bei meinem Notendurchschnitt vor dem Komma eine Vier; erfolgreich sieht ja eigentlich anders aus (obwohl, im Sinn von „bestanden“ …). Aber das hat mich in meiner Euphorie bezüglich der Reise eher wenig gejuckt. Und zum Glück waren die Flüge, als ich erfuhr, dass ich durchgefallen bin, schon gebucht, also, das Schicksal meinte es gut mit mir …

Exkurs: Hoinzis schulische Laufbahn

Um es kurz und knapp, aber völlig korrekt zu sagen: Ich war schon immer ein fauler Sack! Ein Satz zieht sich, seit der ersten Klasse, durch meine Zeugnisse: „Er könnte mehr leisten.“Sobald ich bemerkte, dass ich nicht mehr durchfallen konnte, habe ich sämtliche Bemühungen, eine bessere Note zu bekommen, unverzüglich eingestellt. Rutschte ich dann irgendwo auf eine Fünf ab, hab ich mal wieder kurzfristig Gas gegeben, bis diese Gefahr vorbei war. Stand eine Klassenarbeit an, habe ich frühestens am Abend vorher angefangen, dafür zu lernen. Da ich darüber hinaus auch ein extrem schlechtes Gedächtnis habe, hat es meist nur für eine Vier gereicht. Dieses Verhalten habe ich dann mit in meine Studienzeit genommen, vor 22 Uhr fing ich an keinem Tag mit dem Lernen an (so bis 4.00 Uhr, dann habe ich bis 9.00 Uhr geschlafen und mich anschließend gemütlich für die Uni fertig gemacht. Fächer, für die die Vorlesungen vor 11.00 Uhr anfingen, habe ich konsequent ignoriert. Ebenso Fächer, bei denen die Vorlesungen um 15.00 Uhr oder später begannen, das hätte ja meinen Mittagsschlaf gefährdet. Übrigens mit ein Grund, warum ich Steuerberater wurde; die Vorlesungen in den hierfür notwendigen Schwerpunktfächer lagen einfach zeitlich ziemlich günstig für mich).

Nur ein Beispiel: In der Berufsoberschule (zu meiner Zeit in Bayern eine Schulform mit dem Abschluss „fachgebundene Hochschulreife"; der Abschluss berechtigte also zum Studium an einer „echten" Universität (also nicht an einer Fachhochschule), aber nur für bestimmte Fächer (in meinem Fall Wirtschaftswissenschaften)), die ich im Rahmen des zweiten Bildungsweges besuchte, musste jeder Schüler in „Deutsch" ein Referat halten. Wir waren 20 Schüler, es gab 20 Themen zur Auswahl, es ging nach dem Motto „wer zuerst kommt, mahlt zuerst." Da ich wieder mal keinen Bock hatte, hab ich mir keinen großen Stress gemacht. Meine Mitschüler meldeten sich wie verrückt, um die vermeintlich leichten Themen abzuräumen, ich wartete einfach mal ab; und habe entsprechend das Thema bekommen, das übrigblieb. Das war in meinem Fall »Jean-Jacques Rousseau«. »Jean-Jacques wer???«. Der Name hat mir extrem viel gesagt, nämlich: nix. Wenn mir erzählt worden wäre, das war der erste Mensch auf dem Mond, lange vor Neil Armstrong, ich hätte es vermutlich auch geglaubt. (Später war ich dann dankbar für dieses Thema, das hat meinen Horizont schon erweitert.) Nun hatten wir für dieses Referat zwölf (!) Wochen (!) Zeit. Ich, ob des dankbaren

Themas komplett euphorisiert, bin sofort nach der letzten Schulstunde in die städtische Bibliothek gelaufen und habe mir alles zusammengeliehen, was es zum Thema »Rousseau« zu leihen gab, insgesamt fünf Bücher. Die schleppte ich dann, immer noch sehr motiviert, nach Hause und legte sie auf ein Regal. Da lagen sie dann und mit ihnen das Thema, nämlich brach. So etwa einmal in der Woche blitzte dann bei mir der Gedanke auf: Mensch, jetzt solltest du doch endlich mal.... Aber, wie gesagt, blitzte auf; und Sie wissen ja, wie lange ein Blitz dauert. So nach zehn Wochen habe ich mich dann dazu bequemt, wenigstens die Vorwörter in den Büchern zu lesen. Und was weckte da sofort mein Interesse: Rousseau hatte anscheinend eine Geliebte! Wow, was für ein Aufhänger, ein perfekter Einstieg in mein Referat, da ist mit Sicherheit noch keiner meiner Vorreferenten drauf gekommen, die erwünschte Spannung meiner Zuhörer wird sofort da sein. (Unser Deutschlehrer relativierte die ganze Sache dann ziemlich schnell mit der Bemerkung: „Komisch, jeder fängt das Referat mit der Geliebten an, als gäbe es bei Rousseau nichts Wichtigeres.“)

Na gut, den Aufhänger hatte ich jetzt. Das hat mich nun aber genug Kraft gekostet, schließlich habe ich noch zwei Wochen Zeit, meine Güte, nur nicht hetzen. Also, kurz und krumm: Der Termin für mein Referat war an einem Freitag, gleich morgens die erste Stunde, die begann bei uns um 7.45 Uhr. Von daheim bis zur Schule mit dem Auto brauchte ich, wenn ich mich nicht weiter um die unverbindlichen Empfehlungen der Straßenverkehrsordnung kümmern würde, etwa 20 Minuten. Ich hatte mir sehr fest vorgenommen, am Donnerstag vor dem besagten Freitag sofort nach der Schule endlich mal mit dem Referat anzufangen. Aber irgendwie war ich an dem Tag nicht gut drauf, jedenfalls hatte ich absolut keinen Bock, meinen Nachmittag mit diesem komischen Referat zu verbringen. Bis ich meine Motivation dann hochgefahren hatte, war es – ungelogen – 21.00 Uhr. Aber dann ging´s ab (unter Druck bin ich immer besonders gut): Bis 7:10 Uhr in der Früh hatte ich die 30 geforderten Seiten vortragsreif runtergetippt, alles zusammengepackt, noch schnell einen Kaffee reingeschlapptert, Duschen und Zähneputzen wird sowieso überschätzt, rein ins Auto und hopp, hopp, um 7:40 Uhr erreichte ich die Tür zu unserem Klassenraum. Tja, was soll ich sagen: Es hat immerhin für eine Drei gereicht! Und, wie Sie sehen können, hat sich an meiner Einstellung bis heute nichts weiter geändert, nur, dass aus den Wochen Jahre geworden sind: Für mein Rousseau-Referat hatte ich zwölf Wochen Zeit, die ersten Ideen zu dem Ihnen vorliegenden Buch hatte ich vor zwölf Jahren….

Wir reisten zu dritt, neben Ute und mir war noch ein guter Freund, Michael, dabei. Unsere Anreise erfolgte mit PIA-airlines (das war die staatliche Pakistanische Fluggesellschaft) von Frankfurt über Karachi (Pakistan) nach Kathmandu, wobei wir in Karachi einen mehrstündigen Zwischenstopp mit einer Hotelübernachtung einlegten. Der Beginn war etwas holprig. Kurz, nachdem wir unsere Reiseflughöhe erreicht und die Stewardessen mit dem Ausschenken der Getränke begonnen hatten, kippte mir eine der Stewardessen eine komplette 2-Liter-Karaffe Wasser ins Genick. Da ich immer positiv drauf bin, hielt ich für ein gutes Omen, dass es sich hierbei um kaltes Wasser handelte (denn kurz vorher ist sie mit kochend heißem Wasser für Tee rumgelaufen); pitschenass war ich natürlich trotzdem.

Eine Stunde später wollte sich Ute ein Kaugummi aus ihrer Handtasche holen. Was sie sich stattdessen holte, war ein ziemlich langer Schnitt an ihrer Hand durch eine Glasscherbe. Hier muss ich ein wenig ausholen: Im Zuge unsere Reisevorbereitungen hatten wir auch von Montezumas Rache gehört und gelesen, dass hochprozentiger Alkohol dagegen schützen kann (was ich aufgrund unserer bisherigen Reiseerfahrungen nur bestätigen kann. Wir waren zum Beispiel in China mit mehreren Reisegruppen unterwegs, jede Gruppe hatte einen Reiseführer. Unser Reiseführer hat uns jeden Morgen zum Frühstück (!), hmm, genötigt ist jetzt das falsche Wort, die meisten waren mit Freuden dabei, ein Glas Schnaps zu trinken. Und was soll ich sagen: Aus unserer Gruppe hatte kein einziger Teilnehmer auch nur im geringsten Magen-Darm-Probleme, wogegen die „Referenzgruppen" schwer stöhnten). Also haben wir uns sicherheitshalber einen Flachmann besorgt und in Utes Handtasche verstaut, wir wollten diese Notfallmedizin natürlich „am Mann" bzw., hier treffender, „an der Frau" haben.

Also, perfektes Opening: Ich patschnass, Utes Hand blutig, Utes Handtasche alkoholdurchnässt. Nur Michael blieb von sämtlichen Malessen verschont; allerdings, wie sich noch herausstellen sollte, nur temporär. Denn bei unserer Landung in Kathmandu stellte sich heraus, dass er auch seinen Teil abbekommen sollte, denn ausgerechnet sein Gepäck wurde nicht ausgeladen und flog weiter nach Neu-Delhi…

Nach etwas über fünf Stunden bemerkten wir plötzlich, dass die Maschine erstens langsamer wurde und zweitens in den Sinkflug überging. Hä, was´n jetzt los? In diesem Moment erfolgte eine Lautsprecherdurchsage in Englisch, aus derem für diese Durchsagen üblichen Gequäke wir nur das Wort „Damaskus" raushörten. Also, es gab eine – wie wir nun erfuhren planmäßige – Zwischenlandung in

Damaskus. Hatte uns zwar keiner vorher gesagt, aber egal. Nun konnten wir dafür Syrien unserer Liste „Welche Länder haben wir schon besucht?“ hinzufügen. Wir durften zwar den Flieger nicht verlassen und haben demgemäß keinen Fuß auf syrischen Boden gesetzt, aber in dieser Hinsicht wollen wir mal nicht so pingelig sein.

Schließlich landeten wir am Spätnachmittag Ortszeit in Karachi (Pakistan). Als erfahrener Trekker, der ich war, war ich bestens vorbereitet: Über meine nach dem Zwiebelprinzip zusammengestellte Kleidung, die ich sowieso schon trug, zog ich noch schnell meine bis minus 30° taugliche Daunenjacke, nur um dann, aus dem gut klimatisierten Flugzeug kommend, auf der Ausstiegstreppe gegen eine Wand zu laufen. Karachi begrüßte uns mit gefühlten 40° im Schatten (tatsächlich waren es, wie sich dann herausstellte, 36°, was die Sache aber nicht besser machte. Ich hatte beide Hände mit unserem Handgepäck voll, hinter mir drängten die Mitreisenden, also, keine Chance, wenigstens die Jacke auszuziehen. Bis wir dann vor den Einreiseschaltern standen, war ich wieder pitschepatschenass, diesmal allerdings durch eigene Schuld.

Aber, keine Zeit, groß darüber nachzudenken, denn die nächste Herausforderung harrte bereits unser. Bzw., um genau zu sein, sie harrte Ute, die vor mir lief: Pakistan, streng muslimisches Land, absolutes Alkoholverbot (wovon auf internationalen Flügen glücklicherweise nichts zu spüren war, unsere Versorgung mit Bier und Wein während des Fluges war vorbildlich). Ute also an der Passkontrolle, stellt ihre Handtasche auf den Schalter, öffnet sie und will ihren Reisepass herausholen. Was dabei aber vorher herauskommt, ist ein beißender Alkoholgeruch, der der Ute kontrollierenden Beamtin direkt in die Nase steigt. Die Dame stutzt, sieht Ute misstrauisch an und blickt sich schon zu den beiden Polizeibeamten um, die in Rufweite stehen und die Einreisenden beobachten. Wir schafften es dann nur äußerst mühsam, der Dame zu erklären, dass wir keinesfalls Alkohol in großem Stil nach Pakistan einschmuggeln wollten. Den Ausschlag dafür, dass die Angelegenheit für uns glimpflich ausging, war wohl die Schnittwunde in Utes Hand, die dann doch ziemlich überzeugend wirkte.

Nach den Einreiseformalitäten wurden wir mit einem Bus zu unserem Hotel gebracht, in dem wir in eine für uns extrem peinliche Situation kamen, die uns, obwohl wir dafür natürlich nichts konnten, aufs tiefste beschämte: Beim Einchecken wurde uns gesagt, wir sollten um 18.00 Uhr alle in die Lobby kommen, dann würden wir zum Abendessen geführt. Als wir dann in den Speisesaal kamen, sahen wir, dass ein Buffet aufgebaut war. Um das Buffet herum standen etwa 30 pakistanische Männer, die, wie wir später erfuhren, zu einer Baufirma gehörten, die in dem Hotel Werkszimmer für die Unterbringung angemietet hatte. Wir wurden an unsere Tische geführt und gleichzeitig haben Hotelmitarbeiter die armen Bauarbeiter vom Buffet weggescheucht. Denn selbstverständlich hatten die internationalen Fluggäste absoluten Vorrang; da ist es ja wohl nicht zu viel erwartet, wenn die Einheimischen, die sicherlich den ganzen Tag in der brütenden Hitze schwer geschuftet hatten, zurückstehen! Für uns war das eine durch und durch schreckliche Situation.

Na gut, wie auch immer. Am nächsten Tag ging´s dann weiter und wir landeten schließlich wohlbehalten in Kathmandu, wo beim Auschecken bis auf die bereits erwähnte Kleinigkeit, dass Michaels Gepäck weiterfliegen durfte, alles glatt ging. Wir schnappten uns ein Taxi in die Innenstadt und als der Taxifahrer uns strahlend und äußerst herzlich – während er allerdings mit halsbrecherischer

Geschwindigkeit und, für uns komplett ungewohnt auf der linken Straßenseite (in Nepal herrscht, wie in allen ehemaligen britischen Kolonien, Linksverkehr), über die Straße donnerte, wobei der Höhepunkt für uns war, als er links - links! - in einen Kreisverkehr einbog - mit den Worten “Welcome in Nepal!“ begrüßte, wussten wir endgültig, dass unser Urlaub nun begonnen hatte.
Diesem “Welcome in Nepal!“ ging übrigens ein kurzer Wortwechsel, den wir in dieser Form in Nepal immer wieder hatten, voraus: Taxifahrer: “Where do you come from?“. Wir: “From Germany.“ Und dann die unvermeidliche Frage: “East or West?“ Bis heute kann ich mir diese Frage nicht erklären: Wir hatten das Jahr 1984, der eiserne Vorhang war vollständig intakt und mehr oder weniger alle Welt wusste, dass die ostdeutschen Bewohner zu dieser Zeit eher selten irgendwelche Auslandreisen, schon gar nicht nach Nepal, unternahmen. Ich kann mir nur vorstellen, dass die Nepal-Jungs ihre Weltläufigkeit zum Ausdruck bringen wollten. Schaut her, ich weiß, dass es zwei Deutschland gibt. Was mich auch immer wieder erstaunte: Die wussten alle ganz genau, wie die Einreise von Westberlin nach Ostberlin vonstatten ging, nämlich über den Grenzübergang Berlin-Friedrichstraße. Das wurde uns mehrmals sehr exakt erklärt, sogar, dass für die Einreise ein „Berechtigungsschein zum Empfang eines Visums der DDR“ notwendig war und dass es einen Zwangsumtausch gab, gehörte hier in Nepal offensichtlich zum Allgemeinwissen.
Unser Reiseplan war, uns einige Tage in Kathmandu und Umgebung rumzutreiben, dann mit dem Bus von Kathmandu nach Pokhara zu fahren, von Pokhara nach Jomsom zu fliegen und dann von Jomsom auf dem Annapurna-Trek zurück nach Pokhara zu laufen (ca. 110 km, sieben Tage). Anschließend wollten wir dann noch von

Pokhara mit dem Bus Richtung indische Grenze für einige Tage ins Terai fahren und von da dann zurück nach Kathmandu zum Flughafen.
So weit, so gut. Allerdings war da noch die Sache mit Michaels fehlendem Gepäck, die wir im Vorfeld lösen mussten. Und damit kommen wir zwangsläufig auch in den sanitären Bereich:

Wie es heute ist, kann ich nicht sagen, denn seit unserem damaligen Besuch meiden wir Nepal wie der Teufel das Weihwasser, um unsere großartigen Erinnerungen nicht durch den immer extremer werdenden Tourismus zerstören zu lassen (Mittlerweile gibt es wohl in der Nähe von Pokhara ein Disney-Land! Ein Disney-Land! In meinem geliebten Nepal!!!), aber als wir 1984 durch Nepal trekkten, war das mit den sanitären Anlagen so eine Sache.

Eine Unterkunft zu bekommen, war zwar nie ein Problem und selbst in Kathmandu konnten wir für umgerechnet sagenhafte 20 Pfennig pro Nacht schlafen, aber Duschen gab es öfter entweder überhaupt nicht oder sie waren, was die Sauberkeit anging, selbst für unsere damals wirklich nicht übertriebenen Vorstellungen von Reinlichkeit in einem mehr oder weniger erbärmlichen Zustand. Und da habe ich jetzt noch nicht von den Toiletten (also den Löchern im Boden) geredet.

Exkurs: Toiletten in Nepal

Da in meinen Erzählungen des Öfteren Toiletten eine Rolle spielen, hier einige nützliche Informationen zu diesem Thema: Traditionell gab es in Nepal überhaupt keine Toiletten, kleine wie große „Geschäfte“ wurden in der freien Natur erledigt, wobei „freie Natur“ in Kathmandu und anderen nepalesischen Ortschaften einfach „Straßenrand“

bedeutete. In den Reiseführern wurden berühmt-berüchtigte Straßen aufgeführt, die besser gemieden werden sollten, weil sie mit menschlichen Exkrementen übersäht sind. Gerade am frühen Morgen ließ sich die Technik der Nepali auch immer gut bewundern, da hockte dann nämlich alle paar Meter ....
Als dann in den 1980ern erstmals nennenswerter Tourismus in Nepal aufkam, bemerkten die Nepali sehr schnell, dass Touristen Toiletten erwarten. Und so wurden die Unterkünfte nach und nach mit Toiletten ausgerüstet, wobei die Betonung auf „nach und nach“ lag. Als wir 1984 in Nepal waren, verfügte etwa die Hälfte der Unterkünfte über Toiletten. Und da zu der Zeit in Nepal auch die Infrastruktur noch nicht sonderlich ausgebildet war und fließendes Wasser und insbesondere Abwasserkanäle eine Seltenheit waren, war die Toilette der Wahl natürlich die Hocktoilette. Denn da musste nur eine Grube ausgehoben werden, um die ein Holzverschlag gezogen wurde und auf die dann die Porzellanschale, also die eigentliche Hocktoilette, aufgelegt wird. Fertig war dieses komische Ding, das in den Augen der Nepali wirklich niemand braucht, von Touristen aber immer wieder nachgefragt wurde.

Und entsprechend dieser Einstellung wurde auch die Reinigung dieser Toiletten durchgeführt. Nämlich im Zweifel gar nicht. Das führt dann irgendwann dazu, dass die Grube unter der Hocktoilette überläuft, was aber nicht weiter stört, es wird einfach weitergeschissen. Wenn dann die Fäkalien rund um die Hocktoilette so hoch stiegen, dass die Gefahr bestand, dass sie in die Schuhe reinlaufen, wurde, soviel Komfort musste dann doch sein, links und rechts der Hocktoilette je ein Ziegelstein gelegt, die einen etwas erhöhten Stand garantierten und den Vorteil hatten, dass darauf, wenn auch diese Steine zu versinken drohten, weitere Ziegelsteine gelegt werden konnten.

Zusammenfassend kann ich feststellen, dass tägliches Duschen in Nepal nicht eben der Standard war. Dazu kam, dass wir als backpacker unterwegs waren und das hieß, möglichst wenig Gepäck und das wiederum hieß, nicht so viele Klamotten zum Wechseln. Womit wir wieder bei Michael wären, der eben momentan überhaupt keine Kleider zum Wechseln hatte, da ja sein Gepäck in Neu-Delhi der Dinge - bzw. seines Rücktransportes nach Kathmandu - harrte, estimated time to arrival: sieben Tage. Nach fünf Tagen wenig Duschen und ohne Kleiderwechsel müffelte Michael deshalb ein wenig. Wobei „ein wenig" natürlich relativ ist.

Dass der Geruch für nepalesische Nasen eher als beißender Gestank wahrgenommen wurde, bemerkten wir in einem Kleinbus: Wir fuhren von Kathmandu zur Besichtigung in die alte Königstadt Bhaktapur und mussten feststellen, dass selbst die sonst sehr gleichmütigen Einheimischen versuchten, Abstand von Michael zu halten; wobei Abstand allerdings eingedenk grundsätzlich proppervoller Busse lediglich fünf Zentimeter bedeutete. Was allerdings besser war als nichts. Dass sich aber die eigene Wahrnehmung signifikant von der Fremd-wahrnehmung unterscheiden kann und sich der eigene Geruchssinn - vermutlich aus reinem Selbstschutz - an die Gegebenheiten anpasst, offenbarte sich an Michael :Der roch mal unter seinen hochgehobenen Arm: „Wahnsinn, jetzt habe ich schon fünf Tage dieselben Kleider an und nicht geduscht und stinke immer noch nicht."

Nepal (1983) - Teil 2: Pokhara - Jomsom - Annapurna-Treck

Rückblende (siehe „Nepal - Teil 1“):

1983 ging´s nach Nepal. Diese Reise hatte ich mir für mein erfolgreich abgeschlossenes Studium geschenkt. Dass ich mein Studium zu diesem Zeitpunkt beileibe noch nicht abgeschlossen hatte, steht ebenso auf einem anderen Blatt wie der in diesem Zusammenhang eher nicht angebrachte Gebrauch des Wortes „erfolgreich“, das ja eigentlich mindestens ein Prädikatsexamen impliziert. Aber, wie auch immer, Nepal rief mich.

Wir reisten zu dritt, neben Ute und mir war noch ein guter Freund, Michael, dabei. Unsere Anreise erfolgte mit PIA-airlines (das war die staatliche Pakistanische Fluggesellschaft) von Frankfurt über Karachi (Pakistan) nach Kathmandu. Bei der Ankunft in Kathmandu stellte sich heraus, dass Michaels Gepäck noch eine Extratour nach Neu-Delhi unternehmen durfte.

Es war soweit, endlich hatte Michael sein Gepäck zurück, unserer Weiterreise nach Pokhara stand nichts mehr im Wege. Die Busfahrt dorthin war ein eigenes Abenteuer, 200 km in einem vollbesetzen Bus (natürlich einschließlich der ortsüblichen Hühner und Ziegen, teilweise über unbefestigte Serpentinen, bei LKW-Gegenverkehr (sehr oft) hart am rechten Straßenrand jonglierend, wobei rechts vom rechten Straßenrand oftmals nichts als Abgrund war, und bis auf einen einzigen Zwischenstopp etwa in der Mitte der Etappe ohne jegliche Erholungspause.

Vor der Abfahrt. Noch hatten wir den Bus für uns

Dass diese Tour offensichtlich auch für die Einheimischen eine besondere Herausforderung darstellte, bemerkten wir, als die ersten sich auf ihren Sitzen weit nach vorne beugten und sich einfach auf den Boden erbrachen. Aber ich will nicht zu sehr in die Einzelheiten gehen... Landschaftlich gesehen war das eine ganz tolle Fahrt und wir kamen wohlbehalten in Pokhara an, wo wir gleich eine Unterkunft fanden. Und, was soll ich sagen: Diese Unterkunft hatte Gemeinschaftsräume und Bestandteil dieser Gemeinschaftsräume waren tatsächlich, ungelogen, echte, wirklich funktionierende Duschen! Unser Glück war perfekt.

Während ich duschte, konnte ich mein tierisches Wissen erweitern, denn ich hatte die Gelegenheit, eine handtellergroße, pechschwarze Spinne, die in einer Ecke an der Decke der Dusche saß und interessiert zusah, was da so abging, zu studieren.

„Hey, was kratzt denn da über mein Gesicht??“ Mitten in der Nacht wachte ich auf, weil ich eine Mischung aus Kitzeln und Kratzen auf meinem Gesicht verspürte.

Der Mund, die Nase, das linke Nasenloch, das linke Auge, dann ein kurzes Verheddern in meinen Haaren .... Sie wissen, was ich meine? Sofort dachte ich an diese riesige schwarze Spinne in der Dusche.

Schnell wischte ich mir übers Gesicht; und tatsächlich, da war wirklich was. Aber was??? Das fühlte sich absolut nicht nach Spinne an. Irgendwas Pelziges! Ich tastete nach der Taschenlampe. Und sah ...... eine schöne, fette, sehr wohlgenährte Ratte.

Am Morgen starten wir unser Abenteuer „Annapurna-Treck“, das im ersten Schritt erforderte, uns Flugtickets für den Flug zum von uns als Startpunkt auserkorenen Ort Jomsom zu ergattern (Jomsom liegt im oberen Kali-Gandaki-Tal auf 2.750 m Höhe). Diese Flugtickets gab es direkt auf dem Flughafen von Pokhara; und zwar nur dort.

Hier bietet es sich an, mal kurz den eindrucksvollen “Pokhara International Airport“ zu beschreiben: Der lag etwas außerhalb von Pokhara und bestand aus einem holperigen Rasen, der in Deutschland vermutlich nicht mal als Bolzplatz durchgegangen wäre, mit einer noch holperigeren Start- und Landepiste. Tägliches eindrucksvolles Verkehrsaufkommen: fünf Starts und Landungen. Um das Flugfeld die restliche Zeit nicht völlig ungenutzt herumliegen zu lassen, aber auch, um die Kosten für einen Rasenmäher zu sparen, weideten auf diesem Feld einige Rinder. (Die Fluggäste waren gut beraten, diese Tatsache auf ihrem Weg zum Flugzeug (natürlich zu Fuß, quer über das Feld) nicht aus den Augen zu verlieren.)Am Rande dieses Flugfeldes stand eine kleine Holzhütte, etwa so groß wie bei uns ein Schnellimbiss, darin saß auf einem kleinen Hocker der Chef des Ganzen, in Personalunion Ticketverkäufer, Ticketkontrolleur und überhaupt Aufpasser. Wollte man nun

einen Flug ergattern, lief die ganze Aktion folgendermaßen ab:
Zunächst mussten die Tickets gekauft werden. Das war der einfachste Teil der Angelegenheit. Der Ticketschalter hatte feste Öffnungszeiten, das heißt, wir konnten einfach mit unseren Fahrrädern, die wir uns am ersten Tag am Flughafen geliehen hatten, dort hinfahren und die Tickets kaufen, wobei diese vorab, spätestens am Tag vor dem geplanten Abflug, gekauft werden mussten. Die Tickets waren relativ begehrt, so dass wir anstehen mussten. Beim Anstehen nach den Flugtickets konnten wir bewundern, wie die Nepalesen schon damals aktiven Umweltschutz betrieben: Das Flugticket wurde per Hand (!) ausgefüllt; es bestand aus einem Original mit zwei Durchschlägen, das Durchschreiben wurde mithilfe von Kohlepapier, das zwischen den Durchschlägen lag, sichergestellt. Neben dem Ticketbeamten stand ein Papierkorb auf dem Boden. Wenn ein Ticket fertig ausgefüllt war, entfernte der Beamte das Durchschlagpapier und ließ es in den Papierkorb fallen. Neben dem Papierkorb standen schon zwei erwartungsfrohe, mit der Prozedur offensichtlich bestens vertraute, Rinder. Sobald das Durchschlagpapier im Papierkorb lag, steckten Sie – immer schön abwechselnd – ihre Schnauze in den Korb, fischten das Papier raus und fraßen es genussvoll auf.

So, nun waren wir also stolze Besitzer der Flugtickets nach Jomsom. Ab jetzt war Nervenstärke angesagt: Denn mit den Tickets hatten wir noch lange keine feste Buchung in der Tasche, sondern nur eine unverbindliche Zusage dass wir eventuell irgendwann mal, wenn es sich denn zufällig machen ließe, auch tatsächlich nach Jomsom fliegen (und vor allen Dingen dort auch landen, was nicht selbstverständlich war) durften. Denn der Flug nach Jomsom war im wahrsten Sinne des Wortes eine windige Angelegenheit und vor den erfolgreichen Transport hatten sowohl die nepalesischen Flugbehörden als auch das Wetter einige nicht so einfach zu überwindende Wenns und Abers gesetzt. Unter dem Strich haben wir insgesamt fünf Tage, das bedeutet fünf nervenzehrende Fahrten zum Flughafen Pokhara, benötigt, um schließlich wirklich nach Jomsom zu gelangen.

Exkurs: Flughafen Jomsom

Der Flughafen Jomsom gehört auch heute noch, was den Landeanflug betrifft, zu den gefährlichsten Flughäfen der Welt. Er liegt auf 2.736 m Höhe und ist umgeben von zahlreichen Sieben- und Achttausendern. Der Anflug erfolgt durch die tiefe Schlucht des Kali Gandaki-Flusses, gerahmt vom Annapurna und dem Dhaulagiri (was natürlich extrem eindrucksvoll ist). Starke Winde erschweren den Anflug und die Landung.

Zu unserer Zeit bestand der Flughafen aus einer besseren Geröllpiste, die Landung war nur für kleine Maschinen möglich (unser Flugzeug hatte 20 Sitzplätze) und die Landung muss auf jeden Fall vor 9.00 Uhr morgens erfolgen, denn danach sind die Winde grundsätzlich zu stark für einen sicheren Landanflug. Der Flug von Pokhara nach Jomsom dauert ca. 20 Minuten.

Zunächst einmal war die tägliche Frage: Kann der Flug überhaupt stattfinden oder sind die Winde in Jomsom auch vor 9.00 Uhr morgens schon zu stark für eine Landung? Diese Frage wird immer kurzfristig vor Ort, also am Flughafen Pokhara, entschieden. Wir mussten also täglich dort erscheinen und uns danach erkundigen, ob der Flug stattfindet.

Zusätzlicher Nervenkitzel: Der Flug wird freigegeben und findet statt, der Pilot stellt aber beim Landeanflug auf den Flughafen Jomsom fest, dass die Winde doch zu stark für eine gefahrlose Landung sind; dies führt dazu, dass das Flugzeug nach Pokhara zurückfliegt. Unangenehmer Nebeneffekt: Damit galt der Flug als durchgeführt, sodass die Tickets verfielen. Diese Variante blieb uns zum Glück erspart.

Wenn nun an einem Tag der Flug freigegeben ist, ist die nächste Frage: Wer darf überhaupt mitfliegen? Hier wird es extrem spannend: Denn die 20 Plätze in der Maschine sind schnell besetzt und so gut wie nie ausreichend. Nun kommt es bei der Auswahl der Ticketinhaber, die dann auch tatsächlich mitfliegen dürfen, in keiner Weise darauf an, wann die Tickets gekauft wurden (sprich, wer zuerst kommt, mahlt zuerst), sondern darauf, welchen Status der jeweilig Flugwillige besitzt. Und dieser Status ist penibel geregelt. Der Einstieg erfolgt nämlich, bis der letzte Sitz belegt ist, in der folgenden Reihenfolge:

1. Mitglieder des Königshauses (kam zum Glück eher selten vor, denn die haben natürlich ihr eigenes Fluggerät)
2. Mitglieder der Regierung (siehe Punkt 1.)
3. Beamte (das lag schon eher im Bereich des Möglichen)
4. Einheimische
5. Schafe und Ziegen (sic!)
6. das restliche Fußvolk, sprich, wir Touristen (wobei bei uns noch erschwerend hinzukam, dass wir unbedingt zusammenbleiben wollten, dass für uns also drei freie Plätze notwendig waren).

An vier Tagen wurde der Flug entweder aufgrund der herrschende Windverhältnisse komplett abgesagt oder das Flugzeug war nach Punkt 5. der Liste rappelvoll. Am fünften Tag aber konnten die nepalesischen Götter unser immer stärker und lauter werdendes Flehen offensichtlich nicht mehr (über-)hören und endlich, endlich durften wir mitfliegen!

Exkurs: Sicherheit im nepalesischen Flugverkehr

Seit wir im Reiseführer gelesen hatten, wie die Nepalesen ihre Flugzeugflotte vor Pannen schützten, hatten wir unbegrenztes Vertrauen in das Fluggerät: Einmal im Jahr wurde nämlich unter jeder Maschine der Royal Nepal Airline in einem feierlichen Ritual eine Ziege geschlachtet. Mit diesem Schlachtopfer wurden die Götter milde gestimmt und es war absolut sichergestellt, dass sie die folgenden 365 Tage ihre schützende Hand über das jeweilige Flugzeug halten würden, dass also überhaupt nichts passieren kann.

Obwohl der Flug nur knapp 20 Minuten dauerte, waren wir doch ob der Umstände sehr beeindruckt: Kurz nach dem Start lief eine Stewardess durch die Gänge und verteilte Lutschbonbon für den Druckausgleich. Fast zeitgleich konnte ich feststellen, dass die Flugzeugfensterchen so nachlässig befestigt waren, dass ich ohne Probleme zwei Finger in den Spalt zwischen Fensterrahmen und Flugzeughülle stecken konnte; hätte ich etwas fester gegen das Fenster gedrückt, wäre es vermutlich rausgefallen. Was uns aber besonders beeindruckte: Die Tür zur Pilotenkabine stand offen. Die Piloten konnten wir zwar von unseren Plätzen aus nicht sehen, aber an der Decke der Pilotenkabine - ziemlich genau in der Mitte - war irgendein Hebel befestigt. Und alle zwei bis drei Minuten erschien, wie aus dem Nichts, ein Arm mit einer schwarz behandschuhten Hand, die an den Griff fasste und ihn verstellte. Irgendwie furchterregend.

Nun gut, machen wir´s kurz. Die Landung verlief einwandfrei. Das Panorama, das nach dem Aussteigen zu sehen war (tief unten das Flusstal, drum herum lauter Sieben- und Achttausender), war das Faszinierendste, das ich je gesehen hatte. Meine angemessene Würdigung erfolgte umgehend, indem ich innerhalb von nicht mal zehn Minuten drei Filme mit je 36 Bildern durch die Kamera jagte. Und dann ging´s auch schon los, schließlich warteten die ersten zehn Kilometer unseres Trecks auf uns:

Unser Flieger nach der Landung in Jomsom

„... und weg isser..." Start unseres Fliegers vom „Flughafen" Jomsom, nachdem er uns ausgeladen hatte

Noch kurz zum Schwierigkeitsgrad: Der Annapurna-Trek ist insgesamt nicht sehr anspruchsvoll, auch 80-Jährige, die noch einigermaßen gut zu Fuß sind, können sich daran wagen, allerdings gibt es zwei Tücken, die zwar nicht schlimm, auf Dauer aber extrem nervig sind:

Es gibt Tage, da geht es über Felstreppen stundenlang nur bergauf und anschließend wieder bergab. Hier liegt der Frust insbesondere darin, dass schon beim Hochsteigen klar ist, dass es gleich wieder genauso weit runtergeht. Das übliche Triumpfgefühl beim Höhentrekking, „Krass, ich hab wieder 100 Höhenmeter geschafft!“, kommt daher gar nicht erst auf bzw. wird durch ein „Scheiße, wenn wir nur schon wieder unten wären.“ ersetzt, denn steile Treppen bergab ist extrem viel anstrengender zu laufen als bergauf.

und weiter, immer weiter ..... Und keine Bange: drüben geht´s zuverlässig genauso wieder runter!

Und dann die Eselkarawanen! Am Ende war ich so weit, dass ich keine Esel mehr sehen konnte. Um ehrlich zu sein: Wäre ich zu diesem Zeitpunkt mit einem Esel und einem Schlachtermesser allein gewesen …. Hintergrund ist, dass die komplette Versorgung der Bewohner des Kali-Gandaki-Tals über Esel läuft. Dazu wurden immer – wenn ich richtig gezählt habe, bis zu 20 – Esel „zusammengekoppelt“, wobei jeder Esel links und rechts am Körper eine Kiste oder einen Sack trug. Dazu kam der Führer und los ging´s. Esel vorneweg, Führer hintendran. So weit, so gut. Nun ist es allerdings leider so, dass sich Eselkarawanen und Trekker ein und denselben Pfad teilen; und dieser Pfad ist teilweise nur etwa einen Meter breit und auf lange Strecken gibt´s hier kein Ausweichen, weil auf der einen Seite eine Felswand ist, während es auf der anderen Seite steil und tief ins Kali-Gandaki-Tal geht.

Und die Esel sind halt Esel, d.h., die machen stur ihr Ding; wobei die soziale Kompetenz dieser Viecher gegenüber anderen Lebewesen – hier also uns Trekker – ziemlich gegen Null tendiert. Mit anderen Worten: Wenn so eine Karawane in Bewegung ist, dann geht´s ab, da wird nicht links und nicht rechts geguckt, da geht´s stur geradeaus (bzw. meist geradehoch oder geraderunter). Und da blieb immer nur eins: Sobald wir die Eselsglöckchen hörten, drückten wir uns mit unseren Rucksäcken so eng wie möglich an die Felswand, zogen die Füße ein und hofften, dass das Ungemach so schnell wie möglich an uns vorübergeht. Und das machen Sie mal zehn- bis fünfzehnmal am Tag. Ich verspreche Ihnen: Selbst wenn Sie der größte Tierfreund auf der Welt wären: Auch Sie würden sich ein Schlachtermesser und eine einzige Minute allein mit einem dieser Esel wünschen….

Einer unserer über alles geliebten Esel

Aber, kleiner Trost für mich: Eben diese Eselkarawanen stellten zuverlässig sicher, dass ich jeden Abend meine Biervorräte, die ich selbstverständlich im Rucksack immer dabeihatte, (siehe unten) wieder komplettieren konnte.

Aber von diesen kleinen Befindlichkeitsstörungen abgesehen, war das mit die geilste Trekkingtour meines Lebens (zumal zu der Zeit tourimäßig in Nepal noch nicht allzu viel los war. Wenn es hochkam, begegneten wir am Tag vielleicht 20 bis 30 anderen Trekkern. Ich möchte nicht wissen, wie da heute zugeht, Stichwort „Disneyland in Pokhara“!). Auf der einen Seite unseres Weges der Blick in das mächtige Tal des Kali Gandaki, um uns herum die noch mächtigeren Sieben- und Achttausender, und mittendrin, alles andere überragend, der mehr als eindrucksvoll anzusehende Annapurna.

Wobei, um diesen Blick zu genießen, wäre es schon gut, ab und zu mal hochzugucken! Ich glaube, es war am dritten (!) Tag unseres Trecks und wir machten grad Pause, als ich von Michael – völlig aus heiterem Himmel – eine komplette Breitseite abbekam: „Sag mal, spinnst Du! Das ist ja ein ganz tolles Panorama!! Guck mal, allein der Annapurna!! Und du lässt mich hier drei Tage laufen und sagst kein Wort, dass ich mir das mal ansehen soll!!!!!!! Unverschämtheit."

Annapurna

Ja, Michael ist sehr bodenständig und hat beim Laufen immer vor seine Füße geschaut, damit er nicht über irgendwelche Steine stolpert. Diese Strategie ist auch absolut sinnvoll und nur zu empfehlen. Allerdings bin ich schon davon ausgegangen, dass er ab und an auch mal aufschaut.

Zu seiner Entschuldigung muss ich aber sagen, dass er zu dieser Zeit andere Sorgen hatte, denn er wurde – schon seit Pokhara – von einer dermaßen brutalen Magen- und Darmgrippe geplagt, dass wir schon überlegt hatten, den ganzen Trek abzublasen. Daher möchte ich die Story mit dem „übersehenen" Annapurna hier nicht als billigen Gag stehen lassen, sondern mich vielmehr nochmals bei Michael bedanken, dass er uns den Treck trotz seines geschwächten Körpers ermöglicht hat. Aber erzählen musste ich´s doch ....

Der Weg führte uns auch durch viele kleine Dörfer. Hierbei hatten wir dann auch die Gelegenheit, die Baukunst (oder besser, die Findigkeit) der Nepali zu bewundern.

Wir kamen durch einen kleinen Ort, in dem ein Haus gebaut wurde, traditionell aus Natursteinen. Offensichtlich wurde erst kürzlich mit dem Bau begonnen, denn als wir an dem Bauplatz vorbeiliefen, waren eben mal drei Steinreihen des zukünftigen Hauses gesetzt. Dabei waren aber schon alle Zimmer mit eingeteilt worden. Und: Die komplette Möblierung des Hauses – oder zumindest die größeren Stücke, wie Schränke und Tische – stand schon „im" Haus an Ort und Stelle! Clever! Damit entfällt das spätere mühselige Durchmanövrieren der sperrigen Stück durch die Türen. Sollten sie bei uns auch mal einführen! Ich seh schon die Maurerkolonnen vor mir, wie sie – vorsichtig wie Maurer nun mal sind – die Haus- und Zimmerwände um eine bereits komplett aufgebaute Möblierung herum hochziehen.

Die Möbel werden gleich mit eingebaut

Auf diesem Treck habe ich auch gelernt, wie leicht Menschen glücklich zu machen sind: Ich war schon immer der Meinung, alles, was wirklich wichtig ist, sollte immer, wirklich immer, am Mann sein. Wir gehen auf einen Sechstausender? Jedes Gramm weniger Gepäck ist ein gutes Gramm? Scheiß drauf, lieber fünf Kilogramm mehr, als auf überlebensnotwendige Dinge zu verzichten. Und in meinem Fall heißt überlebensnotwendig: Bier und Schokolade (und früher auch noch Zigaretten). (Ich wurde schon bei der Bundeswehr bei 36-Stunden-Übungen umschwärmt, wenn ich irgendwo immer noch ne Schachtel Kippen oder ne Tafel Schokolade aus dem Rucksack gezogen habe).

Also, Bier und Schokolade MÜSSEN immer dabei sein. Lieber irgendwelches andere unnütze Zeugs (Regencape, Wollhandschuhe, Erste-Hilfe-Kästchen, Stirnlampe,….) weglassen. Ich habe vier Dosen Bier auf den Kilimandscharo geschleppt, ich habe vier Dosen Bier auf den Fuji geschleppt und ich habe vier Dosen Bier auf den Ojos des Salados geschleppt. Auf der Kibo-Tour habe ich mal, wie schon beschrieben, auf 4.500 m Höhe, unsere Träger standen um uns herum, ein Glas Nutella aus dem Rucksack gezogen. Die Blicke hätten Sie sehen sollen. Wenn es in Tansania einen König gäbe: Die Träger hätten, ohne eine Sekunde nachzudenken, mich dazu ernannt. Ich glaube, das volle Glas Nutella, das ich ihnen natürlich überlassen habe, steht heute noch in irgendeinem Regal in Tansania.

Na, jedenfalls, wir machen eine Pause und breiten unsere Essensachen auf einer niedrigen Mauer aus, mit einem Gaskocher machen wir uns ein Süppchen warm. In diesem Moment laufen zwei andere Trekker – Elke und Franz, wir haben heute noch Kontakt – an uns vorbei, wir kommen natürlich ins Gespräch. Elke bewundert unsere noch so saubere Kleidung, was mich ein wenig verwunderte, denn nach tagelangem Trekking in immer denselben Klamotten, mit denen wir im Zweifel auch schliefen, war der Ausdruck „Sauberkeit“ im Zusammenhang mit unserer Kleidung doch ein wenig exotisch. Es stellte sich dann aber heraus, dass die beiden schon über drei Wochen unterwegs waren, sie hatten das volle Programm gewählt und sind über Muktinath gewandert. Entsprechend abgekämpft waren sie. Während wir uns unterhielten, zog ich gedankenverloren eine Tafel Milka-Schokolade aus meinem Rucksack. Da war´s um Elke geschehen. Ihre Augen wurden groß und größer. „ Waaahnsinn. Schokolade! Hier! Mitten im Gebirge!” Ja, wie gesagt, so leicht sind Menschen glücklich zu machen.

Nun aber nochmals zu Michaels Durchfall: Es hatte ihn wirklich übel erwischt, alle paar Minuten musste er sich in die Büsche schlagen. Eingedenk seines Zustands fühlte ich mich für ihn verantwortlich und habe immer zuallererst, wenn wir abends unsere jeweilige Unterkunft bezogen hatten, gecheckt, wo die Toiletten sind und wie sie auf dem schnellsten Weg zu erreichen waren. Eines Abends waren wir in einer Gemeinschaftsunterkunft untergebracht. Wobei diese Unterkunft eigentlich nur aus einem Raum in ersten Stock mit Holzfußboden bestand, auf dem wir unsere Schlafsäcke ausbreiten konnten. Der Raum konnte etwa 40 Leute aufnehmen.

Auch hier habe ich zuerst die Toiletten – bzw. in diesem Fall die Toilette – gesucht und auch gleich gefunden: Sie befand sich ebenfalls im ersten Stock und bestand – im Gegensatz zu den sonst maximal 1,5 qm großen und nicht sehr reinlichen Toiletten, aus einem erstaunlich großen Raum (bestimmt 20 qm), der darüber hinaus dankenswerterweise auch noch mit Heu ausgestreut war (der Geruch, Sie wissen schon). Ziemlich genau in der Mitte des Raums (in bin fast versucht, Wohnzimmer zu sagen) befand sich das obligatorische Loch. Ansonsten war der Raum leer. Also, alles roger, der Raum erweckte durchaus meinen Wohlgefallen. Durch den angenehmen Heugeruch und die Größe des Raums möchte ich fast schon von einer 1a-Superduper-Luxustoilette sprechen.

Allerdings war nun auch meine Neugierde geweckt. Hm, die Toilette befindet sich im ersten Stock. Wo landet denn da die ganze Scheiße eigentlich? Ob da wohl ein Abflussrohr o.ä. installiert war? Ich ging zu dem Loch und schaute interessiert durch. Und was sah ich: nix. Bzw., natürlich doch: nämlich etwa 2,50 m unter mir den normalen Erdboden, natürlich komplett bedeckt mit Scheiße, genauer gesagt, mit verspritzter Scheiße (Na ja, was soll man sonst erwarten bei einer Fallhöhe von 2,50 m und bei den Trekkern doch vermehrt vorhandenen Durchfallbeschwerden.) Nun wollte ich es genau wissen, daher bin ich die Treppe runtergelaufen und habe mir die Konstruktion von unten angesehen. Und siehe da, direkt neben der Toilette befanden sich, fein säuberlich eingesät, jede Menge Gemüsebeete. Ein Schelm, der Schlimmes dabei denkt .... Zum Abendessen gab es übrigens Blumenkohl mit Kartoffeln. War sehr lecker ...

Aber zurück zum Thema: Ich ging zurück zum Schlafsaal und überbrachte Michael die gute Nachricht, dass er in dieser Nacht über eine Luxustoilette verfügen konnte. Nun gab es allerdings einen winzigen Nachteil:

Wir waren immer recht flott beim Trekken unterwegs und daher abends meistens mit die Ersten, die eine Unterkunft erreichten. Das hatte den Vorteil, dass wir immer in aller Ruhe einchecken konnten. Großer Nachteil bei Gemeinschaftsunterkünften war allerdings, dass wir immer ganz hinten im Raum waren, weil die Belegung des Raums natürlich immer von hinten nach vorne erfolgte. So auch hier. Wir ganz hinten und nach und nach füllte sich die Unterkunft. Und Michael musste nach wie vor ständig auf Toilette. Solange alle wach waren, klappte das noch einigermaßen. Aber so nach und nach legten sich alle zum Schlafen hin. Und das bedeutete für den Toilettengang: Immer über Dutzende Schlafsäcke stolpern, nicht hinfallen, möglichst die Leute nicht wecken, dann auf die Toilette und anschließend natürlich wieder alles zurück.

Verständlicherweise versuchte Michael, diese nächtlichen Gänge möglichst auf ein Minimum zu reduzieren. Was ihm auch gelang, was aber zur Folge hatte, dass er sehr unruhig schlief und noch unruhiger träumte. Und uns am nächsten Morgen kundtat: Heute Nacht habe ich geträumt, dass Franz Josef Strauß in ganz Nepal Toiletten gebaut hat!

Exkurs: Franz Josef Strauß:

Franz Josef Strauß war ein bedeutender deutscher (bayerischer) Nachkriegspolitiker, der extrem polarisiert hat. Er wurde entweder heiß und innig geliebt oder abgrundtief gehasst. Dazwischen gab es nicht viel.

Egal, wie man zu ihm stand (oder heute noch steht), er konnte reden! Das lässt sich natürlich leicht als rhetorisches Spiel abtun, aber jedenfalls konnte er die Menschen mitnehmen. Und auf jeden Fall hat er noch gesagt, was Sache ist. Anders als die heutigen glatt geschliffenen, windschnittigen, Sprechblasen produzierenden Politiker, die in fünf Reden fünfmal immer genau das Gleiche sagen, egal, ob sie in München oder in Hamburg auftreten und die tausend Stunden sprechen können, ohne auch nur die geringste Kleinigkeit zu sagen. Und würde Alaska (wo Strauß nach seiner eigenen Aussage lieber eine Ananasfarm eröffnet hätte als Bundeskanzler zu werden (Bundeskanzler werden war sein Lebenstraum) zu Deutschland gehören, würden sie da auch nochmals das Gleiche sagen.

Wie gesagt, Strauß konnte die Massen noch mitreißen. Nach eigener Aussage hat er sich vor seinen Reden immer ein Thema überlegt, das einen Bezug zu dem jeweiligen Ort seines Auftritts hatte und das er dann mit einbaute.

Ich konnte das in den 1970ern mal höchstpersönlich miterleben: Es war Wahlkampf und Strauß sollte auf dem Volksfest in Aschaffenburg eine Rede halten. Sein Auftritt war für 10.00 Uhr geplant, und wie es sich zu der Zeit, zumal, wenn Strauß im Spiel war, gehörte, wurde schon zwei Stunden vorher gewaltig vorgeglüht (Festzeltöffnung, extra wegen Strauß: 8.00 Uhr). Die Maßkrüge kreisten und alle waren bester Laune. Wie es sich gehörte, kam Strauß mit seinem eigenen Hubschrauber angeflogen, natürlich als Pilot. Nun muss ich zur Erklärung sagen, dass die Menschen in Aschaffenburg und Umgebung einen leichten Minderwertigkeitskomplex bezüglich ihrer Zugehörigkeit zu Bayern haben. Denn immer, wenn ein Aschaffenburger im „echten“ Bayern, also südlich der Donau, sagt, dass er selbstverständlich auch ein Bayer ist, erntet er schallendes Gelächter. Und wenn der „echte“ Bayer Aschaffenburg überhaupt geographisch verorten kann (was oftmals nicht der Fall war), kam der Hinweis: „Plustert Euch nicht so auf, Ihr Hessen!“ Und sowas prägt sich halt ein. Aber Strauß gelang es, dieses Vorurteil gerade zu rücken und den Aschaffenburgern mit einem einzigen Satz ihr Selbstbewusstsein zurückzugeben. Er kam ins Festzelt rein, ging unter tosendem Beifall und Gegröle zu seinem Podest, begrüßte uns und sprach als ersten Satz (sinngemäß): „Ich bin sehr stolz, hier bei Euch in Aschaffenburg zu sein, denn Aschaffenburg ist ja nicht der Schwanz, sondern der Kopf des bayerischen Löwen!“ Und so war die Ordnung wiederhergestellt.

Strauß war hochintelligent, er war sicher einer der intelligentesten Politiker, den Deutschland je hatte. Er war aber auch ein echter bayrischer Spezl, der jederzeit sowohl seinen eigenen persönlichen Vorteil als auch den Vorteil seiner Freunde fest im Blick hatte und der hierbei auch nicht groß darauf geachtet hat, ob Recht und Gesetz eingehalten werden oder nicht; bzw. – schlimmer – es war ihm schlicht und einfach egal (Stichwort: Amigo-Affäre).

Ebenso hatte er, wenn es ihm fürbass kam, keinerlei Problem damit, sich total widersprüchlich zu verhalten. So waren ihm Kommunismus und Sozialismus zutiefst verhasst und er bekämpfte sie bis aufs Messer. Was ihn aber andererseits nicht davon abhielt, 1987 mit seinem eigenen Flugzeug (man muss ja zeigen, was man kann) nach Ostberlin zu fliegen und mit dem DDR-Regime einen Milliardendeal einzufädeln, der dem damals schon unübersehbar maroden System das Überleben für einige weitere Monate sicherte (und das Leiden der Bevölkerung entsprechend verlängerte).

Um das Thema abzuschließen: Was Michael dann schlussendlich gegen seinen Durchfall tatsächlich geholfen hat, und zwar schlagartig, waren Cola und Salzstangen.

Nach sieben Tagen erreichten wir – bedauerlicherweise – den Endpunkt unserer Trekkingtour; und erlitten sofort einen mehr als üblen Zivilisationsschock. Denn auf dem dortigen Parkplatz röhrten die Pickups der Reiseveranstalter, die hier ihre Teilnehmer zur Wanderung abholten. Und die Fahrer dachten überhaupt nicht daran, die Karren auszuschalten. Die ganze Gegend war mit Krach und Gestank durchwabert. In diesem Moment wäre ich die komplette Tour lieber rückwärts wieder zurückgelaufen als auch nur eine Minute länger hierzubleiben.

Nepal (1983) - Teil 3: Pokhara - Terai

Rückblende:

1983 ging´s nach Nepal. Diese Reise hatte ich mir für mein erfolgreich abgeschlossenes Studium geschenkt. Dass ich mein Studium zu diesem Zeitpunkt beileibe noch nicht abgeschlossen hatte, steht ebenso auf einem anderen Blatt wie der in diesem Zusammenhang eher nicht angebrachte Gebrauch des Wortes „erfolgreich“, das ja eigentlich mindestens ein Prädikatsexamen impliziert (siehe „Nepal - Teil 1). Aber, wie auch immer, Nepal rief mich.

Wir reisten zu dritt, neben Ute und mir war noch ein guter Freund, Michael, dabei. Unsere Anreise erfolgte mit PIA-airlines (das war die staatliche Pakistanische Fluggesellschaft) von Frankfurt über Karachi (Pakistan) nach Kathmandu. Von Kathmandu aus ging es zunächst weiter nach Pokhara, dem Ausgangspunkt unseres Annapurna-Trecks (siehe „Nepal - Teil 2“), anschließend fuhren wir mit dem Bus ins Terai.

Natürlich kam auch ich nicht ungeschoren davon. Mich hat der Durchfall mit voller Wucht in Pokhara erwischt, wobei ich hieran ganz allein schuld war. Aber der Reihe nach:

Nach unserem Annapurna-Treck faulenzten wir noch einige Tage in Pokhara rum. Anschließend sollte es weiter gehen ins Terai.

Das Terai ist eine Tiefebene, teilweise mit Urwald bewachsen und für seine Nashörner bekannt. Es befindet sich im Süden Nepals (an der Grenze zu Indien). Im Terai gelegen ist der Chitwan Nationalpark, den wir besuchen wollten und in dem auch unsere nächste Unterkunft lag. Unsere Fahrt mit einem Bus würde in Pokhara starten, dort hatten wir uns nach unserem Annapurna-Trek wieder eine Unterkunft gesucht. Am Abend vor unserer Weiterreise schlenderten wir nochmals durch Pokhara. Und genau hierbei bescherte meine Bierliebe mir einen durchschlagenden Erfolg. Wobei zusätzlich noch mein relativ lässiger Umgang mit hygienisch eigentlich sehr sinnvollen Maßnahmen mitbeteiligt war.

Während wir durch die Straßen Pokharas spazierten, entdeckte ich einen Getränkestand. Perfekt, mein Gutenachtbier war gerettet. Ich also an den Stand, eine Flasche Bier kaufen.

Exkurs: Bier in Nepal

Die Nepalesen waren uns bereits damals kulturell meilenweit voraus, denn statt der hier in Deutschland üblichen lächerlich kleinen 0,5-Liter-Flaschen gab es in Nepal Bierflaschen mit satten 0,75 Liter Inhalt.

Es gab zwei genau Sorten Bier (wer braucht schon mehr!), "Star Beer" und "Golden Eagle". "Golden Eagle" kam aus Indien und so schmeckte es auch. Jedes Spülwasser hatte einen besseren Geschmack als diese Plörre (als kleinen Ausgleich für diese geschmackliche Zumutung hatte "Golden Eagle" das hübschere Etikett).

Aber "Star Beer", das wurde unter deutscher Leitung gebraut, das war einwandfrei. Die Kneipen hatten immer beide Sorten vorrätig. Meine Bestellung ging immer so: "One beer please. Star Beer. No Golden Eagle!!!" Und regelmäßig kam zurück: "Yes, Sir, sure, Star Beer." Und ebenso regelmäßig kam der Kellner mit Golden Eagle angetrabt. Die Jungs hatten es einfach nicht drauf (später bemerkte ich dann, dass deren Kernkompetenz auf einem anderen Gebiet lag, nämlich dem Dealen der an jeder Ecke erhältlichen Drogen und magic mushrooms. Was in Nepal zwar offiziell verboten, in der Praxis aber nicht mehr geächtet war als in Deutschland Biertrinken. Jeder Polizist schaute bei diesen Deals gleichmütig zu, keinem wäre es auch nur im Entferntesten eingefallen, hier einzugreifen).

Stolz über meinen Erfolg ging es zurück in die Unterkunft, gemütlich in den Schlafsack gewühlt, das Bier griffbereit daneben. Nun bin ich nicht nur Bierliebhaber, sondern auch Flaschenkind, Bier in Glas geht gar nicht, das ist Pussy. Also setze ich die Flasche an. Dabei bemerke ich einen leichten Güllegeruch. Ich rieche an der Flasche, tatsächlich, die riecht eindeutig nach Gülle. Hm, jetzt fällt es mir wieder ein: Hinter dem Getränkestand standen ein paar Kühe rum. Und ebenfalls hinter dem Getränkestand waren die Bierkästen gestapelt. Vielleicht ist ja mal ein Kasten in den Kuhdung gefallen… Ok, sicher ist sicher, ich bin ja schließlich ein vorsichtiger Mensch. Also gehe ich mit der Flasche an das Waschbecken, seife sie komplett ein, spüle sie ab und reibe sie dann gründlich trocken. So, der Reinlichkeit ist genüge getan, das sollte ja wohl reichen. Zumal der Güllegeruch einem leichten Seifengeruch gewichen ist.

Tja, anscheinend reichte es doch nicht: Mitten in der Nacht wurde ich wach, mein Darm war in vollständigem Aufruhr und ich hatte den unwiderstehlichen Drang, auf´s Klo zu müssen. Und zwar, wie mir mein Darm unmissverständlich klar machte, pronto! Nun dauerte das ganze seine Zeit: Aus dem Schlafsack schälen, raus aus dem Zimmer, den Gang entlang zu Klo, Hose runter…. Bis dahin lief alles planmäßig. Aber den letzten Schritt, schön über das Kloloch, schaffte ich nicht mehr. Das Ergebnis war … Sie kennen doch sicher den Spruch: „Scheiß die Wand an!"Dem ist nichts mehr hinzuzufügen.

Ab da war ich in 15-Minuten-Abständen dazu gezwungen, das Klo aufzusuchen. Ute feixte natürlich nur „Du mit deinem ständigen Biertrinken", ich aber bin bis heute überzeugt, dass etwas so Gutes wie Bier nie und nimmer Ursache für einen so üblen Durchfall sein könnte; sicher war irgendwas am Essen schlecht gewesen …..

Nun dachte ich natürlich die ganze Nacht an die uns am nächsten Tag bevorstehende mehrstündige Busfahrt. Und aus meinen Erfahrungen mit der Busfahrt von Kathmandu nach Pokhara wusste ich, dass die Busfahrer unerbittlich waren; Pinkelpausen konnte ich mir also abschminken. Ich dachte weiter nach und sah die Bilder der Einheimischen, die sich im Bus direkt an ihrem Platz übergeben hatten und meine Vorstellungen bezüglich des Ablaufs des folgenden Tages wurden immer wüster.

Aber, was soll ich sagen: Mein Darm meinte es gut mit mir: Am Morgen war mein Durchfall wie – klingt das jetzt komisch? Weggeblasen?

Ich war wohlauf und überlegte schon, wo ich am Abend wohl mein nächstes Gutenachtbier organisieren würde.

Die Fahrt ins Terai sollte etwa sechs Stunden dauern, Start war morgens um 6.00 Uhr. Pünktlich um 6.00 Uhr waren wir an der Busstation, der Bus kam – besetzt mit Fahrer und Beifahrer – angefahren, der Beifahrer stellte sich neben die Tür, um die Fahrkarten zu kontrollieren, wir stiegen ein und es war, wie es uns gewünscht hatten: Wir waren die einzigen Touristen, um uns herum nur Einheimische, der Bus rappelvoll einschließlich etwa 20 Hühnern und vier Ziegen und auch auf dem Dach saßen noch Mitfahrende.

Wir eingezwängt mittendrin.

Start.

Nach zehn Minuten Fahrt ein Knall, Bus stoppt, alles aussteigen, Reifen geplatzt. Fahrer und Beifahrer machen sich daran, den Reifen zu wechseln, dem routinierten Arbeitsablauf ist anzusehen, dass dies wohl nicht ihr erster Reifenwechsel ist.

Nach 20 Minuten ist die Sache erledigt, alles wieder rein, weiter geht´s.

Kein Ding, reine Routine

Wieder 20 Minuten später ein lautes Krachen, irgendwo ganz tief in den Buseingeweiden. Stop. Alle raus. Fahrer und Beifahrer öffnen die Motorhaube, schauen rein, diskutieren kurz. Und beginnen, den Motor vollständig (!) auseinanderzubauen!

Ute, Michael und ich schauen entsetzt zu, die einheimischen Mitfahrer vergnügen sich derweil völlig entspannt in der Nähe des Busses, sie kennen diese Prozeduren offensichtlich schon. Ich verabschiede mich von den sechs Stunden geplanter Fahrtzeit. Es dauert nicht lange, und da liegt das Busgetriebe auf einer Decke; und zwar komplett zerlegt!! Das wird heute doch nichts mehr? Selbst, wenn die beiden das wieder alles zusammenbekommen, was ich allerdings stark bezweifele. Aber, oh Wunder, nach ca. 1 ½ Stunden war alles wieder zusammengeschraubt und eingebaut, weiter geht´s. Was wird wohl als Nächstes passieren? Aber ...unglaublich, keine weiteren besonderen Vorkommnisse bis zur Ankunft.

Im Terai angekommen, hatten wir noch einige Kilometer Fußmarsch von der Busstation bis zu unserer Unterkunft vor uns, wobei uns ein nepalesischer Bauer dankenswerterweise einige Kilometer Fußmarsch ersparte, indem er uns auf seinem Ochsenkarren mitfahren ließ. Während wir in Richtung Chitwan-Nationalpark unterwegs waren, hatten wir Gelegenheit, Studien über die einheimischen Sitten bezüglich sexueller Freizügigkeit anzustellen und hierbei auch die Unterschiede zwischen Theorie und Praxis zu bestaunen. In der Theorie war es so, dass uns in den Reiseführern eingebläut wurde, die Nepalesen seien ein keusches Volk und wir uns da keinesfalls zu irgendwelchen auch nur im entferntesten als sexuelle Anzüglichkeit deutbaren Bemerkungen hinreißen lassen sollten. In der Praxis war es so, dass wir auf dem Weg ins Terai auf einer Hauswand in Stein geritzt in keinesfalls zu überbietender Deutlichkeit zwei …

Tja, wie soll ich es jetzt ausdrücken? Na gut, geben wir der Wahrheit die Ehre: bumsende Nashörner abgebildet sahen.

Offensichtlich haben sie Spaß

Gleich daneben befand sich übrigens – nun muss ich das Thema Toiletten doch nochmals aufgreifen – eine ebensolche, zu deren Nutzung ich allerdings nur im aller-, allergrößten Notfall geraten hätte, denn irgendwie war die Güllegrube unter der Toilette offensichtlich bereits komplett überfüllt, jedenfalls war der gesamte Boden in der Toilette etwa zehn Zentimeter hoch komplett mit Scheiße bedeckt. Dass der Toilette dazu noch eine Tür fehlte, sei hier nur am Rande erwähnt, denn das machte den Bock nun wirklich nicht mehr fett.

Achtung: Triggerwarnung!

Das nachfolgende Bild könnte Ihre Gefühle verletzen, bitte ggf. einfach überblättern, es ist für das Verständnis des Fortgangs der Erzählung von nur recht unwesentlicher Bedeutung:

Toilettenstandard 1983

„Ha, diesmal nicht!“ Triumphierend rammt Ute den Griff Ihrer Taschenlampe in das Loch. Kaum in unserer Unterkunft Bleibe im Chitwan Nationalpark, einer Hütte mit drei Bettgestellen auf festem Lehmfußboden, angekommen, hat Ute mit mittlerweile geübtem Blick den offensichtlich in jede Unterkunft vorhandenen Rattenzugang entdeckt.

Unsere Unterkunft im Chitwan-Nationalpark

„So, hier kommt keine Ratte mehr rein.“ Das war zwar korrekt, aber nicht wirklich Teil des Problems. Denn besagte Ratte musste gar nicht reinkommen - sie war nämlich bereits drin, sah sich durch Utes entschlossene Tat ihrer einzigen Fluchtmöglichkeit beraubt und sprang nun wie eine Irre zwischen unseren Betten, Rucksäcken und Füßen herum. Schließlich erbarmte sich Ute und machte der Ratte ihren Fluchtweg wieder frei.

Nun, da wir nicht mehr abgelenkt waren, bemerkten wir einen überirdischen Gestank in der Hütte. Genauer gesagt, roch es, als würde irgendwo ein nasser toter Hund herumliegen. Und tatsächlich, eine genaue Inspektion der Hütte zeigte, dass unter einem der Bettgestelle tatsächlich ein Hund lag. Zwar nicht tot, aber sonst alle unsere Sinneseindrücke bezüglich des Geruchs erfüllend. Allerdings besaß er offensichtlich ein entsprechendes

Phlegma, denn er machte, sosehr wir uns auch verbal um eine entsprechende Kommunikation bemühten, keinerlei Anstalten, sich zu rühren, so dass wir uns schließlich gezwungen sahen – Einzelheiten lasse ich hier mal außen vor – das Tier aus der Hütte, nun ja, zu schleifen.

Am nächsten Tag wollten wir uns dann die berühmten Nashörner anschauen: Hierzu bot sich eine Tour auf Elefanten an (dass die Tierquälerei ist, war zu der damaligen Zeit kein Thema). Und da habe ich die Arschkarte erwischt. Seitdem bringt mich nichts mehr auf so ein Viech rauf! Sie kennen ja vielleicht diese uralten Filme, die in Indien spielen und in denen dann immer wieder gezeigt wird, wie die Kolonialherren – gemütlich auf Elefanten reitend – auf die Jagd gehen. Diese Elefanten tragen auf ihrem Rücken ein Gestell, das schön mit dicken Kissen ausgepolstert ist und in dem es sich die besagten Herren bequem machen konnten).

Nicht so bei uns. Da ging´s direkt auf den Elefantenrücken! Und zwar ohne irgendwelche zivilisatorischen Hilfsmittel. Nein, quasi Haut auf Haut. Und auf so einem Elefanten hocken immer drei Leute. Der Führer und zwei Gäste, in unserem Fall also Ute und ich. Ok, der Führer hockt naturgemäß ganz vorne, gleich hinter dem Kopf des Elefanten, das muss einfach so sein. So, nun Ute und ich: Natürlich, der Elefantenrücken wird nach hinten immer breiter. Also, keine Frage, Ute hat die kürzeren Beine, also kommt sie nach vorn. Der Hoinzi hat lange Beine, bei dem ist´s egal, der kann natürlich ruhig auf der breitesten Stelle des Elefanten sitzen, macht dem doch nix aus! Jede Balletttänzerin wäre ob meiner Fähigkeit, die Beine elegant zu spreizen, vor Neid erblasst.Als die Tour dann nach etwa drei Stunden beendet war (Nashörner haben wir tatsächlich gesehen, von dem uns ebenfalls in Aussicht gestellten Tiger allerdings gab es weit und breit keine Spur), lief ich noch eine ganze Weile herum wie ein testosterongeschwängerter John Wayne kurz vor dem entscheidenden Duell.

Diese Elefantenreiter hatten mehr Glück als wir, DIE hatten nämlich Sättel…

Deutsch-französische Völkerverständigung (1972)

Meine Eltern und ich hatten mal wieder mit dem Auto in Spanien Urlaub gemacht und waren auf dem Heimweg, es war später Samstagnachmittag, wir befanden uns irgendwo ganz, ganz tief in der französischen Provinz. Wir mussten tanken. Wir hatten kein französisches Geld mehr. Wir waren der französischen Sprache nicht mächtig.

1972 war die Europäische Union noch weit weg, die gemeinsame Währung Euro noch weiter. Nicht nur, dass es keine Handys gab, es gab auch keine EC-Karten, geschweige denn Geldautomaten. Außer großen Hotelketten nahm niemand Kreditkarten an. Natürlich hatte jedes Land seine eigene Währung. Und um Geld in der entsprechenden Währung zu bekommen, war es entweder notwendig, auf eine Bank zu gehen oder eine der damals relativ häufig vorhandenen Geldwechselstuben aufzusuchen.

Das war also unsere damalige Situation. Deutsche Banken ähnelten damals in frappierender Weise Amtsstuben; also muffig, staubig, ewiggestrig (wobei manche Bankmitarbeiter diesem Zustand bis zur Perfektion verinnerlicht hatten, manche Beamte wirkten im Vergleich zu Bankangestellten geradezu innovativ und arbeitswütig). Die Öffnungszeiten waren entsprechend: Montag bis Freitag 9.00 bis 12.00 Uhr. Mit etwas Glück gab es dann noch zwei bis drei Tage, an denen nachmittags auch geöffnet war, so ca. 15.00 bis 17.00 Uhr. Wer zu diesen Zeiten arbeiten musste: Pech gehabt. „Sie wollen ja schließlich was von uns, dann müssen Sie schon schauen, dass Sie sich nach unseren Öffnungszeiten richten." Ja, das waren die deutschen Banken. Und die französischen waren in dieser Hinsicht sogar noch einen Tick schlimmer. Kurz und krumm: An einem Samstagnachmittag in der der französischen Provinz brauchten wir erst gar nicht anfangen, eine offene Bank zu suchen.

Aber vielleicht eine Wechselstube? Oftmals war es möglich, in einem Hotel zu wechseln. Aber nun finden Sie mal auf dem platten Land ein Hotel. (Ja, es gab eine Zeit ohne google-maps und anderem neumodischen Kram) Wir kamen durch ein Kaff, die Straßen lagen völlig ausgestorben in der gleißenden Sonne, die Stimmung war wie in einem Western, kurz vor dem show down. Plötzlich sehen wir eine ältere Frau, etwa 70 Jahre alt, um die Ecke biegen. Das ist unsere Chance!

Papi steigt aus und geht zu der Frau hin: "Hello". "Change?" Fragendes Gesicht. "Money, change?" Noch fragenderes Gesicht. Papi hat eine Idee. Er nimmt seinen Geldbeutel, zieht eine 50-DM-Schein raus und hält ihn der Frau hin. „Change". Nun reißt die Frau die Augen auf, Entsetzen macht sich in ihrem Gesicht breit, se schreit laut "No, no, no, no!", dreht sich um und rennt weg.

Was für eine Situation: Ene 70-jährige (!) Frau denkt, mein Papi wolle sie, während im Auto seine Familie wartet (!) an einem helllichten Samstag (!) mitten im Ort (!) gegen Bezahlung ins Bett bringen. Damals haben uns Deutsche die Franzosen wirklich alles zugetraut; der Krieg war ja auch erst 27 Jahre vorbei.

Zwillinge – Hurra!! (1956)

Meine Eltern haben 1954 geheiratet, 1956 war Mutti mit mir schwanger. In dieser Zeit führten meine Eltern eine Wochenendehehe: Mein Papi war Maurer und arbeitete unter der Woche in Frankfurt; um dorthin zu kommen, hatte er sich ein Motorrad zugelegt. Damit fuhr er sonntagsabends 50 km nach Frankfurt und kam freitagsabends kamzurück. (Zu dieser Zeit wäre niemand auf die Idee gekommen, diese unvorstellbare Entfernung täglich zurückzulegen.)

Am Donnerstag, dem 30. August 1956, (mein Papi weilte natürlich in Frankfurt) nahte meine Geburt, also wurde die Hebamme (sie heißt „Meta") gerufen. Meta war jahrzehntelang die einzige Hebamme in Sulzbach und da früher Hausgeburten normal waren, glaube ich nicht, dass es bei den Sulzbachern, die zwischen 1950 und 1980 geboren wurden, auch nur zehn gibt, die nicht durch Meta entbunden wurden. Meta ist eine sehr freundliche, herzensgute, Frau, die aber auch berühmt-berüchtigt für ihren derb-trockenen Humor war.

Meta kam zu meiner Mutter und brachte ihre eigene kleine Tochter mit, die sie erst vor zwei Wochen entbunden hatte. Gegen 8.30 Uhr kam ich auf die Welt. Natürlich wurde meinem Vater die frohe Botschaft so schnell wie möglich übermittelt. Er warf sich sofort auf sein Motorrad und raste von Frankfurt nach Hause. Tja, und hier kam der rustikale Humor von Meta mal wieder voll zur Geltung: Mutti hatte mich im Arm. Als Meta hörte, dass Papi ins Haus stürmt, drückte sie meiner Mutter noch schnell ihre eigene Tochter in den anderen Arm und begrüßte meinen hereinstürmenden Vater mit den Worten „Herzlichen Glückwunsch zu Deinen Zwillingen!"….

Naturgemäß kann ich hierzu aus meiner eigenen Erinnerung nichts beisteuern, aber Mutti hat mir glaubhaft versichert, dass Papi ziemlich am Hyperventilieren war. Zu der damaligen Zeit haben meine Eltern in recht bescheidenen wirtschaftlichen Verhältnissen gelebt. Schon ein Kind war da eine große finanzielle Belastung – aber Zwillinge!!!

Na, wie dem auch sei. Irgendwann hatte sich Papi wieder so weit erholt, dass er sich die beiden Zwillinge mal genauer ansehen konnte. Und was sagte er?: „Das Mädchen (das ja die Mühen der Geburt schon 14 Tage hinter sich hatte, Anmerkung des Verfassers) ist ja wirklich sehr hübsch, aber der Junge sieht total hässlich aus ……“ Aber, er war glücklich, trotz des hässlichen Jungen.

Nach einiger Zeit hatte die Hebamme dann ihre Arbeit getan, räumte zusammen, schnappte sich ihre Tochter und verabschiedete sich. Mit dieser Situation konnte Papi absolut nichts anfangen. Was ist denn los, wieso nimmst Du meine Tochter mit? Antwort Meta: „Deine Tochter? Nee, die gehört mir. Dir gehört nur der Bub. Wenn du auch noch ein Mädchen möchtest, dann mach dir selbst eins!”

Jede Minute zählt (2018)

Wie immer auf unseren Roadtrips, waren wir auch auf unserer Tour nach Moskau Selbstversorger und daher gezwungen, uns mit den Tücken und Eigenheiten der Lebensmittelsupermärkte in den Ländern, die wir durchquerten, auseinanderzusetzen. Eine dieser Eigenheiten, die jedenfalls für Estland und Russland gelten, sind die Regelungen für den Verkauf von Alkohol. Dass es Länder gibt, in denen der Verkauf von Alkohol nur zu bestimmten Zeiten erlaubt ist, hatten wir schon auf unserer Tour nach Kirkenes gelernt, das war also nichts Neues für uns.

Nun stand in Estland wieder einmal ein Einkauf an, bei dem ich auch unsere Wein- und Biervorräte aufstocken wollte. Also habe ich bei der Reiseplanung für den nächsten Tag gleich die Verkaufszeiten für Alkohol mitgecheckt: Estland, Verkauf erlaubt ab 13.00 Uhr. Super. Am nächsten Tag kommen wir kurz nach 13.00 Uhr an einem großen Supermarkt vorbei. Passt! Also, auf den Parkplatz, Ute bleibt als Wache im Auto, ich schnappe mir einen Einkaufswagen und auf geht´s. Wirklich toller Supermarkt und noch tollere Alkoholabteilung. Ich beschäftige mich intensiv mit den angebotenen Bier- und Weinsorten und packe nach und nach den Einkaufwagen voll. Am Ende habe ich acht verschiedene Wein- und zwölf verschiedene Biersorten im Einkaufwagen (bei sowas kann ich nicht an mich halten, da bin ich wie ein Kind in der Naschabteilung). Mehr so nebenbei merke ich, dass ich mutterseelenalleine in der Alkoholabteilung bin. Komisch! Und warum gucken mich die anderen Kunden so merkwürdig an? Und warum sind da lauter Flatterbänder um die Alkoholregale. Na, was soll´s, versteh einer die Esten. Muss mich ja nicht kümmern. Ich also stolz und zufrieden ob meines erfolgreichen Einkaufs zu Kasse. Und was muss ich erleben? Die Verkäuferin schaut mich völlig empört an und ein estnischer Wortschwall ergießt sich über mich. Während die Verkäuferin sich immer mehr in Rage redet, deutet sie ständig auf ein riesiges Schild, das hinter ihr hängt und offensichtlich irgendwelche Hinweise enthält, natürlich auf Estnisch. Nun habe ich zwar absolut keine Ahnung, was sie überhaupt von mir will, begreife aber auf jeden Fall, dass sie mich mit dem Alkohol nicht durchlässt. Also gut, nix zu machen. Ich also mit dem Einkaufswagen zurück und alles schön wieder in die Regale zurückgestellt. Da ich gut erzogen bin, stelle ich die Flaschen nicht irgendwo hin, sondern sortiere sie da wieder ein, wo ich sie rausgeholt habe, in diesem Fall also an 20 verschiedenen Stellen.

Zurück im Auto bemühe ich google. Und erfahre, dass es zwar korrekt ist, dass in Estland ab 13.00 Uhr Alkohol verkauft werden darf, dass das aber nur der zeitliche Rahmen ist. Die tatsächlichen Verkaufszeiten werden jeweils ortsbezogen vom Bürgermeister festgesetzt (dito in Russland). Das wäre aber kein Problem, die Verkaufszeiten würden grundsätzlich auf einem großen Schild im Supermarkt aufgeführt. Na toll. Im Eingang eines jeden Supermarktes hängen jede Menge Schilder, estnisch/russisch kann ich nicht, einem anderen Kunden auf Englisch zu verklickern, was ich möchte, ist zu kompliziert (siehe unten), also, was mache ich?

Ach, übrigens, bei der Gelegenheit: In fast jedem Reiseführer steht der Hinweis, dass es absolut kein Problem sei, sich im Baltikum und in Russland auf Englisch zu verständigen. Gerade jüngere Menschen würden grundsätzlich Englisch lernen/beherrschen, kein Ding.

Daher hatte ich mir – wenn ich etwas wissen wollte - angewöhnt, möglichst jüngere Leute zu fragen. Und hier musste ich – und zwar auf unserer gesamten Reise – feststellen, dass die Reiseführer zumindest in dieser Hinsicht extrem optimistisch sind. Oftmals musste ich vier oder fünf Leute ansprechen, bis ich jemanden fand, mit dem ich mich auf Englisch verständigen konnte.

Aber zurück zum wichtigen Thema: Irgendwann kommt mir dann die Erleuchtung: Ich gehe schnell ohne Einkaufswagen in einen Supermarkt, schnappe mir in der Alkoholabteilung eine Flasche Wein und gehe damit zur Kasse. Wenn ich zurückgeschickt werde, habe ich Pech, wenn ich durchkomme, ist der Alkoholverkauf offen. Ich komme durch. Perfekt, läuft. Also, Flasche zum Auto gebracht, Einkaufswagen geschnappt, dann wieder, siehe oben, insgesamt 20 Flaschen, siegessicher an die Kasse. Aber: Njet! Hä? Njet... Die Verkäuferin zeigt auf meine Flaschensammlung und schüttelt entschieden den Kopf. Na ja, was soll ich machen.... Also, zurück, alles wieder schön zurücksortiert, Pech gehabt. Aber Ruhe lässt mir das natürlich nicht. Also suche ich auf dem Parkplatz solange, bis ich jemanden finde, mit dem ich mich auf Englisch verständigen kann. Und die Lösung des Rätsels ist dann doch sehr einfach: In diesem Supermarkt ist der Verkauf von Alkohol bis 18.00 Uhr erlaubt. Als ich mit meiner Testflasche an der Kasse stand, war es 17.58 Uhr......

Papi – der große Kommunikator (1986)

“World War 2“. Mit diesen drei Worten schaffte es mein Papi fast, die zu diesem Zeitpunkt über 40jährige, bisher von mir für unverbrüchlich gehaltene, deutsch-amerikanische Freundschaft zu ruinieren:

Mein Papi war ein unglaublich geselliger Typ und ein ganz großer Kommunikator. Egal, wo wir waren, wer bei „drei“ nicht schnell genug auf einem Baum war, wurde von ihm angesprochen. Ich erinnere mich noch, wenn er mit mir als Kind in Sulzbach, unserem Heimatort, unterwegs war. Wenn uns ein anderes Kind über den Weg lief, das er nicht kannte, kam seine Standardfrage: „Wem bist´n Du?“ Auf hochdeutsch also: „Wer sind denn Deine Eltern?“

Selbst wenn mein Vater irgendwo mutterseelenallein mitten in der Taklamakan-Wüste ausgesetzt worden wäre: Nach spätestens zehn Minuten hätte er irgendeinen Kameltreiber gefunden und ihm eine Diskussion aufgedrückt. Dabei hatte er nie Probleme damit, wenn er sich in einer Sprache unterhalten musste, von der er kurz vorher noch überhaupt nicht wusste, dass es sie gibt. Sein universeller Wortschatz, mit dem er aber erstaunlicherweise überall durchkam, war “Hello“, “How are you“, “How is your name“, “My name is Helmut“, “good“, “I am from Germany“, “Good bye“ und – leider, aber darauf komme ich noch – “world war 2“. Diesen umfangreichen Wortschatz hatte sich mein Papi in der Zeit nach dem Krieg während der amerikanischen Besatzung angeeignet, daher auch seine Kenntnis des “world war 2“.

Eine typische Unterhaltung lief dann folgendermaßen

ab: Ich stehe am Check-in-Schalter eines x-beliebigen Flughafens, meine Eltern stehen etwas abseits und passen auf das Gepäck auf. Suchender Blick meines Vaters, es dauert keine drei Sekunden, bis er ein Opfer gefunden hat. Er gesellt sich zu einem Mann, der hinter mir in der Schlange steht: “Hello“. Der Mann weiß natürlich überhaupt nicht, wie ihm geschieht, aber er ist Amerikaner und Amerikaner sind ja grundsätzlich immer freundlich. (Ich spreche hier ausdrücklich nicht von den immigration officers, die bei der Einreise in die USA zu genießen sind!) Also antwortet er freundlich: „Hello“. Papi: „my name ist Helmut“. Freundliches Nicken. „How is your name?“. „John“. Papi: „Oh, John Wayne!“. Große Augen beim Gegenüber, aber da sucht mein Papi schon den nächsten potenziellen Gesprächspartner.
Natürlich tobte sich Papi auch während unserer gemeinsamen Urlaube jeweils entsprechend aus, so auch, als wir auf Hawaii waren. Nun hätte mir diese Macke (oder sollte ich sagen, „liebenswerte Eigenheit“?) meines Vaters eigentlich egal sein können; wenn er mich nicht grundsätzlich in diese Gespräche involviert hätte (hatte ich schon betont, dass ich in Urlauben nur meine Ruhe haben möchte?), wenn er sprachlich nicht mehr weiterwusste (also in der Regel spätestens nach seinem zweiten Satz).

Erschwerend kam hinzu, dass Bekannte aus Calgary ihm irgendwann mal eine Baseball-Kappe mit dem Aufdruck “Calgary Police Department“ geschenkt hatten, die er heiß und innig liebte und demzufolge im Urlaub grundsätzlich trug. Damit gab er sich seinem jeweiligen „Opfer“ als – leider nur vermeintlicher – Kanadier zu erkennen, also als jemand, der die amerikanische Sprache mit der Muttermilch eingesogen hatte. Dadurch war jedem Bewohner des nordamerikanischen Kontinents völlig klar, dass mein Vater englisch (bzw. das, was Amerikaner für englisch halten) mit traumwandlerischer Sicherheit beherrscht. Entsprechend entfiel der Welpenschutz, den jemand genießt, der als fremdsprachlicher Tourist erkannt wird und die Antworten kamen als ein alles überwältigenden Wortschwall, gerne auch in der Geschwindigkeit eines Maschinengewehr-Stakkatos.

Also, zum Beispiel, an eine Hotelrezeption: Ich checke ein, Papi neben mir, hinter uns ist der nächste Gast im Anmarsch. Papi: "Hello". Gast: "Hello". Papi: "My name is Helmut". Gast: "fine". Mein Papi – während er eine umfassende Geste macht: "holiday". Der Gast taut langsam auf und gibt eine längere Antwort. Papi zu mir: „Übersetzt Du mal bitte?"

Und damit kommen wir zum zweiten Weltkrieg: Wir sitzen abends in der Hotelbar unseres Hotels auf Maui an der Theke, neben meinem Papi ein älteres amerikanisches Ehepaar. Da ich genau wusste, was gleich passieren würde, habe ich durch geschickte Platzwahl – nämlich erst Papi, dann Mutti, dann Ute und dann erst ich – versucht, mich räumlich so weit wie möglich aus dem Spiel zu nehmen. Genauso gut hätte ich natürlich versuchen können, den Annapurna mit einem Zimmermannshammer abzutragen.

Also, das übliche Spiel: Papi: "Hello", dann zwei, drei Sätze als Eingangsgeplänkel, dann mein Papi (der die vergangenen Tage genutzt hatte, seinen amerikanischen Wortschatz erheblich zu erweitern), indem er auf Mutti deutete: "We are married!". Die beiden gegenüber nicken freundlich. Papi: "Since 44 years." Große Augen, "Oh, 44 years, That´s great." (Mir ist schon ein paarmal aufgefallen, dass Amerikaner extrem zu beeindrucken sind, wenn sie erfahren, dass ein Ehepaar schon seit Jahrzehnten verheiratet ist; das liegt irgendwie komplett außerhalb ihrer

Vorstellungswelt). Tja, wie kamen wir dann von „44 Jahren verheiratet" zum zweiten Weltkrieg? Die nächste Frage des amerikanischen Ehepaars ging dahin, warum mein Papi so gut englisch könne (Hier muss ich einflechten, dass der Abend mittlerweile schon etwas weiter fortgeschritten war und dass das Gespräch so etwa nach jedem Satz durch ein „Prost" unterbrochen wurde und dass die Gegenüber daher bezüglich der Frage, was gutes Englisch sei, vielleicht etwas toleranter waren als normal (vielleicht wollten sie aber auch einfach nur freundlich sein.)) Tja, und hier lautete die Antwort meines Vaters: „world war 2". Schlagartig kippte die Stimmung: "world war 2?" "Hitler!". "Damnd! You are a nazi??!!" Mein Vater, der in seiner Euphorie den Stimmungsumschwung überhaupt nicht wahrnahm, drehte sich zu mir um: „Was hat er gesagt? Übersetzt Du mal bitte?".

Lecker Samoussas auf Reunion (1988)

Wir gondeln mit dem Auto gemütlich an der Küste Réunions entlang. Pünktlich zur Mittagszeit taucht ein Imbisswagen an einem Badestrand auf. Wie passend, wie für uns bestellt. Wir also raus und mal geschaut, was es so alles gibt. Oh, Samoussas. Diese mit allem Möglichen gefüllten Teigtaschen liebe ich über alles. Und da die Teigtaschen nicht extrem groß sind und mein Hunger noch dazu nicht extrem klein ist, nehme ich gleich drei Samoussas mit verschiedenen Füllungen. Ute entscheidet sich derweil für Bouchons (das sind gedämpfte, mit Teig ummantelte Fleischbällchen).

Badestrand

Der Imbiss-Mann überreicht mir die Teigtaschen mit der Bemerkung: "Be careful! Very hot!". Na, jetzt aber mal schnell den Obercoolen raushängen lassen: Ich nehme die Teigtaschen mit der lässigen Bemerkung "no problem" in

Empfang (wobei ich dazu sagen muss, dass ich tatsächlich ziemlich scharf essen kann, ich schärfe sogar beim Thai nach).

Dann mein erster Biss.

Und der führte unmittelbar zu einer Nahtod-Erfahrung: Zunächst blieb mir komplett der Atem weg. Dann begannen meine Augen zu tränen. Die Schärfe fraß sich brutal durch meinen ganzen Mund und ätze meine Schleimhäute weg. Derweil blickte mich der Imbiss-Mann erwartungsvoll und Beifall heischend an: “good?“. Nun galt es, keine Schwäche zeigen! Mit letzter Kraft verzog ich mein Gesicht zu etwas, was mit viel Wohlwollen als Lächeln interpretiert werden konnte, hob den Daumen und presste ein “very, very good“ heraus. Dabei hatte ich den Bissen immer noch im Mund, das Schlimmste stand mir also erst noch bevor.

Mittlerweile bemerkte Ute, dass mit mir irgendwas nicht stimmte, sie schaute mich fragend an. Ich bedeutete ihr mit letzter Kraft, mir um die Wagenecke zu folgen, wo uns der Imbiss-Mann nicht sehen konnte. Kaum dort angekommen, schluckte ich den Bissen endlich runter (ausspucken kam für mich nicht in Frage, in meiner Erziehung kam das Wegschmeißen von Lebensmitteln nicht vor) und konnte endlich nach Luft schnappen. Die paar Sekunden, die ich dafür brauchte, haben für das runtergeschluckte Stückchen aber ausgereicht, seine Schärfe auch durch meine Speiseröhre bis tief in meinen Magen rein zu hinterlassen. Ein Spitzengefühl, kann ich jedem nur zur Nachahmung empfehlen. Ute hatte inzwischen verstanden, was mit mir los war und lachte sich halb kaputt. „Das geschieht Dir recht!“

Nachdem ich mehr oder weniger wieder bei Atem war und das Brennen zwar nicht weg, aber doch einigermaßen erträglich wurde, begann ich mein Rückzugsgefecht, natürlich unbedingt, ohne dabei mein Gesicht zu verlieren.

Ich packte die zweieinhalb noch übrigen Samoussas zusammen und erklärte dem Imbiss-Mann, dass wir leider hier nicht fertig essen könnten, weil wir unaufschiebbare, sehr dringliche Termine hätten, die uns leider ob der Begeisterung über seine Samoussas fast entfallen wären, dass wir die Samoussas deshalb mitnehmen und am Abend in Ruhe essen würden und dass ich ihm unbedingt nochmals versichern müsste, wie superlecker und vor allem prima und ausgewogen gewürzt seine Teigtaschen wären. Stolz wie Oskar strahlte er uns an und verabschiedete uns wortreich.

Die Flucht: Aufbruch – 5. März 1945

Neu-Malzkow, Montag, 5. März 1945

Nun war es amtlich. Gegen 15.00 Uhr erfuhr Theodor Vandersee, der Bürgermeister, dass die Heeresleitung beschlossen hatte, Neu-Malzkow innerhalb der nächsten ein bis zwei Tage aufzugeben. Damit endete auch die letzte Hoffnung auf einen möglichen Verbleib. Vandersee und seine Frau Anneliese liefen von Haus zu Haus, informierte die Dorfbewohner und legte ihnen nahe, so schnell wie möglich die Flucht anzutreten. Um 17.00 Uhr erreichte diese Schreckensnachricht schließlich auch Muttis Familie. Und nun war die Not groß. Opa und die Brüder an der Front und niemand im Dorf greifbar, der den Pferdewagen fahren konnte.

Aber die Lage ist eindeutig, es gibt kein Ausweichen mehr! Und Gertrud ist immer noch nicht da! Jürgen weint. „Warum kommt Mutti denn nicht? Sie weiß doch, dass wir wegmüssen." Oma ist völlig mutlos und hat keine Energie, Entscheidungen zu treffen. „Ich gehe hier nicht weg. Das Haus, die Tiere. Und ohne Gertud sowieso nicht!"

Die sich immer schneller entwickelnde Dramatik der letzten Kriegsmonate lässt sich sehr gut anhand der „Chronik des Jahres 1945" nachvollziehen (Auszüge):

JANUAR 1945:

Der letzte Akt des Krieges beginnt. Nahezu zweihundertfünfzig sowjetische Divisionen sind zum Sturm auf das Deutsche Reich angetreten. Es kann nur noch Tage dauern, bis sie die deutsche Grenze überrennen. Doch schon seit den ersten Januartagen gibt es kein Halten mehr. Keine Partei, kein Funktionär, kein Landrat und kein

Bürgermeister kann die Menschen an der Flucht hindern, als die deutschen Truppen zurückweichen und die Front immer näher rückt.

Noch sind in diesen Januartagen die Straßen nicht verstopft, der Fluchtweg nach Westen ist frei. Ganze Dörfer leeren sich. Endlos scheinende Trecks bilden sich, Wagen an Wagen, vollbepackt bis obenhin, darauf Frauen, Kinder und Greise.

Die ersten Trecks erreichen Westpreußen, werden in Elbing aufgenommen, andere in Danzig und Gotenhafen. Aus dem nördlichen Ostpreußen bewegen sich die Trecks in Richtung Pillau, der Seestadt, die für die Königsberger zum "Tor der Freiheit" wird.

Am 9. Januar 1945 wird Hitler von General Gehlen und dem Chef des Generalstabes, Guderian, über die bevorstehende Winteroffensive der Roten Armee unterrichtet. Doch Hitler lehnt eine Verlegung weiterer Truppen an die Ostfront ab. Am 13. Januar beginnt der Angriff in den ostpreußischen Grenzgebieten, unterstützt von der sowjetischen Luftwaffe.

Bereits eine Woche später, spätestens am 22. Januar 1945, ist der Zugverkehr von Ostpreußen nach dem Reich auf allen Strecken gesperrt. Auch die Trecks kommen nun nicht mehr durch, denn am 27. Januar ist Ostpreußen bei Elbing abgeschnürt und nur noch durch die schmale Landbrücke der Frischen Nehrung mit dem Westen verbunden.

Der Weg über vereiste Straßen und durch tosende Schneestürme ist nicht leicht. Die Frauen müssen es allein schaffen, denn die Männer sind beim Volkssturm. Die Pferde gleiten immer wieder aus, Wagen brechen zusammen. Es fehlt an Nahrungsmitteln, vor allem an Milch für die Kleinkinder.

Zum Drama der Flucht gehören zahllose Szenen der Verzweiflung und Not. Geradezu katastrophal gestaltet sich die Flucht der Ostpreußen über das Frische Haff und die Nehrung. Das Eis ist brüchig. ... An manchen Tagen kommt man nur drei bis fünf Kilometer vorwärts.

FEBRUAR 1945

Im Monat Februar verändert sich die Front, die entlang der Linie Graudenz - Zempelburg - Friedland - Stargard - Pyritz verläuft, kaum. Doch die vierwöchige Kampfpause wird weitgehend nicht ausgenützt, um zu fliehen, denn die Einheimischen sowie viele Flüchtlinge aus Ost-

und Westpreußen lassen sich durch die relative Ruhe dazu verleiten, in diesen Gebieten zu bleiben. Hinzu kommt, dass die Parteibehörden für ganz Pommern und das nördliche Westpreußen die Flucht der Bevölkerung ausdrücklich verbieten und in einigen Fällen die Weiterfahrt der aus Osten kommenden Trecks ebenfalls untersagen. Deshalb sind mindestens 2,5 Millionen Deutsche, ein Viertel davon Flüchtlinge, in Pommern und Danzig, als der neue russische Angriff in den ersten Märztagen beginnt.

Im Februar transportiert die Kriegsmarine rund 450.000 Menschen über das Meer. Dabei gehen 17 Schiffe mit 59.155 BRT Transportraum verloren. 5100 Menschen werden das Opfer kriegerischer Angriffe auf die deutsche Schiffahrt. Von den großen Einheiten geht der Verwundetentransporter STEUBEN (14.660 BRT) mit 3600 Menschen verloren.

MÄRZ 1945

Binnen zwei Wochen nehmen die sowjetischen Armeen - unterstützt von der 1. polnischen Armee - ganz Ostpommern in Besitz. Sie erreichen schließlich die Odermündung bei Stettin und schneiden die Fluchtwege ab. Viele Flüchtlinge trecken Richtung Kolberg, das nach Befehl Hitlers unter allen Umständen als Festung gehalten werden soll, um von dort aus entweder mit dem Schiff oder an der Ostseeküste entlang über Dievenow nach dem Westen zu kommen. ... Die Belagerung der Stadt Kolberg beginnt am 7. März, als sich etwa 80.000 Menschen dort aufhalten. Für sie gibt es nur ein Tor zur Freiheit: die Ostsee. Tag für Tag, Nacht um Nacht werden sie evakuiert, zuerst mit Passagierschiffen und Frachtern, zuletzt noch mit Fischkuttern, Motorbooten und Fährprähmen. Am 17. März erobert die Rote Armee die weitgehend verlassene Stadt.

Für Tausende von Flüchtlingen, die vor der Umklammerung durch die Rote Armee nach Danzig strömen, wird dieses Ziel zum Verhängnis. Am 22. März gelingt den sowjetischen Truppen zwischen Danzig und Gotenhafen der Durchbruch an die Küste. Pausenlos werden die Menschen durch die Flotte der Flüchtlingsschiffe evakuiert, täglich zu mehr als Zehntausenden. Doch als Danzig am 27. März besetzt wird, sind noch etwa 200.000 Einheimische und Flüchtlinge in der Stadt.

Im März transportiert die Kriegsmarine wiederum etwa 500.000 Menschen über die Ostsee. Dabei verliert sie 36 Schiffe mit 116.000 BRT. Nur 1200 Menschen fallen Luftangriffen auf die Schiffe zum Opfer. Aber gleich drei große Passagierdampfer (HANSA, HAMBURG und CORDILLERA) gehen der Flüchtlingsflotte verloren.

BILANZ:

Insgesamt wurden mehr als zweieinhalb Millionen Menschen über die Ostsee gerettet. Ca. 37.000 Kinder, Frauen und Männer mussten unmittelbar dabei ihr Leben lassen. Den Menschen, die mit Hab und Gut über Land flüchteten, ging es sehr viel schlechter.

Literaturverzeichnis, 2)

Da ergreift Mutti die Initiative. „Mutter, ich packe jetzt. Wir können nicht mehr warten! Der Pferdewagen bleibt hier, wir nehmen nur Handgepäck mit. Und Gertrud wird schon kommen, Du wirst sehen. Sie hat es versprochen.“ Lotte begann zu packen. Das war sehr, sehr schwierig, zugleich aber auch sehr einfach.

Schwierig war es, weil natürlich liebgewonnen Sachen mitgenommen werden sollten, das konnte doch nicht einfach hierbleiben! Sehr einfach war es, weil es keinerlei Transportmöglichkeiten gab. Den Pferdewagen mussten sie zurücklassen und so blieb ihnen nur, für jeden einen Rucksack mitzunehmen. Und da war es völlig klar, dass in diese Rucksäcke nur warme Kleidung sowie ein bisschen Essen und Trinken reingepackt werden konnten. „Nicht mal einen Kamm konnten wir mitnehmen“, erzählte Mutti später.

Mutti war völlig in die Packerei vertieft, als plötzlich ein Pferdeschlitten in den Hof einbog. Oma schaute erstaunt aus dem Fenster in die Dunkelheit. „Wer .....?“ Und dann sah sie es: „Gertrud!!“. Tatsächlich, Gertrud stieg, dick eingemummt, vom Schlitten, rannte zum Haus und kam, trotz der widrigen Umstände glücklich lachend, durch die Küchentür. Oma aber rannen die Tränen über das Gesicht, denn sie wusste: Nun stand ihr die Flucht tatsächlich bevor, nun gab es keine Ausrede mehr für sie, hier zu bleiben.

Getrud hatte es also wirklich geschafft. Einen ganzen Tag hatte sie vergeblich versucht, von Stolp wegzukommen. Die reguläre Busverbindung nach Lauenburg (Lebork) war eingestellt, auch die Busse nach Stresow (Strzyżyno) und Rathsdamnitz (Dębnica Kaszubska), zwei Alternativrouten, fuhren nicht mehr. Aber als sie voller Verzweiflung schon aufgeben wollte, gab es plötzlich doch einen Bus nach Lauenburg. In Wendisch-Karstnitz (Karsnica), etwa vier Kilometer von Malzkow entfernt, stieg sie aus. Und konnte tatsächlich einen Bekannten, Fritzens Heini, auftreiben und so lange auf ihn einreden, bis der sich bereit erklärte, sie mit seinem Pferdeschlitten nach Hause zu bringen. Das waren zwar querfeldein nur die besagten vier Kilometer, allerdings vier Kilometer über vereiste Felder und durch meterhohe Schneedünen. Ständig strauchelten die Pferde, ständig drohte der Schlitten umzukippen. Aber egal, schließlich war es geschafft. Gertrud war zurück!

Von Annas Brust fiel ein zentnerschwerer Stein. Natürlich macht ihr das den Abschied nicht leichter. Aber zumindest war die Familie nun zusammen. In diesem Moment ahnte Anna glücklicherweise noch nicht, dass sie und ihr Enkel Burkhard auf dem Weg nach Danzig von den anderen getrennt werden würden.

Morgengrauen (2006)

Von dem von mir sehr verehrten Kabarettisten und Komiker Diether Krebs (ich benutze hier bewusst nicht den heute üblichen Ausdruck „Comedian“, denn der ist im Zusammenhang mit Diether Krebs absolut unpassend und abwertend), der leider viel zu früh starb, gibt es einen Sketch: Er und seine Filmpartnerin Beatrix Richter liegen im Ehebett, es wird gerade hell, Beatrix Richter ist hellwach und wendet sich an den zwar ebenfalls wachen, dabei aber noch sehr verschlafenen Diether Krebs. Voller Begeisterung sagt Beatrix zu Diether: „Du, es ist ganz toll. Als ich eben aufwachte, schaute ich aus dem Fenster und es graute der Morgen!“ Diether verbessert sie grummelnd: „DEM Morgen. Als Du aus dem Fenster gesehen hast, graute DEM Morgen.“

Hier nun eine Begebenheit, bei der weder der Morgen noch dem Morgen graute, sondern bei der mir am Morgen graute – wobei, wenn ich genau drüber nachdenke, graute im Verlauf dieser Geschichte auch der Morgen:

Burkhard und ich wussten, dass Mutti gerne mal auf Sardinien Urlaub machen würde. Wohlan denn, das sollte ja kein Problem sein. Also organisierten wir für Mutti einen Sardinienurlaub und schenkten ihr den zum Geburtstag. Der Ablauf war dergestalt, dass wir mit einem Bus von Aschaffenburg nach Genua gebracht werden sollten, von da war dann die Fährüberfahrt nach Sardinien geplant. Die Busabfahrt startete etwa zehn Kilometer von Muttis Wohnhaus entfernt, Abfahrtzeit war morgens um 5.30 Uhr, so dass wir gegen 5.00 Uhr zur Bushaltestelle aufbrechen mussten. Ute und ich wohnten damals schon im Odenwald, etwa 50 Kilometer entfernt. Kurzes Durchrechnen. Wenn wir von daheim aus zur Bushaltestelle fahren, wird es eine sehr, sehr kurze Nacht. Wir machen das anders, wir fahren schon am Abend vorher zu Mutti und übernachten im Gästezimmer, dann können wir wenigstens bis 3.30 Uhr schlafen.

So machen wir´s auch. Morgens um 3.30 Uhr klingelt dann pünktlich der Wecker. Ich schlaftrunken aus dem Bett. Ok, ab ins Bad, Zähne putzen und frisch machen. Zähne putzen. Hmm. Da hab ich ja garnicht dran gedacht. Meine ganzen Toilettenartikel sind in den Tiefen meines bereits für Sardinien gepackten Koffers verstaut. Da geh ich jetzt nicht dran, dann müsste ich ja wieder alles sauber einräumen. Auf keinen Fall. Ich schau mal im Bad, Mutti hortet ja alles, ich werde schon finden, was ich brauche.

Also, ab ins Bad. Badschrank aufgemacht. Und tatsächlich, da liegt eine funkelnagelneue Reserve-zahnbürste. Na also. Jetzt noch einen Zahnputzbecher und Zahnpasta, wird ja wohl auch irgendwo zu finden sein. Yep, da steht ja ein Becher aus blickdichtem (wichtig!) grünen Plastik. Geschnappt, unter den Wasserhahn gehalten und mit Wasser befüllt. Jetzt noch Zahnpasta und mein Glück ist perfekt. Ja, da liegt ja eine rote Tube. Komisch, warum ist die denn so klein? Na, egal, da ist Muttis Sparsamkeit mal wieder durchgekommen.

Ich drücke die Zahncreme auf die Zahnbürste und fange an, mir die Zähne zu putzen. Das schäumt ja garnicht. Mensch Mutti, was haste denn da wieder für einen Mist gekauft. War sicher extrem billig. Aber egal, Zahnpasta ist Zahnpasta. Nach getanem Werk setze ich den Zahnputzbecher an und kippe ihn beherzt hoch, damit das Wasser auch meinen Mund erreicht. Es klappert, plötzlich habe ich irgendwas an meinen Lippen. Und was schob sich, bevor ich reagieren konnte, langsam, aber unaufhaltsam in meinen halb geöffneten Mund: Muttis Gebiss!!

Damit aber fand das morgendliche Grauen noch kein Ende! Als ich mich endlich von meinem Schrecken erholt und meine Atmung wieder einigermaßen unter Kontrolle hatte, spülte ich mir meinen Mund extrem gründlich mit Wasser aus. Anschließend bemerkte ich, dass ich meine Zähne nur noch mühsam auseinanderbrachte. Was ist denn jetzt los, das darf doch nicht wahr sein. Ich überlege und komme zu dem Schluss, dass ich ja, vom Gebiss meiner Mutter mal abgesehen, eigentlich nur die Zahnbürste und die Zahnpasta im Mund hatte. Kurze Ursachenforschung: die Zahnbürste eher nicht. Also schau ich mir die Zahnpastatube mal genau an: "„Haftcreme, extra stark“. Na, hervorragend, der Tag ist gerettet!

Epilog:

Da ich zu der fraglichen Zeit noch alle meine Zähne hatte, war ich bezüglich der Eigenschaften von Haftcremes völlig unbeleckt. Nun wollte ich in Erfahrung bringen, bis wann ich damit rechnen konnte, dass in meinem Mund wieder normale Verhältnisse herrschen würden (wobei ich in meiner kindlichen Unbedarftheit mit zwei bis – wenn es ganz dumm kommt – drei Stunden rechnete). Gleichzeitig wollte ich aber nicht zugeben, was ich verbrochen hatte. Daher lenkte ich dann am Frühstückstisch – mehr oder weniger geschickt – das Gespräch auf Muttis Gebiss, so nach dem Motto: „Mutti, nicht, dass Du Dein Gebiss und die Haftcreme vergisst.“ Und dann ließ ich noch in aller Lässigkeit einen Nebensatz fallen: „Wie lange hält so eine Haftcreme eigentlich?“. Antwort meiner Mutter: „Ach, die ist sehr gut, 24 Stunden hält die schon.“

Die Gitarre, oder: wir sind im Auftrag des Herrn unterwegs (1991)

Florian, ein Bekannter von uns, studierte Medizin. Im Rahmen seines Medizinstudiums hatte er auch einige Monate im Krankenhaus einer christlichen Mission in Tansania hospitiert. Als er erfuhr, dass wir nach Tansania fliegen wollten, um den Kilimanjaro (kurz „Kibo“) zu besteigen, war er hellauf begeistert. „Oh, das ist ja toll, würdet Ihr mir einen Gefallen tun?“ Bei diesem Gefallen ging es darum, dass wir in unserem Gepäck eine Gitarre (!) mit nach Tansania nehmen sollten. Diese Gitarre sollten wir dann in Tansania auf eine Poststation bringen und an die besagte christliche Mission schicken.

Florian hatte nämlich bei seinem Einsatz in Tansania einen absolut musikbegeisterten Einheimischen kennengelernt, dessen größter Wunsch war, eine Gitarre zu besitzen, die er sich natürlich - erstens - nicht leisten konnte und die - zweitens - in Tansania sowieso nicht erhältlich war. Und Florian hatte ihm versprochen, nach seiner Rückkehr nach Deutschland, dafür zu sorgen, dass dieser Wunsch in Erfüllung ging. Nun war die Beamtenschaft in Tansania durch und durch korrupt und Florian war klar, dass eine Gitarre, die er auf dem Postweg von Deutschland nach Tansania schickt, überall landen würde, nur nicht da, wo sie hinsollte. Und da kamen wir ihm gerade recht!

Wir waren natürlich absolut begeistert. Insbesondere, weil wir die Kibo-Aktion wieder mal als eine der für uns typischen ad hoc-Unternehmen geplant hatten. Wir wollten auf den Kibo; und sonst nichts. Zeit war bei uns sowieso immer knapp, da sowohl Ute als auch ich zu der Zeit mit dem Aufbau unserer selbständigen Existenzen beschäftigt waren und wir uns keine ewigen (also zweiwöchige) Urlaube leisten konnten. Also, checken wir die Sache mal ab: Aufstieg/Abstieg Kibo vier Tage, Anreise ein Tag, Rückreise ein Tag. Das sind insgesamt sechs Tage. Ganz schön lang, aber hey, das schaffen wir! Entsprechend hatten wir mit leichtem Gepäck geplant (je ein Rucksack mit sechsmal Unterwäsche und T-shirts, ein Reserves-weatshirt und… reicht, Ersatzjeans braucht´s nicht, sind ja nur sechs Tage) und vor allem: Wir hatten keine Zeitreserven.

Und dann diese riesige, völlig unhandliche Gitarre, die mal auf keinen Fall in einen Rucksack passt, also irgendwie zusätzlich mitgeschleppt werden muss. Ich habe schon die Diskussionen bei der Gepäckaufgabe vor mir gesehen.

In der äthiopischen Hauptstadt Addis Abeba mussten wir das Flugzeug wechseln. Das hieß, dass auch das Gepäck das Flugzeug wechseln musste. Und wir hatten schon genügend Erfahrungen mit Flugzeugwechseln gesammelt, um zu wissen, dass hierbei das Verschwinden von Gepäckstücken schon fast die Regel ist. Hinzu kam, dass wir im Vorfeld nicht wussten, ob das Gepäck einfach von dem einen Flugzeug in das andere geladen wird, oder ob wir (wie es zu der Zeit in manchen Ländern üblich war) das Gepäck am Gepäckband abholen und dann neu einchecken mussten; das hätte einen weiteren Kontakt mit dem Zoll in einem weiteren Land bedeutet.

Und dann in Tansania: Unser Flug würde um 16.00 Uhr landen. Dann müssen wir noch auschecken, durch den Zoll, ein Taxi suchen und etwa eine Stunde zu unserer Unterkunft am Kibo-Park fahren. Und am nächsten Tag war schon der Start für unseren Aufstieg geplant, um 7.00 Uhr morgens wollten wir am Parkgate sein. Wo sollen wir denn da noch eine Poststation auftreiben?

Ich hatte ein Totschlagargument bereit: „Aber Florian, wenn Du sagst, dass in Tansania alle Beamte korrupt sind, dann werden die sich die Gitarre doch unter den Nagel reißen!?“ Dieses Argument entkräftete Florian allerdings in kürzester Zeit mit einer entwaffnend einfachen Erklärung: „ Ne, in Tansania sind die Leute sehr, sehr gläubig. Und wenn die sehen, dass die Gitarre für eine christliche Mission bestimmt ist, fassen die sie nicht an, denn sie denken, wenn Sie etwas klauen, was quasi für Gott bestimmt ist, kommen sie in die Hölle.” Aha, wir wären also quasi in göttlicher Mission unterwegs!

Natürlich haben wir uns schließlich breitschlagen lassen. Allerdings habe ich einige knallharte Bedingungen gestellt;

1. Wenn es bei der Gepäckaufgabe in Frankfurt oder auch sonst wo Diskussionen gibt, stelle ich die Gitarre irgendwo in eine Ecke und fertig. Ich werde mich da nicht exponieren.
2. Wenn die Gitarre irgendwo auf dem Weg nach Tansania verschwindet, ist sie weg. Ich werden sie nicht suchen!
3. Wenn es bei der Einreise in Tansania beim Zoll irgendwelche Diskussionen gibt, werde ich den Beamten sagen, sie dürfen die Gitarre behalten, entsorgen oder sonst was mit ihr machen, ist mir egal;
4. wenn ich die Gitarre in Tansania aus irgendwelchen Gründen nicht loswerde, schenke ich sie dem ersten besten Einheimischen, der mir über den Weg läuft;
5. wenn ich – gegen jede Wahrscheinlichkeit – die Gitarre bis in eine Poststation bringen würde und es bei der Aufgabe irgendwelche Diskussionen geben würde: siehe Punkt 4.

Leider war Florian mit all meinen Bedingungen einverstanden; und so hatten wir die Gitarre am Hals. Als wir uns dann das nächste Mal getroffen haben, hat mir Florian die verpackte Gitarre übergeben. Und da hat mich der Schlag getroffen: Ich bin davon ausgegangen, dass Florian die Gitarre so einpackt, dass ich sie beim Zoll, falls die die Gitarre sehen möchten, relativ schnell auspacken kann. Aber was hat Florian gemacht: Er hat sie mit etwa 30 Lagen (!) Zeitungspapier umwickelt und dieses Zeitungspapier dann durch großzügigsten Einsatz von Paketklebeband (ich vermute mal, locker 100 m, eher mehr) fixiert. Sah zwar toll aus und vermutlich hätte da jetzt ein 30-Tonner drüberfahren können, aber das war jetzt gerade nicht das, was mich am meisten interessierte. Ich sah mich vielmehr in Tansania am Zoll stehen, umringt von fünf Beamten, die ihre Dienstwaffen auf mich richteten und mir in der Annahme, dass der Inhalt dieses „Paketes" bestenfalls 12 kg Heroin, schlimmstenfalls aber ein funktionsbereiter Sprengsatz wäre, sehr bestimmt dazu aufforderten, das Paket zu öffnen. In Fortsetzung dieses Albtraums sah ich mich dann mit meinem kleinen Taschenmesserchen (war damals im Handgepäck noch erlaubt) stundenlang die Verpackung aufritzen. Gottergeben nahm ich die Gitarre an mich.

Eine kleine Chance sah ich: Uns ist schon Gepäck auf dem Rückflug von Nepal nach Deutschland geklaut worden. Schon mehrmals wurde unser Gepäck in falsche Flugzeuge eingecheckt. Und so haben ich gebetet, dass diese Gitarre irgendwo auf dem Flug nach Tansania verschwinden würde. Aber nein, diese Gitarre stand ja unter Gottes persönlicher Obhut! Beispiel: Addis Abeba. Wir waren mittlerweile umgestiegen, das Flugzeug stand ca. 200 m weit vom Abfertigungsgebäude auf dem Rollfeld,

es hatte geregnet und das gesamte Rollfeld war mit öligen Pfützen überzogen. Wir konnte aus dem Flugzeugfenster dabei zusehen, wie gerade das Umstiegsgepäck hergebracht wurde. So moderne Technik wie Transportwägelchen o.ä. gab es zu der Zeit in Äthiopien nicht. Dafür aber jede Menge billige Arbeitskräfte. Entsprechend wurde das gesamte Gepäck der Flugpassagiere von ca. 20 Mann per Hand transportiert. Schläfrig schaute ich zu, wie ein Gepäckstück nach dem anderen im Bauch unseres Fliegers verschwand. Plötzlich sah ich in der Ferne einen Mann, der zwei Rucksäcke „transportierte". Und zwar unsere Rucksäcke. Und „transportieren"? Dieser Ignorant zog die Rucksäcke kopfüber und durch sämtliche Ölpfützen hinter sich her!!! Ich wäre fast durch das Fenster gekrochen, konnte die Sinnlosigkeit dieses Vorhabens aber gerade noch rechtzeitig einsehen. Fatalistisch fügte ich mich in das Schicksal und sagte zu Ute: „Aber wenigstens sind wir sicher, dass unser Gepäck im selben Flieger ist wie wir."
Aber damit war die Geschichte noch nicht zu Ende: Denn hinter dem für unser Gepäck zuständigen Banausen sahen wir einen weiteren Mitarbeiter des Bodenpersonals. Und der war für die Gitarre zuständig. Und der trug sie nicht einfach! Nein, ehrfurchtsvoll hat er mit beiden Händen die Gitarre fest an seine Brust gepresst, damit ihr auf keinen Fall was passieren könne.

Landung in Tansania, Gepäckband, Gitarre ist natürlich da, alles andere wäre ja auch .... Mein Spannungsbogen stieg wieder in unermessliche Höhen, denn nun stand der Zoll an. Aber, was soll ich sagen: Kurzer Blick des Zöllners auf unser Gepäck, eine lässige Handbewegung und.... wir waren durch!! Also anscheinend wirklich göttliche Mission! Dann noch schnell zur Devisendeklaration (siehe eigenes

Kapitel) und dann raus aus dem Flughafen, es war 16.30 Uhr, alles voller Taxis, klasse, wir sind perfekt im Zeitplan. In ein Taxi eingestiegen, dem Fahrer erklärt, dass wir zum Kibo-Park möchten, vorher aber unbedingt noch eine Poststation brauchen würden. Oh, Poststation. Kein Problem, es liegt eine auf dem Weg. Aber die schließt um 17.00 Uhr. Also, hurry up! Der Taxifahrer fuhr wie der Teufel persönlich, wir kamen an der Poststation an, stürzten raus und: geschlossen! Es war 17.02 Uhr. Scheiße.
Also gut, weiter zu unserer Unterkunft. Während der Fahrt habe ich hin und her überlegt, was ich jetzt mit dieser vermaledeiten Gitarre anfangen könnte. Kurz hatte ich überlegt, sie dem Taxifahrer mit der Bitte, sie am nächsten Tag zur Post zu bringen, zu übergeben. Aber: Der Typ war zwar ausgesprochen nett, aber, wer kann schon in einen Menschen reinschauen. Dann habe ich beschlossen, an der Hotelrezeption zu fragen, was wir machen können. An der Rezeption schilderte ich mein Problem. Uij, großes Problem, das kann nur der Chef persönlich entscheiden. Wir wurden also ins Büro des Hotelmanagers gebracht. Dem schilderte ich mein Anliegen, wobei ich mehrfach ausdrücklich betonte, dass es sich um ein Paket für eine christliche Mission handeln würde und dass Gott persönlich ein Auge darauf haben würde, dass das Paket unversehrt dort ankommt. Der Manager sah darin absolut kein Problem. „Lassen Sie die Gitarre nur hier, ich werde mich persönlich darum kümmern, dass sie auf die Post kommt." Voller Zweifel und Misstrauen habe ich ihm die Gitarre schließlich übergeben. Mein Misstrauen wurde nicht kleiner, als ich ihn fragte, wie viel Geld ich ihm für das Porto geben solle und er meinte: nichts. Das würde er schon managen. Für mich war völlig klar, dass der Typ nur an die Gitarre kommen wollte. Wie auch immer, der Manager

nahm die Gitarre in Empfang und lehnte sie an die Wand hinter seinem Schreibtisch. Damit war die Sache für uns erledigt.
Wir haben unsere Kibo-Tour absolviert. Als wir am letzten Tag auscheckten, wurden wir wieder in das Büro des Managers gebeten, denn die Bezahlung des Hotelzimmers durfte nur er persönlich in Empfang nehmen. Und als wir in sein Büro kommen, sehe ich – die Gitarre, die immer noch unverändert an der Wand lehnt! Nein, nein, kein Problem, alles in Ordnung, er hätte es nur noch nicht geschafft, aber vertrauen Sie mir, wird alles erledigt, wie besprochen….

Drei Monate nach unserer Rückkehr dann plötzlich ein Anruf von Florian: Die Gitarre hätte soeben wohlbehalten ihr Ziel erreicht!

Und nun hat Florian die Bombe platzen lassen: Die Gitarre war natürlich nicht nur die Gitarre. Nein, Florian hatte den Hohlraum komplett vollgestopft mit weiteren Geschenken für die Mission, insbesondere mit Musikkassetten internationaler Rockgruppen. Und natürlich, wie sollte es anders sein: Deren Einfuhr nach Tansania war strengstens verboten! Mir lief es nachträglich eiskalt über den Rücken: Was, wenn der Zollbeamte in Tansania auf die Idee gekommen wäre ….

Ach, im Zusammenhang mit unserem netten Hotel-Manager noch eine Geschichte am Rande:

Mir ist schon des Öfteren aufgefallen, dass die Afrikaner entweder nicht rechnen können oder nicht rechnen wollen. Dafür können Sie perfekt mit dem Taschenrechner umgehen. Wir hatten an der Hotel-Rezeption fünf Postkarten gekauft, die wir verschicken wollten. Als wir die Briefmarken dazu haben wollten, wurde uns mitgeteilt, dass die vom Hotel-Manager persönlich verkauft würden. Ich also zum Hotel-Manager, Briefmarken kaufen. Fünf

Karten, also fünf Briefmarken, eine Briefmarke 1.000 Tansania-Schilling. Also, klare Sache. Während ich meinen Geldbeutel öffne, um einen 5.000 Schilling-Schein rauszuholen. Nimmt der Manager den Taschenrechner in die Hand. Eifrig und völlig konzentriert tippt er ein: 5 …. Mal …. 1.000 stolz schaut er zu mir auf (ich stehe, er sitzt) und will mir – das Ergebnis präsentierend – den Taschenrechner hinhalten. Doch da habe ich ihm den 5.000 Schilling-Schein schon auf den Tisch gelegt. Er schaut den Schein an, er schaut auf seinen Taschenrechner: stimmt ja ganz genau, wie kann das denn sein? Dann guckt er wieder zu mir und hat dabei einen Gesichtsausdruck, als wäre ich der Heilige Geist persönlich.

„Der Schnaps ist hinten“ (1974)

Es begab sich aber zu der Zeit, als es in Europa noch echte Grenzen – und damit auch Zollgrenzen – gab, dass wir – wieder einmal – mit unserem Auto nach Spanien in den Urlaub fuhren. Spanien – Paradies für Raucher und Säufer! Insbesondere Alkohol kostete nur einen Bruchteil des deutschen Preises. Und besonders begehrt waren in Spanien Cognac und Brandy. Also, her mit dem Zeugs. Natürlich deutlich über den Zollfreigrenzen. Wenn wir schon mal hier sind …

Aber, irgendwann stand auch die Rückfahrt an. Und damit natürlich auch der Stress des ehrlichen Schmugglers. Der Schnaps wurde in den Tiefen des Kofferraums verstaut nach dem Motto: Wir werden ja hoffentlich nicht das komplette Auto ausräumen müssen.

Durch Erfahrung gewitzt, wussten wir, dass manche Zöllner recht leutselig daherkamen, so nach dem Motto „Na, hatten Sie einen schönen Urlaub? Sicher haben Sie auch tolle Souvenirs gekauft?“ Bei dieser Leutseligkeit handelte es sich allerdings nicht um echte Freundlichkeit, sondern um eiskaltes Kalkül. Da wir darüber hinaus die Unbedarftheit von Mutti kannten, haben Papi und ich sie vor Beginn unserer Rückfahrt ausgiebig vergattert: „Mutti, wenn wir an der Grenze sind, sagst Du bitte nichts. Garnichts! Hast Du das verstanden? Du sagst bitte garnichts. Mutti?!! Bitte!!!!!“

Dergestalt bestens vorbereitet, fuhren wir los, wobei es traditionell so war, dass ich auf dem Beifahrersitz saß und Mutti es sich hinten bequem machte. Grenze Spanien – Frankreich: Wir werden durchgewunken. Puh, so kann es weitergehen. Grenze Frankreich – Schweiz: Wir werden durchgewunken. Wow, läuft. Jetzt nur noch die Grenze

Schweiz – Deutschland. Wir fahren auf die Schweizer Zollstation zu, Mutti schläft selig hinten im Auto. Gut, wenn Mutti schläft, kann schon nix passieren. Wir kommen an der Station an, der Zöllner bedeutet uns, anzuhalten. Fenster runter, Zöllner Kopf in Fenster: „Haben Sie etwas zu verzollen?“ Mein Papi, an dem ein Schauspieler verloren gegangen ist, mit absoluter Unschuldsmine: „Nein, nein. Wir haben ein paar t-shirts gekauft, das ist doch in Ordnung, oder?“ Ablenkung ist immer gut. In diesem Moment hören wir hinten im Auto ein Murmeln, dazu bewegt sich Mutti unruhig. Der Dialog mit dem Zöllner hat sie geweckt, allerdings befindet sie sich immer noch im Halbschlaf. Und plötzlich sagt sie laut und glasklar: „Der Schnaps ist hinten!“. Papi und ich gucken uns entgeistert an, unser Herzschlag stockt. In diesem Moment sagt der Zöllner, der seinen Kopf immer noch auf Fensterhöhe hat: „Alles ok, fahren Sie weiter, gute Fahrt.“ Dabei grinst er in sich rein.

Als wir in sicherer Entfernung zur Grenze waren, hielten wir an und widmeten uns Mutti: „Mutti, was sollte DAS denn?????“ „Ach, ich dachte, bevor der unser ganzes Auto auseinandernimmt, sage ich ihm lieber gleich, wo wir den Schnaps haben.“

Möglicherweise hat der Zöllner Muttis Einwurf tatsächlich nicht gehört, aber wenn ich mir sein Grinsen so vergegenwärtige, bin ich bis heute ziemlich sicher, dass er lediglich Gnade vor Recht ergehen ließ. Sicher dachte er, dass wir mit so einer Mutter gestraft genug sind.

Der IKS-Haken (1995)

Hier werden Sie alles über das geniale - durch nichts zu übertreffende - Prinzip des IKS-Hakens erfahren:

Tatort:	unser Haus, am Waldrand gelegen, Entfernung zur ersten Baumreihe: 30 Meter, höchster Baum: 15 Meter
Vorhaben:	Aufmauern zweier 40 cm hoher Außenwände um je 120 cm
Hauptbeteiligte:	die Untere Naturschutzbehörde und das Hessische Forstamt
Problem:	Das Aufmauern erfordert eine Baugenehmigung

In Deutschland ist es völlig egal, ob Sie planen, einen Klon des Berliner Funkturms im Verhältnis eins zu eins im Biosphärenreservat Rhön zu bauen oder - wie in unserem Fall - zwei Außenwände um je 120 cm aufzumauern. Es braucht eine offizielle Baugenehmigung! Diese Baugenehmigung wird nur erteilt, wenn alle beteiligten Ämter - gefühlt 70 - dem Bauvorhaben zustimmen. Zwei dieser Ämter sind das Hessische Forstamt und die Untere Naturschutzbehörde:

Forstamt:	„Kein Problem, wir können dem Bauvorhaben sofort zustimmen, Sie müssen nur vorher diese drei großen Bäume am Waldrand fällen, die könnten sonst eventuell auf das Haus fallen.“
Untere Naturschutzbehörde:	„Kein Problem, wir können dem Bauvorhaben sofort zustimmen, Sie müssen nur bestätigen, dass Sie keinesfalls Bäume fällen.“

Und damit sind wir beim IKS-Haken:

Hätte Kafka den IKS-Haken bereits gekannt, er wäre vor Neid erblasst. Der IKS-Haken ist eine absolut geniale Erfindung, die auch heute noch vielerorts und zu vielen Zwecken zum Einsatz kommt. Wenn Sie drüber nachdenken, fällt Ihnen sicherlich eine Situation ein, in der Sie auch schon einmal Opfer dieses Hakens wurden. Erstmals publiziert wurde der IKS-Haken in dem im Jahr 1961 erschienen brillanten Buch “Catch-22“ von Joseph Heller. Ob Heller auch der Erfinder des Hakens ist, entzieht sich meiner Kenntnis, ich könnte es mir allerdings gut vorstellen.

Der Roman spielt im zweiten Weltkrieg und behandelt den Irrsinn von Kriegen. Hauptmann John Yossarian ist ein amerikanischer Soldat und als Bombenschütze eines North American B25-Bombers der US-Air-Force auf der Insel Pianosa im Mittelmeer stationiert. Ständig muss er Kampfeinsätze gegen die feindlichen Truppen fliegen. Er hat erkannt, dass das Irrsinn ist und möchte daher raus aus der Armee. Hierfür gibt es auch tatsächlich eine entsprechende Vorschrift: wenn ein Soldat verrückt ist, wird er vom Truppenarzt dienstuntauglich geschrieben und ausgemustert. So weit, so gut. Hier aber greift der universell einsetzbare IKS-Haken. Kurz gesagt, funktioniert die Logik des IKS-Hakens folgendermaßen:

a) Wer Kampfeinsätze fliegt, muss verrückt sein, denn jeder Kampfeinsatz kann mit dem eigenen Tod enden und wer setzt schon freiwillig ständig sein Leben aufs Spiel?
b) Jeder Soldat, der Kampfeinsätze fliegt, kann zum Truppenarzt gehen, um sich dienstuntauglich schreiben zu lassen. Begründung: „Ich fliege Kampfeinsätze, also bin ich verrückt und wenn ich verrückt bin, bin ich dienstuntauglich."
c) Regelmäßige Rückfrage des Truppenarztes: „Aber Sie sind doch hier, um sich dienstuntauglich schreiben zu lassen, damit sie keine Kampfeinsätze mehr fliegen müssen?"
d) „Ja"
e) Truppenarzt: „Aber das heißt ja, dass sie gar keine Kampfeinsätze fliegen wollen?"
f) „Ja"
g) „Naja, dann sind sie doch nicht verrückt. Verrückt wären Sie ja nur, wenn Sie Kampfeinsätze fliegen wollten! Sie sind also absolut diensttauglich und können auch in Zukunft Kampfeinsätze fliegen."

Die unumstößliche Logik dieser Argumentationskette bedarf keiner näheren Erläuterung.

Unser „IKS-Haken" war glücklicherweise „nur" ein gordischer Knoten, für den es ja immer eine (wenn auch manchmal recht brutale) Lösung gibt und der in unserem Fall von der Unteren Naturschutzbehörde durchschlagen wurde. Sie akzeptierte schließlich, dass wir die besagten drei Bäume fällen, wenn wir als Ausgleich „natur- und ortsnah" wieder aufforsten würden.

Ach so, einen habe ich noch:

Dialog aus dem Film „Ich, Daniel Blake“ von Ken Loach (der übrigens auch gut zu Kafka passen würde (der Film, nicht Ken Loach)):

Der Hauptdarsteller des Films, Daniel Blake, ist arbeitslos und geht auf das Arbeitsamt, um sich arbeitslos zu melden und Arbeitslosengeld zu beantragen. Das Gespräch mit der für ihn zuständigen Mitarbeiterin verläuft - sinngemäß - folgendermaßen:

- Blake: „Ich bin arbeitslos und möchte mich bei Ihnen melden, um Arbeitslosengeld zu beantragen.“;
- Mitarbeiterin: „Wir sind komplett digital. Ihre Arbeitslosenhilfe müssen Sie online über das Internet beantragen. Sie können sich auf unserer Homepage einloggen und alle notwendigen Formulare online ausfüllen.“;
- Blake: „Es tut mir leid, ich habe keine Ahnung von Computern und Internet.“;
- Mitarbeiterin: „Das macht gar nichts. Wenn Sie mit Computern und Internet nicht zurechtkommen, gibt es eine spezielle Telefonnummer. Die rufen Sie an und da bekommen Sie Hilfe.“
- Blake: „Gut. Wo finde ich denn diese Nummer?“
- Mitarbeiterin: „Im Internet.“

Piton des Neiges (1988)

Auf Reunion übernachten wir in sogenannten „chambre d'hotes“, die es überall auf der Insel gibt und die meist der französischen Tourismusorganisation Gîtes de France angehören. „Chambre d'hotes“ bedeutet eigentlich nur „Unterkunft mit Frühstück“, auf Reunion ist es sehr angenehm, dass auch jeweils das Abendessen dazugebucht werden kann. Grundsätzlich sind chambre d'hotes Privatunterkünfte und somit ist Familienanschluss garantiert (in einer Unterkunft saßen wir mit den Gastgebern und ihren sieben (!) Kindern im Alter von zwei bis zwölf Jahren am Tisch, da war halli galli angesagt! Überhaupt geht es auf Reunion sehr familiär zu.) In St. Denis klopfte es plötzlich an unsere Zimmertür; wir öffneten und wer stand vor uns?: Der Bürgermeister von St. Denis! Unser Gastgeber hatte ihn über unsere Ankunft informiert und er wollte es sich keinesfalls nehmen lassen, die ausländischen Gäste persönlich zu begrüßen.

Nach einer Woche waren wir auf der ganzen Insel bekannt: Die Gastgeber sind untereinander sehr gut vernetzt und so hatten wir uns angewöhnt, unsere Gastgeber zu bitten, die jeweils nächste Unterkunft telefonisch für uns klarzumachen. Das lief dann immer so ab: Wir sagten jeweils, wo wir hinwollten, die Gastgeber kannten in dieser Gegend dann die entsprechenden Unterkünfte und riefen dort an: „Hallo, wir haben zwei Gäste, einen Mann und eine Frau. Die würden gerne bei Euch übernachten, klappt das? Ja, prima, ok. Ach, eins noch: Den Mann könnt Ihr ignorieren, mit dem kann man nicht reden, der spricht kein Wort französisch. Aber mit der Frau könnt Ihr Euch gut unterhalten.“ Und damit hatte ich

mein Stigma weg. Überall, wo wir aufschlugen, hieß es: „Ah, da kommt der Mann, der kein Wort französisch kann, ha, ha, ha.“
Dies aber nur am Rande, nun zum eigentlichen Thema: Unser nächstes Ziel ist der Piton des Neiges im Cirque Cilaos, Ausgangspunkt soll das gleichnamige Städtchen Cilaos sein, in dem wir auch ein Zimmer gebucht haben. Der Piton des Neiges ist mit 3.071 m der höchste Berg auf Reunion. Morgens brechen wir mit dem Auto von unserer Unterkunft in Saint Denis auf und machen und auf nach Cilaos. (Der Weg von Saint Louis am Meer nach Cilaos ist ein ganz eigenes Erlebnis.) Es sind zwar nicht mal 40 Kilometer, aber was für 40 Kilometer! Eine Serpentine reiht sich an die andere, die ganze Autofahrt besteht im Prinzip darin, mit einer Hand am Lenkrad zu kurbeln und mit der anderen Hand ständig die Gänge zu wechseln, wobei der dritte Gang schon die absolute Ausnahme ist, die Fahrt spielt sich hauptsächlich im ersten und zweiten Gang ab, die Durchschnittsgeschwindigkeit liegt eher bei 30 als bei 40 km/h. Entsprechend dauert die Anfahrt normalerweise 60 bis 80 Minuten, je nach Gegenverkehr (wobei mein Rekord, wir sind die Strecke des Öfteren gefahren, bei 40 Minuten steht!).

„Oh, jetzt bin ich eine Straße zu früh abgebogen.“ Na, macht nichts, schnell drehen und zurück. Da ist eine Einfahrt, da kann ich schön rückwärts reinfahren. Gesagt, getan, auf einmal ein gewaltiger Rumms und das Auto steht. Ich steige aus, schaue mir die Geschichte an und sehe, dass sich direkt neben der Einfahrt eine etwa 60 cm tiefe Wasserrinne befindet. Diese Rinne hatte ich nicht bemerkt und bin beim Rückwärtsfahren mit einem Hinterreifen über die Begrenzung gerutscht. Und nun steht das Auto (ich weiß den Typ nicht mehr, aber es war vergleichbar mit einem VW Golf) mit drei Rädern auf dem Boden, das vierte aber hängt in der Luft über der Wasserrinne. Oh, wie ungeschickt. Hmm, jetzt ist guter Rat teuer, was tun? Ich bin noch am Überlegen, da kommt plötzlich ein orangefarbenes Müllauto um die Ecke. Das Auto stoppt am Straßenrand und vier kräftige Männer steigen aus. Sie sagen absolut kein Wort und von ihrem Verhalten her sieht es so aus, als würden sie diese Situation, die sie hier vorfinden, jeden Tag mehrmals sehen. Einer der Vier kommt auf Ute und mich zu, gibt uns, immer noch ohne irgendein Wort, die Hand, dreht sich schweigend um, geht mit den anderen Drei zu unserem Auto, sie verteilen sich um das Auto, bücken sich, heben es an, ziehen es auf die Straße, drehen sich zu uns rum, winken uns zu (alles schweigend!!), steigen in ihr Müllauto und sind verschwunden. Die ganze Aktion dauerte keine drei Minuten und ich habe es gerade noch geschafft, ihnen ein „Merci" nachzurufen.

Nach dieser ungeplanten Einlage erreichen wir ohne weitere Probleme unsere Unterkunft und checken ein. Bis wir unser Zimmer bezogen haben, ist es 15 Uhr, um 19 Uhr soll es Abendessen geben. Was machen wir jetzt mit diesem angebrochenen Nachmittag? Für den nächsten Tag haben wir unseren Aufstieg auf den Piton des Neiges geplant. Ach ja, wir könnten ja mal zu dem Parkplatz (Le Bloc) fahren, an dem der Trekkingpfad zum Gipfel beginnt. Der liegt etwa sechs Kilometer entfernt, da können wir ja schon mal ein bisschen umsehen. Wir informieren unsere Gastgeberin, Madame Dijoux, über unser Vorhaben. Ja, das wäre eine gute Idee. Da gäbe es auch eine schöne Aussichtsplattform, Roche Merveilleuse, sehr empfehlenswert, die ist vom Parkplatz aus in ungefähr 20 Minuten zu erreichen, ein Spaziergang, ganz leichter und einfacher

Weg. Wir sollten nur ein bisschen aufpassen, es gäbe zwar am Parkplatz ein Hinweisschild, auf dem Weg selbst ist dann aber keine Ausschilderung mehr vorhanden. Sollte aber kein Problem sein. Ah, Aussichtsplattform, und dann noch mit so einem vielversprechenden Namen, das machen wir natürlich, da sind wir schon beschäftigt und wir können uns für morgen warmlaufen. Und bei diesen Zeitvorgaben sind wir auch lässig bis zum Abendessen zurück.

Der Parkplatz ist schnell gefunden, auch das versprochene Schild mit dem Hinweispfeil zu dem Pfad, der vom Parkplatz aus zur Plattform führt, ist gut sichtbar. Also, auf geht´s. Wir spazieren los. Zunächst ist der Weg tatsächlich sehr einfach zu laufen, über einen Meter breit, festgetretene Erde, leichter Aufstieg, perfekt. Aber so nach und nach wird die ganze Sache schon anstrengender. Der Weg wandelt sich in einen engen Pfad, der mit großen Steinen bedeckt ist, die wir übersteigen müssen. Erst geht es leicht nach oben, dann weniger leicht, dann schwer, dann sehr schwer. Aus dem leichten Anstieg ist mittlerweile eine richtig steile Strecke geworden, aus unserem Spaziergang eine halbe Klettertour. Die – von uns bisher als angenehm empfundene – Temperatur von etwa 28° tut ein Übriges, wir geraten gehörig ins Schwitzen. Na, das ist ja toll! Wenn das hier ein leichter Spazierweg sein soll, was erwartet uns da erst morgen? Denn morgen müssen wir auf einer Strecke von etwas weniger als sieben Kilometer 1.800 Höhenmetern überwinden. Na, egal. Nur die Harten kommen in den Garten. Wir also munter weiter. Aus den avisierten 20 Minuten ist mittlerweile eine Dreiviertelstunde geworden und immer noch ist von einer Aussichtsplattform weit und breit nichts zu sehen. So langsam läuft uns auch die Zeit davon, es geht auf 18.00 Uhr zu und wir müssen ja noch den Weg zurücklaufen. Aber das kann doch nicht sein, wir müssen doch diese vermaledeite Plattform finden können!? Jetzt sind wir schon so weit gekommen, jetzt geben wir nicht mehr auf. Komm, um die Kurve da vorne noch und dann sind wir sicher da. Doch nicht? Also, nur noch die nächste Kurve (Sie kennen das ja sicher). Und noch eine Kurve. Und schließlich müssen wir doch aufgeben. Außer Atem, völlig verschwitzt und mit hochroten Köpfen kehren wir frustriert um. Keine Plattform. Wir haben versagt! Und dabei ist nicht das Schlimmste, dass wir die Plattform nicht gefunden haben, sondern, dass wir völlig demotiviert für den morgigen Aufstieg sind. Wir haben uns bisher für gute Trekker gehalten. Und jetzt macht uns ein Spazierweg kirre? Wie wollen wir denn da morgen auf den über 3.000 m hohen Berg kommen? Na, gute Nacht.

Wir kehren zurück. Beim Abendessen lassen wir dann unseren Frust ab, erzählen Madame Dijoux von unseren Erlebnissen und schlagen ihr vor, doch eventuell mal die von ihr im Zusammenhang mit ihrer Wegbeschreibung verwendeten Begriffe zu überdenken, insbesondere „leicht“, „einfach“, „Spazierweg“ und „ganz kurze Strecke“. Sie schaut uns ungläubig an. Nein, nein, das könne nicht sein. Das ist wirklich ein extrem einfacher Weg. Den können sogar gehbehinderte Rentner laufen, absolut kein Problem. Sie lässt sich nochmals genau die Strecke beschreiben, die wir gelaufen sind. Und bricht plötzlich in lautes Gelächter aus. Jetzt weiß sie, was passiert ist: Wir haben irgendwo, kurz nach Beginn des Wanderpfades, eine Abzweigung verpasst. Der Weg, den wir gelaufen sind, ist der Trekkingpfad auf den Piton des Neiges! Und nach unserer Beschreibung sind wir von den knapp sieben Kilometer bis zum Gipfel schon mindestens ein Drittel gelaufen! Das wäre eine absolut reife Leistung in der Zeit, zumal wir da auch schon über 500 Höhenmeter überwunden hätten.......Gratulation. Krass. Damit hatten wir nicht nur eine Erklärung, sondern vor allen Dingen auch unsere Motivation für unseren morgigen Aufstieg wieder. Beruhig gehen wir schlafen.

Am nächsten Morgen geht es los. Unser Plan ist es, heute bis zu einer Berghütte, der Gite du Piton des Neiges, zu laufen, dort zu übernachten und am nächsten Morgen von der Hütte auf den Gipfel zu laufen, um den Sonnenaufgang und die laut allen Reiseführern einmalige Aussicht („bis nach Madagaskar“) zu genießen. Von der Hütte bis auf den Gipfel sind es etwa 75 Minuten. Wir stellen unser Auto also auf dem uns nunmehr schon wohlbekannten Parkplatz ab und beginnen unseren Trek auf der uns nunmehr ebenfalls schon sehr wohlbekannten Strecke. Bei der Gelegenheit entdecken wir übrigens auch den gestern von uns übersehenen Abzweig zur Aussichtsplattform. Beim weiteren Aufstieg gibt es keine Besonderheiten, schließlich erreichen wir die Hütte, genießen noch ein bisschen die Gegend, bereiten uns ein Abendessen vor und gehen recht früh schlafen, denn am nächsten Morgen um 3.00 Uhr ist die Nacht zu Ende. Wenn wir pünktlich zum Sonnenaufgang auf dem Gipfel sein wollen, müssen wir gegen 3.30 Uhr loslaufen.

Pünktlich traben wir los. Es ist stockdunkel, das einzige Licht kommt von unseren Taschenlampen. Laut Reiseführer ist der Weg auf den Gipfel gut ausgeschildert, auf dem Fels, über den wir laufen, sind alle paar Meter weiße Pfeile aufgemalt, nicht zu verfehlen. Das stimmt auch; zumindest die erste halbe Stunde. Dann, plötzlich, sind die Pfeile weg. Wir stolpern durch die Dunkelheit und suchen mühselig den richtigen Weg. Erschwerend kommt hinzu, dass es total neblig ist und aus einem zu Beginn unserer Tour leichten Nieselregen mittlerweile ein ausgewachsener Wassersturz geworden ist. Na, wie auch immer. Irgendwann erreichen wir tatsächlich den Gipfel, natürlich, wie es sich gehört, viel zu früh, der Sonnenaufgang ist noch fast 30 Minuten entfernt und wir stehen in der Dunkelheit bei Kälte, Nebel und Regen dumm und frierend rum. Immerhin ist eine Tafel angebracht, der wir entnehmen können, was wir gleich alles sehen können: diese Richtung: Piton de la Fournaise (ein weiterer Vulkan auf Reunion), diese Richtung: Ostküste, diese Richtung: Westküste, diese Richtung: Madagaskar ……

Ich zitiere eine Beschreibung der „Ile de la reunion tourisme“: „Vom Dach des Indischen Ozeans aus genießt der Wanderer den Sonnenaufgang und einen umwerfenden Blick über die ganze Insel: die Talkessel Mafate, Salazie und Cilaos, den Vulkan und einen Teil der Küste der Insel.“

Von der Uhrzeit her sollte die Sonne mittlerweile aufgegangen sein, tatsächlich ist es etwas heller geworden. Wir sehen: nichts. Immer noch dichter Nebel, immer noch strömender Regen, wir sehen eben mal die Hand vor unseren Augen und sind zudem noch pitschepatschenass. Tja, das war´s.

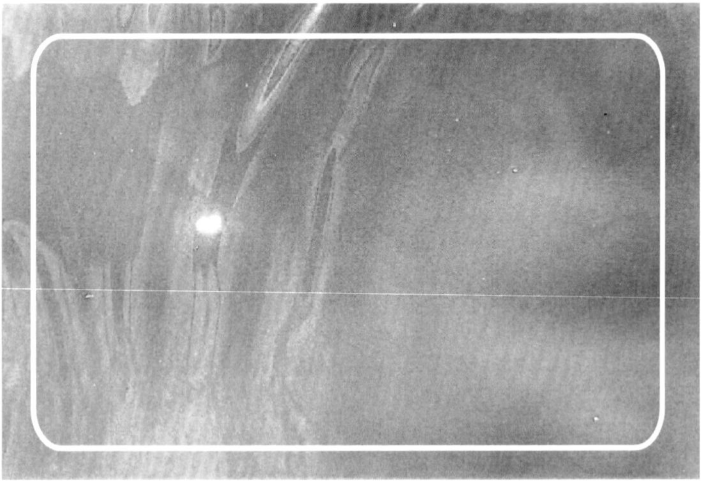

Wie Sie sehen, sehen Sie nichts …

Optimistisch, wie wir sind, warten wir noch eine halbe Stunde. Vielleicht kann die Sonne sich ja doch noch durchsetzen. Tatsächlich lichtet sich langsam der Nebel und der Regen hört auf.

Schautafel: „Und in dieser Richtung sehen Sie Madagaskar." Hmmm...

Das hilft uns zwar immer noch nicht bei der von uns ersehnten Aussicht, denn weiter als 200 m dringt der Blick immer noch nicht durch; aber zumindest sehen wir genug, um uns wieder auf den Rückweg zu machen. Und da trifft uns fast der Schlag, denn nun sehen wir, warum die Wegmarkierungen auf einmal verschwunden waren: In der Dunkelheit sind wir vom regulären Weg abgekommen. Stattdessen sind wir auf einem schmalen Grat gelaufen, der zwar ebenfalls zum Gipfel führte, aber unmittelbar links und rechts von diesem Grat war – nichts! Es ging mehrere hundert Meter nach unten. Wenn wir nur ein einziges Mal gestrauchelt wären……

Ach, weil die Gelegenheit gerade so günstig ist, erlaube ich mir an dieser Stelle mal einige – natürlich sehr, sehr subjektive –Anmerkungen zum Thema „Sonnenaufgang auf dem Berggipfel erleben“: Die Reiseführer quellen in dieser Hinsicht ja über vor lauter Begeisterung: „Oh, ihr müsst unbedingt den Sonnenaufgang auf dem Gipfel erleben. Das ist ein absolut einmaliges Erlebnis, das vergesst ihr nie mehr und das seht ihr auch nie mehr. Traumhaft.“

Die Folge davon ist , dass die hoffnungsfrohen Trekker dann nachts zwischen zwei und vier Uhr (je nach aktuellem Berggipfel) aus den Schlafsäcken getrieben werden und anschließend mit einem Riesenpulk anderer Trekker (denn natürlich wollen alle um die gleiche Zeit los) total verschlafen und verfroren im Tiefdunkeln auf den Gipfel stolpern. Meist über jede Menge Geröll, wie es halt so ist, kurz vor dem Gipfel. Dann immer noch verfroren und immer noch im Dunkeln über eine Stunde warten (denn natürlich sind wir immer viel zu früh auf dem Gipfel, sicher ist sicher), dabei immer verfrorener werden (wir stehen ja schließlich nur rum, die Freizeitmöglichkeiten auf einem Berggipfel in absoluter Dunkelheit sind relativ beschränkt) um dann endlich, endlich, dem so hochgelobten Sonnenaufgang beizuwohnen, der sich schließlich nach ein paar Minuten erledigt hat. Na bravo!

Wir haben uns genau dreimal dazu hinreißen lassen: auf dem Kilimandscharo, auf dem Fuji und eben hier, auf dem Piton des Neiges. Und eines darf ich Ihnen sagen: Dieses Thema wird total überschätzt! Wenn ich bei uns in unserem kleinen Odenwaldort auf 300 m Höhe im Frühjahr, wenn die Sonne gegen 5.30 Uhr aufgeht, aufstehe und auf einer kleinen Anhöhe gen Osten sehe, wird mir – auf Wunsch täglich (so das Wetter mitspielt) – ein Sonnenaufgang geboten, der keinen Deut schlechter anzusehen ist als irgendein gottverdammter Sonnenaufgang auf irgendeinem gottverdammten Berg irgendwo auf der Welt!

Als wir das begriffen hatten, haben wir uns angewöhnt, den ganzen künstlichen Hype einfach zu ignorieren und unsere Taktik zu ändern. Nun machen wir es so, dass wir uns, wenn die andern Trekker aufbrechen, nochmals gemütlich umdrehen, um noch zwei bis drei Stunden zu schlafen. Dann stehen wir auf und haben die komplette Hütte (und insbesondere – so überhaupt vorhanden – die sanitären Anlagen) für uns alleine; ebenso wie den Weg, wenn wir dann schließlich losgelaufen sind. Zu diesem Zeitpunkt kommt meist auch schon langsam die Sonne über den Horizont (sprich: wir sehen den Sonnenaufgang), so dass es auch angenehm warm wird und wir nicht zähneklappernd rumlaufen müssen. Schließlich kommen wir total entspannt auf dem Gipfel an, den wir dann meist auch wieder ganz für uns alleine haben, weil die anderen Trekker mittlerweile schon wieder auf dem Rückweg sind. Sollten Sie mal eine entsprechende Tour planen, kann ich Ihnen diese Vorgehensweise nur wärmstens ans Herz legen.

Şanzıman (1989)

Sie wissen nicht, was Şanzıman (gesprochen „Schanseman") heißt (oder gehören Sie zu den Lesern mit türkischen Wurzeln?) Ich schon! Şanzıman ist türkisch und heißt „Getriebe". Nun ist es so, dass türkisch nicht zu meinen Kernkompetenzen gehört. Im Gegenteil. Wenn ich ehrlich bin, beherrsche ich eben mal ein paar Worte in der Landessprache, die notwendig sind, um als Deutscher durch die Türkei (bzw. durch jedes beliebige Land auf der ganzen Welt) zu kommen, also:

- „Prost" (zählt nicht mit, geht überall ohne Übersetzung)
- „Merhaba" („Hallo")
- „Lütfen" („Bitte")
- „Teşekkürler" (Danke)
- „Güle güle" („Auf Wiedersehen")
- „Bira" (überlebensnotwendiges Wort, nämlich „Bier")
- „dört" („vier" - a, das wundert Sie jetzt natürlich, aber wir waren zu viert, also „dört bira", meistgenutzter Satz während unseres Türkeiurlaubs)
- und zusätzlich eben – quasi also Bonuswort, wenn ich´s auch lieber nicht gelernt hätte – Şanzıman

Mit einem befreundeten Paar, Kurt und Julia, planten wir für den Herbst 1989 (das Datum sollten noch eine Rolle spielen, aber das war uns zu diesem Zeitpunkt noch nicht klar) eine große Türkeitour mit dem Auto. Wir wollten die Türkei praktisch einmal umrunden, grob geplant hatten wir Istanbul – dann hoch zum Schwarzen Meer – Samsung – Trabzon – Kars – Ani (falls Sie die Tour über google maps mitverfolgen: bitte nicht „Ani“ eingeben, da landen Sie in der gleichnamigen armenischen Stadt, sondern „Ani Harabeleri“ bzw. geben Sie direkt die Geodaten ein: 40.51155, 43.57253) – Doğubeyazıt – Van-See – Diyarbakır – Gaziantep – Konya – Izmir – Istanbul.

Ursprünglich wollten wir von Frankfurt aus nach Istanbul zu fliegen, uns dort einen Geländewagen zu mieten, unsere Tour zu machen und dann von Istanbul wieder zurückzufliegen. Das wäre dann aber dermaßen teuer geworden, dass wir uns zu einer Alternative entschlossen: Wir machten uns in Deutschland auf die Suche nach einem alten, günstigen Geländewagen. Die Idee war, dass wir die Tour dann komplett von Deutschland aus mit dem Auto absolvieren (Wortwiederholung) würden; Anreise über Österreich, Jugoslawien (das zu der Zeit noch das Tito-Jugoslawien war), Griechenland, Türkei. Insgesamt hatten wir ca. 12.000 Kilometer geplant. In der Hoffnung, dass das Auto die Tour durchhält, könnten wir es dann anschließend verschrotten und hätten, gegenüber der ursprünglichen Planung, immer noch Geld gespart.

Und tatsächlich: Wir hatten Glück und fanden einen uralten Range Rover, Verhandlungsbasis 9.900 DM, Endpreis schließlich 9.000 DM, ein echtes Schnäppchen. Und darüber hinaus das geilste Auto, das ich bis heute gefahren habe. Absolut unvergleichlich: schon, wenn nach dem Starten der 8-Zylinder-Motor zu wummern begann … Aber ich schweife ab.

Unser Plan ging auch – fast – auf: Anreise wie geplant, Istanbul, Schwarzmeer, Ararat, Van-See, alles wie geplant. Was für ein treues, braves Auto. Dreck, Staub, Geröllstraßen, alles hat es klaglos weggesteckt.

Typische Straße

Unser Range am Ararat

Wir hatten nicht mal eine Reifenpanne. Aber dann, wir waren schon auf dem Rückweg aus Ostanatolien nach Istanbul, als es - zwischen Konya und Izmir - passierte. Wir fuhren auf einer staubigen Landstraße, plötzlich: Ein Knall, ein Rucken, der Schalthebel des Getriebes, der zwischen normalen Gängen und den Geländegängen schaltet, springt in die Position „Geländegänge“ und das Auto wird immer langsamer. Wir können zwar weiterfahren, aber nur in der Position „Geländegänge“, der Schalthebel blockiert total und lässt sich absolut nicht mehr bewegen. Und „Geländegänge“ bedeuten eine Maximalgeschwindigkeit von 20 km/h. Na toll. Blick auf die Karte. Der nächste Ort ist Tefenni, 38 km entfernt, in unserer aktuellen Welt also zwei Stunden! Tefenni? Nie gehört. Na gut, hilft ja nix. Also auf nach Tefenni. In der Türkei wird an den Ortschildern immer die Anzahl der Einwohner des jeweiligen Ortes ausgewiesen („Nüfus“). Als wir am Ortsschild ankommen, daher hoffnungsvoller Blick auf´s Ortsschild. Und was sehen wir da: „Nüfus: 5.458 (ja, die Anzahl der Einwohner wird immer sehr, sehr genau angegeben. Wir haben gemutmaßt, dass es sicher in jedem Ort einen Nüfus-Beauftragten gibt, der täglich pünktlich um Mitternacht die Nüfus-Anzahl aktualisiert.) 5.458!

OOH MEIN GOTT. Das ist ja ein Kuhkaff! Da gibt es doch nix! Und schon gar keine Werkstatt. Und vor allen Dingen keine Unterkunftsmöglichkeit. (Mittlerweile war es 16 Uhr geworden.) Also Blick auf die Karte:Die nächsten größeren Orte sind Burdur und Denizli. Entfernung nach Burdur knappe 40 Kilometer, für uns also zwei Stunden, aber, großer Nachteil: Es ginge zurück nach Osten. Dann also Denizli, das liegt auf dem Weg nach Izmir, also genau in unserer Richtung. Aber: Knapp 120 Kilometer, für uns also sechs Stunden. Keine Chance! Also gut, schau´n wir halt erstmal, was Tefenni so zu bieten hat. Wir fahren – langsam und ziemlich entmutigt – durch die Straßen.

Und da, ein erster Lichtblick: Wir biegen um eine Ecke und was sehen wir - ein Gebäude mit einem Schild „Hotel". Hotel? Na, ja, optisch eher eine runtergekommene Absteige (ein Eindruck, der sich nach der ersten kurzen Besichtigung bestätigen sollte). Aber immerhin eine Absteige. Jetzt müsste nur noch was frei sein, dann wäre wenigstens sicher, dass wir nicht im Auto übernachten müssen. Also rein, Rezeption, zwei Zimmer? Kein Problem. Perfekt, das erste Hindernis ist überwunden.

Wobei.... Das „Hotel" besteht aus einer Etage (erster Stock), in der fünf Gästezimmer zu finden sind. Dazu: Etagendusche. Und eine Etagen- hm, wie soll ich es nennen, „Toilette"? Ein Kabuff, innenliegend (sprich, ohne Fenster), gefühlte Größe ein Quadratmeter, darin die damals typische Version einer Toilette, also ein Plumpsklo. Sie wissen schon, Loch in der Mitte, fertig .... Tür geht nach innen auf, nicht abschließbar. Und leider waren wir nicht die einzigen Gäste (übrigens, falls Sie sich fragen, warum es in einem solch gottverlassenen Kaff überhaupt ein „Hotel" gab; diese Frage hatten wir uns auch gestellt. Die Erklärung ist einfach: Sowohl in Burdur als auch in Denizli fanden zu der Zeit landwirtschaftliche Messen statt und die Messeaussteller benötigten natürlich Unterkünfte. Eine dieser Unterkünfte war unser „Hotel". Und hier merkten wir wieder einmal, dass wir eigentlich doch Glückspilze waren. Denn zu der Zeit war gerade eine Messe und die Hotels waren praktisch alle ausgebucht. Wir haben tatsächlich die letzten beiden Zimmer ergattert (was Ihnen auf der anderen Seite aber auch zeigt, welchen „Komfort" unsere Unterkunft geboten hat. Die türkischen Messeaussteller waren hinsichtlich ihrer Unterkünfte ganz und gar nicht verwöhnt. Dass in unserem Hotel trotzdem noch zwei Zimmer frei waren .....).

Aber vielleicht möchten Sie sich selbst einen Eindruck von der Qualität unserer Unterkunft verschaffen. Hierzu zwei Erlebnisse:

Das Hotel hatte im ersten Stock sogar eine „Lobby“, bestehend aus einem uralten Sofa und einem Beistelltischchen. Eines Morgens war die Frau des Hotelbesitzers, die offensichtlich für die Reinigungsarbeiten zuständig war, damit beschäftigt, dieses Sofa „aufzufrischen“. Diese Auffrischaktion bestand darin, dass sie vor dem Sofa stand und mit einem Teppichklopfer wie eine Wahnsinnige auf dieses unschuldige Möbelteil einschlug. Dies hatte zur Folge, dass eine riesige Staubwolke aufstieg und mehr oder weniger über dem Sofa verharrte. So ging das etwa fünf Minuten. Das wissen wir so genau, weil wir die ganze Zeit zuschauten, wir konnten uns einfach nicht von diesem Anblick trennen. Nach diesen fünf Minuten hielt die Dame mit ihrer Arbeit inne und betrachtete, überaus mit sich zufrieden, ihr Werk, während die Staubwolke, der nun der natürliche Auftrieb durch das Hin und Her des Teppichklopfers fehlte, sich langsam wieder auf das Sofa senkte. Nach zwei Minuten war die Staubwolke vollständig verschwunden, das Sofa hatte seinen Zustand, den es vor dieser Putzaktion hatte, wieder erreicht.

Kurt musste auf Toilette. Wie schon beschrieben, Größe etwas mehr als ein Quadratmeter, Tür nach innen öffnend. Die Stellung, die Sie hier einnehmen müssen, um Ihr Geschäft einigermaßen zufriedenstellend verrichten zu können, bitte ich Sie, sich selbst vorzustellen, die entsprechende Beschreibung würde hier doch etwas zu weit führen. Nun, wie auch immer: Kurt brachte sich mühsam in Position (nicht, dass Sie jetzt denken, ich sei dabei gewesen, das wäre schon rein physikalisch völlig unmöglich gewesen. Ich gebe hier nur die entsprechende Erzählung von Kurt wieder, die ich aber für absolut glaubhaft einstufe). Plötzlich hört er im Gang Schritte, die immer näherkommen. Oh, bitte nicht, lass den Krug an mir vorübergehen. Aber nein, tatsächlich ist es ein Gast, der auf dem Weg zur Toilette ist. Kurt, der sowieso nur sehr mühsam sein Gleichgewicht halten kann, drückt mit einer Hand die Tür zu. Von außen wird dagegen gedrückt. „Besetzt!!“ Der Druck von außen wird stärker. Kurt drückt stärker zurück. „Besetzt!! Occupied!!, No, no, no. Please!“ Der Druck von außen wird nochmals stärker. Offensichtlich kann es der Gast nicht fassen, dass die Toilette nicht für ihn freigehalten wird. Aber dann hat er anscheinend doch ein Einsehen: Denn urplötzlich lässt der Druck nach (was Kurt erneut ins Straucheln bringt) und der Gast entfernt sich brummelnd.

Aber, wie auch immer: Wr checken ein und fragen, mehr oder weniger ohne Hoffnung, ob es denn eine Autowerkstatt im Ort gäbe. Aber unsere Glückssträhne (im Unglück) reißt nicht ab. „Ja, sicher“. Welch schöner und überaus reizender Tag. Wir also zur Autowerkstatt, die auch noch – Höhepunkt unserer Glückssträhne - gleich um die Ecke liegt. Der überaus freundliche Besitzer, nennen wir ihn Erdin, nimmt sich unseres Problems an und untersucht das Auto. Und da lernen wir es, das besagte Wort. ein besorgter Blick des Chefs in unsere Richtung: Şanzıman und obendrauf gibt´s als kostenlose Dreingabe noch ein weiteres Wort: kırık – „kaputt“. Na, hervorragend! Herz, was willst Du mehr? Kurzer Check der Möglichkeiten: Auto abschreiben, Fahrt mit Taxi/Dolmuş (Sammeltaxi) zum nächsten Provinzflughafen (Burdur), Flug nach Istanbul, dann Flug nach Frankfurt? Never, so schnell geben wir nicht auf! Zumal das Zurücklassen des Autos in der Türkei einige unerfreuliche Implikationen nach sich ziehen würde, denn das Auto wurde in meinen Reisepass eingetragen; und wenn ich das nicht wieder rausbringe, gilt es als in der

Türkei verkauft, was erstens streng verboten war und zweitens wegen der dann anfallenden Zölle, Steuern und sonstiger Gebühren nicht eben billig werden würde. In der Summe liefe das auf einen fünfstelligen Betrag hinaus.

Also, was geht noch? Zum Glück haben wir noch relativ viel Zeit, sieben oder acht Tage Tefenni können wir einplanen, ohne dass wir in Stress geraten. Im Rahmen unserer Urlaubsvorbereitungen hatte ich natürlich berücksichtigt, dass wir eine Autopanne haben könnten und (hatte) entsprechend recherchiert (ja, auch ohne Internet war sowas möglich). Dabei stellte sich heraus, dass es in der Türkei mit Range Rover-Werkstätten nicht gut aussah (genauer: es gab keine!), dass es aber zumindest in Ankara eine Range-Rover-Vertretung gab. Die Telefonnummer dieser Vertretung hatte ich dabei. Also rief unser Werkstattmeister dort an und schilderte das Problem. Antwort: "Kein Problem. Wir schicken die notwendigen Ersatzteile per Flugzeug nach Burdur, ist in ein bis zwei Tagen erledigt!" Hmm. Getriebe? Ersatzteile per Flugzeug? Ohne Vorauszahlung, einfach so? In ein bis zwei Tagen? Unsere Skepsis war durchaus angebracht. Nach zwei Tagen: nix. Nach drei Tagen: nix. Nach vier Tagen: nix. So langsam wurden wir nervös. Mehrere Anrufe in Ankara brachten die Auskunft, nein, nein, alles gut, Sendung ist unterwegs. Am vierten Tag riss Erdin der Geduldsfaden. „Wir machen das jetzt selbst, ich lasse die fehlenden Teile nachbauen!" Er präsentierte uns entsprechende Risszeichnungen und erklärte uns, er müsse nach Burdur zu einem Werkzeugmacher, der könne die Teile nachbauen, Kosten für uns umgerechnet ca. 70 DM. Wenn wir morgens hinfahren, könne er die Teile am Nachmittag gleich mitnehmen. Na gut, was haben wir schon zu verlieren, wir versuchen´s.

Unser Rettungsteam

Und ihre vorbildliche Werkstatt

Also, am nächsten Tag mit Erdins Auto Fahrt nach Burdur, Werkzeugmacher, Erklärung, Essen gehen. Werkzeugmacher, Teile sind fertig, Teile bezahlen, zurück nach Tefenni.

Am nächsten Morgen sitzen wir im Garten des „Hotels“ beim Frühstück, Blick auf die Straße. Und da, plötzlich, wir trauen unseren Augen nicht: Wer kommt um die Kurve gefahren: Unser Range Rover! Am Steuer ein freudestrahlender Erdin. Er hat es tatsächlich geschafft! Die Ersatzteile sind eingebaut, das Getriebe lässt sich wieder in den Normalgängen schalten. Wahnsinn. Allerdings hat die ganze Sache einen kleinen Haken, den Erdin uns umgehend erklärt: Um mit den normalen Gängen fahren zu können, muss der Geländegang-Schalthebel in der hinteren Stellung arretiert werden; in der vorderen Stellung sind die Geländegänge aktiv. Der Hebel hält aber nicht in der hinteren Stellung, er springt immer sofort wieder nach vorne. Aber die Türken sind ja erfinderisch: Erdin hat den Hebel in der hinteren Stellung einfach mit einem Strick fixiert, festgebunden hat er den Strick an einer Halterung im Kofferraum! Und nun kommt´s: „Erdin, was bekommst Du denn für die Reparatur?“: 40 DM! Das haben wir dann extrem großzügig nach oben aufgerundet.

So, Auto repariert, Schulden bezahlt, man könnte denken, alles prima, jetzt geht's weiter. Aber tatsächlich hatten wir noch einige Punkte zu durchdenken. Der einfachste hierbei: Was machen wir jetzt? Geplant war ursprünglich, dass wir wieder durch Jugoslawien zurückfahren. Das kam für uns aber nicht in Frage. So langsam wurde unsere Zeit knapp. Und die Vorstellung, irgendwo mitten in Jugoslawien wieder liegenzubleiben, trug nicht eben zu unserer Erheiterung bei. Also disponierten wir um und beschlossen, nach Izmir zu fahren (ca. 360 Kilometer, das war eine übersichtliche Strecke, die im größten Notfall sogar zu schaffen wäre, wenn wir wieder im Geländegang fahren müssten). Von dort gibt es Fähren nach Venedig und von Italien kommen wir immer irgendwie heim. Also, beschlossen.

Fähre Izmir - Venedig

Nun aber kam ein Problem, das uns tatsächlich Bauchweh bereitete: In jedem Reiseführer steht, dass das Auto keinesfalls (!) und unter absolut keinen Umständen (!) unbeaufsichtigt gelassen werden sollte. Sollte das Auto in eine Werkstatt müssen: unbedingt dabeibleiben und das Fahrzeug nie, aber auch nie, aus den Augen lassen! Grund hierfür ist ein zur damaligen Zeit relativ beliebter Trick: Autos ahnungsloser Touristen wurden gerne benutzt, um Rauschgift aus der Türkei rauszuschmuggeln. In einem unbeaufsichtigten Moment wird das Rauschgift irgendwo in der Karosserie versteckt, der ahnungslose Besitzer des Autos fährt damit über die Grenze und wenn alles gut geht, holen Kumpanen der Rauschgiftschmuggler die Beute wieder unbemerkt aus dem Auto raus. Geht es schief und das Rauschgift wird an einer Grenze entdeckt: Kein Problem, dann geht halt der Fahrer in den Knast!

Tja, unser Auto stand fast eine komplette Woche in der Werkstatt. Wir hatten zwar volles Zutrauen zu Erdin. Aber .... Also, was machen wir. Diskussionen hin und her. Schließlich sah unser Plan so aus: Das Auto war in meinem

Reisepass eingetragen, also brauchen wir da nicht drüber nachzudenken: Ich fahre. Ute wollte bei mir bleiben, ok. Kurt und Julia aber sollten so tun, als würden sie uns nicht kennen. Sie würden daher, bevor wir auf die Fähre fahren, aussteigen und als Fußgänger auf der Fähre einchecken. Ebenso dann bei der Einreise in Italien. Sollten Ute und ich in der Türkei oder in Italien verhaftet werden, würden Kurt und Julia dann sofort nach dem Auschecken aus der Fähre die deutsche Botschaft informieren. So haben wir es auch gemacht. Glücklicherweise konnten wir unseren Notfallplan in der Schublade lassen. Sowohl die Ausreise aus der Türkei als auch die Einreise nach Italien verliefen ohne besondere Vorkommnisse!

Und wie ging nun die Geschichte mit unserem Şanzıman aus? Die weitere Entwicklung zeigte, dass wir mit unserem Entschluss, nicht durch Jugoslawien zurückzufahren, sondern die Fähre nach Italien zu nehmen, goldrichtig lagen. Auf der Fahrt von Venedig Richtung Österreich tat es nämlich auf einmal einen Schlag und der Schaltknüppel sprang in die Geländegangstellen; der Strick war nicht mehr stark genug, den Knüppel hinten zu halten. Nun war das zu Beginn kein Problem. Der Knüppel konnte leicht nach hinten gezogen werden. Und so gab es bei der Fahrt eine Arbeitsteilung: Der Fahrer fuhr, der Beifahrer zog mit seiner linken Hand den Hebel nach hinten und hielt ihn fest, so dass er auch hinten blieb. Dafür reichte zu Beginn ein leichter Gegendruck aus. Mit der Zeit wurde der Zug, der den Knüppel in die Geländestellung brachte, immer stärker. Das ging so weit, dass der Beifahrer, in diesem Fall Kurt, als wir durch Österreich fuhren, mit seiner gesamten Kraft und beiden Händen den Knüppel nach hinten ziehen musste. Da das aus der normalen Sitzposition heraus nicht zu schaffen war, kniete Kurt auf dem Beifahrersitz und setzte sein komplettes Körpergewicht (zu der Zeit gut 120 kg!) ein, um den Knüppel hinten zu halten. Auf Höhe Ingolstadt war dann aber endgültig Schluss. Mit einem lauten Krachen sprang der Knüppel in die Stellung „Geländegang“ und ließ sich nicht mehr nach hinten bewegen. Und wir mussten für die letzten 350 Kilometer ein Leihauto nehmen; was sich aber in Ingolstadt mit Sicherheit leichter bewerkstelligen ließ als irgendwo in Jugoslawien.

Mein Freund Kurt (1976)

Mit Kurt verbindet mich eine langjährige Freundschaft. Ausgangspunkt dieser Freundschaft war die gemeinsame Bundeswehrzeit in Ingolstadt, dort habe ich Kurt 1976 als Soldat kennengelernt, wobei dieses Kennenlernen von einer beiderseitigen herzlichen Abneigung begleitet wurde.

Ich war Geschäftszimmersoldat in einer Ausbildungskompanie der Pioniere. Ausbildungskompanie bedeutete, frisch eingezogenen Soldaten die Grundlagen des Soldatenseins beizubringen, in diesen Kompanien erfolgte also die Transformation von einem Zivilisten zu einem im Idealfall guten Soldaten, also zu einem echten Menschen (dass diese - in sehr positivem Sinn - persönlichkeitsbildende Maßnahme mittlerweile abgeschafft wurde, ist mehr als bedauerlich, zumal die Folgen bereits seit einigen Jahren in der gesellschaftlichen Entwicklung (Stichwort „gepamperte Ichlinge“) deutlich zu sehen sind).

Das beginnt bei der Einkleidung und geht weiter über Formalausbildung (wie verhalte ich mich gegenüber Vorgesetzen, korrektes Grüßen), Waffenkunde, Staatsbürgerschaftskunde (durch die damals vorhandene Wehrpflicht waren quer durch den Garten alle in Deutschland vorhandenen Bildungs- (und Unbildungs-) schichten vertreten, teilweise musste daher zunächst einmal vermittelt werden, was das Grundgesetz ist und dass auch Soldaten Menschen sind).

Diese Grundausbildung dauert immer drei Monate, anschließend werden die Soldaten in ihre Stamm-Kompanien versetzt, in denen dann, je nach ihrem Einsatzgebiet (Panzerfahrer, Funker, usw.), ihre Spezialausbildung vorgenommen wird. Und die

Ausbildungskompanie erhält den nächsten Schwung neuer Soldaten, immer zwischen 130 und 150 Mann. (Damals gab es noch keine Frauen inder Bundeswehr.) Die Ausbildung erfolgte durch das Stammpersonal der Kompanie. Der Ablauf war also so, dass immer zum Ersten eines Quartals die neuen Rekruten eintrafen. Zum Ende des Quartals (meist zwei bis drei Tage vor dem Quartalsende) erfolgte dann die Versetzung der Rekruten. Dann stand die Kompanie ein paar Tage mehr oder weniger leer, bis am Ersten des nächsten Quartals der nächste Schwung Rekruten eintraf.

Ebenso wie die Rekruten war auch das Stammpersonal in der Kompanie in Mehrbettzimmern untergebracht, wobei die Rekruten i.d.R. in Acht-Bett-Zimmern untergebracht waren, das Stammpersonal aber den Luxus hatte, in Vier-Bett-Zimmern zu wohnen. Da auch die Dienstzeit des Stammpersonals – es waren meist Wehrpflichtige mit damals 15 Monaten Dienstzeit oder – wie ich –Z-2-Soldaten, also Soldaten, die sich für zwei Jahre verpflichtet hatten – irgendwann einmal endete, gab es auch hier zu jedem Quartalswechsel immer wieder Umbesetzungen in den Stuben des Stammpersonals.

Hierfür gab es Stubenbelegungspläne: In diesen Plänen wurde festgelegt, welcher Soldat in welche Stube kommt. Das Führen der Stubenbelegungspläne war Sache des Kompaniefeldwebels, der diese für ihn lästige Angelegenheit aber sehr schnell auf mich übertrug. Und damit befand ich mich in einer extrem komfortablen Situation. Es gab nämlich beim Stammpersonal sogenannte Heimschläfer. Normalerweise ist es so, dass Soldaten verpflichtet sind, unter der Woche in der Kaserne auf ihren Stuben zu schlafen. Hintergrund ist, dass sie im Alarmfall schnell einsatzbereit sein müssen. Wenn Soldaten ihren Wohnsitz aber in der Nähe der Kaserne haben, können sie Heimschläfer-Status beantragen, was bedeutet, dass sie nicht in der Kaserne übernachten müssen, sondern nach Dienstschluss nach Hause fahren dürfen. Trotz dieses Status haben sie aber - für den Alarmfall - Betten in der Kaserne. Und das war prima für mich. Denn immer, wenn vor Beginn eines neuen Quartals die neuen Stubenbelegungspläne von mir erstellt wurden, sorgte ich dafür, dass die drei anderen Betten in meiner Stube Heimschläfern zugeteilt wurden. Mit anderen Worten: Ich hatte eine Einzelsuite! Ich glaube, in der ganzen Kaserne war ich der einzige Nichtoffizier, der diesen Luxus genießen durfte, wobei ich sogar gegenüber Offizieren privilegiert war, denn dadurch, dass meine Stube für vier Personen ausgelegt war, hatte ich mehr als den doppelten Platz eines normalen Offizierszimmers.

Daneben gab es noch einen anderen positiven Nebeneffekt, den ich als Chef über die Stubenbelegungspläne hatte, aber nie ausgenutzt habe (außer, dass ich das mir dafür immer dankbar spendierte Freibier jeweils huldvoll angenommen habe): Wie überall, wo mehrere Menschen auf engem Raum zusammen sein müssen, gab es Sympathien und Antipathien unter den Bewohnern. Und so kam es regelmäßig vor, dass ein Soldat vom Stammpersonal zu mir kam und mich bat, ihn doch bitte unbedingt mit dem und dem zusammenzulegen oder, umgekehrt, ihn doch bitte auf keinen Fall mit dem und dem auf eine Stube einzuteilen. Diesen Bitten habe ich natürlich, im Rahmen meiner Möglichkeiten, entsprochen.

Ach, was war das ein schönes Leben! Wenn wir – nur mal so als Beispiel –von Schießübungen kamen, ging das Stammpersonal auf seine Buden, um die unvermeidlichen und extrem ungeliebten „Nacharbeiten“, nämlich Waffenreinigen und Stiefel putzen, durchzuführen. Nicht so ich. Ich ging in meine „Suite“, schnappte mir auf dem Weg

dorthin zwei Rekruten, die – weil sie krankgeschrieben waren – Innendienst hatten (und damit meiner Kommandogewalt als Geschäftszimmersoldat unterstanden) und wies den einen an, mein Gewehr zu reinigen und den anderen, meine Stiefel zu putzen.
So waren also alle zufrieden (und ich betone hier ausdrücklich „alle“, also auch die Rekruten, die ich für meine Belange einsetzte, denn ihre Alternative wäre Latrinen putzen gewesen. Es war eine absolute win-win-Situation), bis, ja, bis zu diesem verhängnisvollen Tag: Das war der Tag, an dem ich einen Urlaubsantrag einreichte (und, selbstverständlich, auch genehmigt bekam, denn bei mir waren Urlaubsanträge, im Gegensatz zu den Anträgen anderer Stammsoldaten, die regelmäßig zu Diskussionen mit dem Spieß, der für die Genehmigung zuständig war, führten, eine reine Formsache. Im Prinzip hätte ich mir meinen Urlaub selbst genehmigen können.) und dabei in keiner Weise daran dachte, dass mein Urlaub diesmal ausgerechnet in eine Zeit fiel, in der die Stubenbelegungspläne neu erstellt werden mussten. Und so übernahm diesmal ausnahmsweise der Spieß selbst diese Arbeit.

Und so kam es, wie es kommen musste:Ich komme eines Sonntagsabends gegen 21.00 Uhr nach meinem Urlaub in die Kaserne zurück, öffne frohgemut die Tür zu meiner Bude und, was muss ich sehen? Da hockt ein fremder Typ am Tisch, der ne Flasche Bier vor sich hat und daneben sich erdreistet hat, meinen – meinen (!) – Fernseher einzuschalten und auch sonst so tut, als wäre er hier zuhause.

„Hey, sag mal, was soll´n das?! Sieh zu, dass Du auf Deine eigene Bude verschwindest!“ Schnippische Antwort: „Das IST meine Bude.“ Scheiße! So langsam dämmerte mir, was da passiert war. Na, das wollen wir doch mal sehen. Ich also schnell ins Geschäftszimmer (als Geschäftszimmersoldat hatte ich jederzeit Zugang), um diesen unfassbaren Irrtum meines Spieß´ flugs zu korrigieren, nämlich diese mehr als lästige Zecke schnell umzubelegen und ebendieser Zecke zu erklären, dass da ein kleines Missverständnis vorlag, das ich aber schnell bereinigen konnte und dass er jetzt gefälligst, zacki zacki, seine Sachen zusammenraffen und sich auf Stube xy vertrollen soll, denn das wäre seine korrekte Bude. Während ich auf dem Weg in das Geschäftszimmer war, formulierte ich im Kopf schon meine entsprechende Ansprache an ihn: „Tut mir leid, Mann, wenn ich nicht da bin, läuft einfach nix, der Spieß hat´s halt nicht so drauf, Du weißt schon. Aber zum Glück konnte ich das ja schnell klären."

Aber, oh Schreck, als in im Geschäftszimmer die Stubenbelegungspläne anschaute, musste ich feststellen, dass diesmal (wenn´s schon dick kommt, dann richtig) wirklich alle Buden der Stamm-Mannschaft voll belegt waren. (Normalerweise stehen immer ein oder zwei Betten frei.) Nun besaß ich zwar beim Spieß Narrenfreiheit, aber mal eben die halbe Stamm-Mannschaft umsetzen, nur damit ich meine freie Bude behalten kann, konnte nicht mal ich mir leisten. Und damit hatte ich sie endgültig am Hals, die Zecke. Also fügte ich mich zähneknirschend ins Unvermeidliche, nahm mir aber gleichzeitig vor, die Sache bei der nächsten sich bietenden Gelegenheit, spätestens also zu Beginn des nächsten Quartals, zu bereinigen.

Nun zu Kurts Sicht der Dingenn die erreichte noch eine ganz andere Eskalationsstufe: Während ich nämlich zumindest – bis auf die Tatsache, dass ich diesen Typen offensichtlich nicht mehr so schnell loswerden würde, wenigstens Herr des Verfahrens blieb, war Kurt mir – zumindest in seiner damaligen Vorstellungswelt – mit Haut und Haaren komplett ausgeliefert. In dem Moment, als ihm mitgeteilt wurde, wer sein zukünftiger Stuben-„Kamerad“ sein würde, wollte er am liebsten tot umfallen. Alles, alles, nur nicht zum Kuhn auf die Stube! Der Kuhn war nämlich für die Rekruten der Teufel in Menschengestalt, Pest und Cholela in einem! Lieber in Stalingrad eingekesselt sein, als dem Kuhn zu nahekommen! In den Augen der Rekruten war ich der absolute Rekrutenschleifer!

Mit diesem Wissen ging mir endlich auch ein Licht bezüglich einer mir bis dahin völlig unerklärlichen Frage auf: Als ich einmal von meiner Stube kam und in Richtung Geschäftszimmer um die Ecke bog, stand ein Rekrut gebeugt vor der Geschäftszimmertür und versuchte, durchs Schlüsselloch zu lugen. Als er mich sah, erschrak er, grüßte und verschwand. Ich konnte mir beim besten Willen nicht vorstellen, was der Rekrut damit bezweckte. Kurt klärte mich auf: „Der wollte irgendeine Information im Geschäftszimmer bekommen, dabei aber vorher unbedingt sicherstellen, dass der Kuhn nicht drinsitzt!!!

An dieser Stelle muss ich zugeben, dass mir – obwohl ich mir immer viel darauf eingebildet habe, meine Antennen überall zu haben – nicht mal im Traum dran gedacht hätte, für die Rekruten eine Hassfigur zu sein. Im Gegenteil: Ich war zwar ihr Vorgesetzter (formal nicht mal das, ich war ja ebenfalls nur ein Mannschaftsdienstgrad, aber qua Amt als Geschäftszimmersoldat in der Praxis schon), habe das aber erstens nie groß raushängen lassen und mich zweitens, soweit es in meiner Macht stand, im Zweifel immer für die Belange der Rekruten eingesetzt. Da es um meine Ehrenrettung geht und ich bis heute davon überzeugt bin, dass die Rekruten mich völlig falsch eingeschätzt hatten, mögen dies zwei Beispiele verdeutlichen:

- Versetzungsgesuche: Viele Soldaten haben den Wunsch, heimatnah eingesetzt zu werden. Die Bundeswehr hat zwar immer versucht, diesem Wunsch nachzukommen, aber in einer Vielzahl von Fällen klappte das nicht. Wenn Soldaten mit ihrem Einsatzort nicht einverstanden waren, konnten sie mit einem Versetzungsgesuch versuchen, doch noch in ihre Wunschkaserne zu kommen. Und da wir als Ausbildungskompanie den ersten Kontakt mit den Soldaten hatten, waren bei uns Versetzungsgesuche an der Tagesordnung. Und für Versetzungsgesuche war ich zuständig. Nun war es so, dass Versetzungsgesuche begründet werden mussten. Und viele Gründe, die Erfolg versprachen, gab es nicht, da hätte ja jeder kommen können.

  Für die meisten Geschäftszimmersoldaten wardie Bearbeitung von Versetzungsgesuche lästig: 30 Minuten mit dem versetzungswilligen Soldaten sprechen, dann 10 Seiten Formular mit Schreibmaschine ausfüllen, das alles stört den ruhigen Tagesablauf. Also wurde die lästige Pflicht immer möglichst schnell erledigt, was der Soldat erzählte, wurde unreflektiert in das Formular eingetragen und fertig, der Nächste.

  Ich aber habe immer versucht, die Gesuche so zu formulieren, dass sie möglichst auch Erfolg versprachen. Also, Frage an den Soldaten: „Warum möchten Sie da und dahin versetzt werden?“. „Na ja, ich möchte halt näher an meiner Freundin sein.“ Das brauchte ich gar nicht erst reinschreiben, da hätte ich das Gesuch auch gleich selbst ablehnen können. Also habe ich mit dem Soldaten geduldig gesprochen und aus ihm irgendwann rausgekitzelt, dass er irgendwo in der Nähe der gewünschten Kaserne einen Schwippschwager hat, der einen Bauernhof hat, auf dem der Soldat unbedingt einmal in Jahr helfen muss, damit der Hof nicht Konkurs geht. Aus dem einmal im Jahr habe ich dann einmal pro Woche gemacht und ab damit. Oder dass der Soldat zweimal im Jahr seine Oma besucht und ihr Pralinen vorbeibringt. Daraus habe ich dann „Notwendigkeit regelmäßiger Pflege der Großmutter" gemacht. Ich konnten keinen 100%igen Erfolg versprechen, aber überdurchschnittlich oft wurden die von mir bearbeiteten Gesuche mal auf jeden Fall genehmigt.

- Disziplinarmaßnahmen gegen Rekruten: Wie der Name schon sagt, sollen Disziplinarmaßnahmen disziplinieren, sprich, ein Fehlverhalten bestrafen und eben dieses Fehlverhalten für die Zukunft ausschließen. Immer wieder beliebt: Dem betroffenen Soldaten einen zusätzlichen Wochenenddienst aufbrummen, zum Beispiel, weil er nach einem Ausgang zu spät zum Dienst erschienen ist.

  Mit diesen Maßnahmen hatte ich eigentlich nichts zu tun, meine Aufgabe war hier immer nur, die jeweilige Maßnahme schriftlich festzuhalten. Aber dadurch habe ich eben auch jede Maßnahme mitbekommen. Und hier gab es immer wieder mal Vorgesetzte, die wollten unbedingt zeigen, wer hier das Sagen hat und die ihren Rekruten wegen irgendwelcher Kleinigkeiten dann Disziplinarmaßnahmen reindrückten (zum Beispiel: Stubendurchgang mit Spindkontrolle, im Spind liegen drei nicht zusammengelegt T-shirts.

Katastrophe!! Disziplinarmaßnahme: Der nächste Wochenendausgang wird gestrichen und zusätzlich noch - der Typ muss sportlich eh mal in die Spur gebracht werden - die nächsten fünf Tage jeweils 5.000 m laufen, natürlich vor Dienstantritt, damit der reguläre Ablauf nicht gestört wird, das wollen wir doch mal sehen). Und wenn diese Maßnahmen meinem natürlichen Rechts-empfinden widersprachen, habe ich mich, auch, wenn es mich überhaupt nichts anging, eingeschaltet. Zunächst habe ich dann versucht, den Ausbilder, der die Maßnahme verhängt hat, davon zu überzeugen, dass er den Ball da vielleicht mal ein bisschen flacher halten sollte. Es würde sicher auch genügen, wenn der Soldat mal an einem Abend eine Stunde länger Dienst schieben müsste. Falls der Ausbilder sich dann - was aber nur ab und an vorkam - als eher uneinsichtig zeigte, ließ ich so nebenbei einfließen, dass es ja sehr wahrscheinlich sei, dass er - also der Ausbilder - irgendwann mal nach Dienstschluss bemerken würde, dass der von ihm erstellte Dienstplan für seine Rekruten für den nächsten Tag nicht ganz korrekt ist und dass er dann, damit der Spieß dies nicht bemerkt, unbedingt einen korrigierten Dienstplan brauche, der aber im Geschäftszimmer geschrieben werden müsse, das aber natürlich um 23.00 Uhr nicht besetzt ist, das aber der Kuhn auf seine Bitte hin gerne besetzen und den Dienstplan umschreiben könne, denn - nicht wahr - eine Hand wäscht ja schließlich die andere .....

Also, ich hatte bezüglich meines Verhaltens ein absolut reines Gewissen den Rekruten gegenüber. Aber es mag natürlich sein, dass ich diese im Verborgenen ausgeführten

Tätigkeiten für die Rekruten aufgrund meiner natürlichen Bescheidenheit nie richtig kommuniziert hatte.
Wobei, und das muss ich zugeben, in zwei Punkten kannte ich keine Gnade:

Korrektes Verhalten im Geschäftszimmer:

Wir waren nun mal bei der Bundeswehr. Und bei der Bundeswehr wird eben auch Wert auf korrektes Verhalten gelegt. Und da wir eine Ausbildungskompanie waren, also der Ort, an dem Zivilisten erstmal zu Soldaten „geformt" werden müssen, wurde von der Kompanieführung bei uns besonders großen Wert auf korrektes Verhalten gelegt. Denn nach drei Monaten war die Ausbildung vorbei und die Soldaten wurden in ihre Stammkompanien verteilt. Und wenn sie dann noch nicht gelernt hätten, wie das alles funktioniert, wäre das auf unsere Kompanie zurückgefallen. Und in dieser Beziehung waren Spieß und Kompaniechef sehr eigen. Und Spieß und Kompaniechef hatten ihre Zimmer rechts und links vom Geschäftszimmer und es gab Verbindungstüren und diese Türen standen im Regelfall offen und das wiederum bedeutete, dass die beiden jedes Wort hören konnten, das im Geschäftszimmer gesprochen wurde.

Und im Geschäftszimmer saß ich und ich wusste das natürlich. Also achtete ich, damit die liebe Seele ihre Ruhe hat (siehe Exkurs weiter unten „so funktioniert die Bundeswehr"), immer sehr darauf, dass sich die Rekruten, wenn sie ins Geschäftszimmer kamen, korrekt meldeten. Und da es sich bei diesen Rekruten naturgemäß um Neulinge handelte, gab es ausdrücklich nochmals ein großes Plakat „Korrektes Melden im Geschäftszimmer", das außen an der Geschäftszimmertür angebracht war:

1. Der Rekrut klopft an die Geschäftszimmertür und wartet darauf, dass „Herein" gerufen wird.
2. Der Rekrut tritt ein und nimmt Grundstellung ein (deutsch: er steht stramm).

3. Er verrichtet den militärischen Gruß. (Sollten Sie über alle Maßen wissbegierig sein, empfehle ich Ihnen (Danke Wikipedia, ich hätte es nicht mehr gewusst) die Zentralrichtlinie A2-2630/0-0-3 „Militärische Formen und Feiern der Bundeswehr" (ehemals ZDv (Zentrale Dienstvorschrift) 10/8) und insbesondere die Zentralrichtlinie A2-221/0-0-1280 „Formaldienstordnung" (vormals ZDv 3/2) in der die Ausführung des korrekten militärischen Grußes geregelt ist (Punkt 3.4).)
4. Er meldet sich mit „Soldat xy meldet sich zur Stelle".
5. Er wartet – immer noch in Grundstellung – bis er von einem Geschäftszimmermitarbeiter angesprochen wird.

Ja, meine Güte, so ist das halt. Es ist Schwachsinn, aber es ist Vorschrift. Ein Soldat hat sich zu benehmen wie ein Soldat.

Jetzt noch kurz zum Aufbau des Geschäftszimmers: Das Geschäftszimmer war, wie jede gute Amtsstube mit Publikumsverkehr, zweigeteilt: Es gab den „inneren" Bereich, darin standen drei Schreibtische für die Geschäftszimmersoldaten mit Schreibmaschinen und allem Pipapo, dann kam eine Theke, die quer durch das gesamte Geschäftszimmer lief und den inneren Bereich hermetisch abriegelte. Und dann gab es den „äußeren" Bereich, in den die Rekruten eintraten, wenn sie durch die

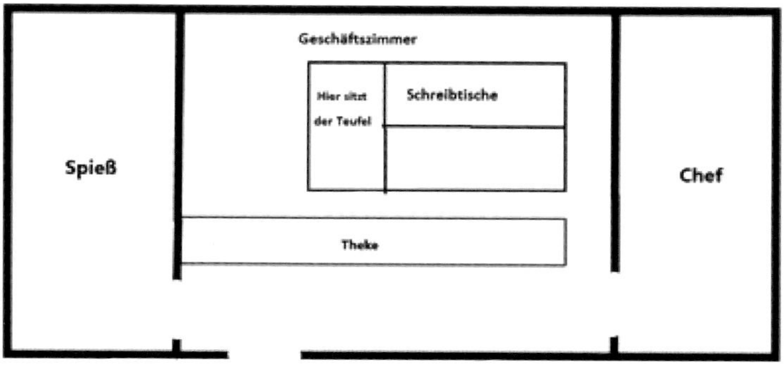

Geschäftszimmertür kamen. Mein Schreibtisch stand dabei so, dass die Theke rechterhand von mir war, das heißt, wenn ein Rekrut ins Geschäftszimmer kam, sah er nur mein Profil. Ich aber hatte die Tür aus den Augenwinkeln im Blick.

Nun waren die Rekruten, die wir in der Ausbildungskompanie hatten, im Kopf natürlich noch die Zivilisten, die sie bis vor ein paar Tagen wirklich noch waren. Und da kam es dann immer wieder vor, dass der „Geschäftszimmereintritt“ folgendermaßen ablief: Die Tür wurde, ohne vorher anzuklopfen, aufgerissen, ein Soldat kam hereingeschlappt, fläzte sich mit seinem Oberkörper über die Theke und fing an – ohne Grüß Gott (ja, Grüß Gott, wir waren ja schließlich in Ingolstadt, also im tiefsten Bayern) oder eine sonstige in seinen Augen wohl völlig überflüssige Höflichkeitsfloskel, irgendwas in seinen Bart zu nuscheln.

Immer, wenn ein Rekrut in dieser Form im Geschäftszimmer aufschlug, habe ich grundsätzlich folgendermaßen reagiert: Ohne aufzusehen oder ohne meinen Kopf in Richtung des Soldaten zu drehen (im Fußball würde das “no look pass“ heißen), unterbrach ich ihn und sagte - in ganz normalem Ton: „Jetzt gehen Sie nochmal raus, machen die Tür von außen zu, lesen, was an der Tür steht und dann kommen Sie wieder rein.“ Sonst nichts. Weder habe ich ihn gemaßregelt noch angeschrien noch sonst irgendwas.

Ok, ja, mag sein, dass das eine oder andere zarte Rekrutenseelchen daran Anstoß genommen hat. Aber, mein Gott, wir waren halt nicht auf dem Ponyhof. Und vor allem – es war erfolgreich.

Exkurs: So funktioniert die Bundeswehr

Das System Bundeswehr fußt auf Über- und Unterordnung und auf Befehl und Gehorsam. Da können wir jetzt tagelang drüber diskutieren, aber es ist nun mal so.

Als Soldat kann ich mich mit diesem System arrangieren oder ich kann es bekämpfen. (Bitte vergessen Sie nicht, dass es zu meiner Zeit noch die Wehrpflicht gab, die heutige Möglichkeit, einfach Tschüss zu sagen, wenn ich mit der Sache nicht zurechtkomme, gab es damals also nicht.)

Nur mal ein einfaches Beispiel (das zur Verdeutlichung extrem übertrieben ist. Zumindest zu meiner Zeit wäre das nie und nimmer vorgekommen.):

Ein Vorgesetzter (sagen wir, ein Leutnant) sagt zu Soldat xy: „Soldat xy, Sie sind ein Arschloch!"

Nun hat Soldat xy zwei Möglichkeiten:

Er kann bei dem Vorgesetzten des Leutnants (sagen wir, einem Hauptmann) eine Beschwerde über das Verhalten des Leutnants einreichen (oder auch, falls er Vetternwirtschaft innerhalb der Kompanie befürchtet, direkt beim Wehrbeauftragten). Dieser Beschwerde wird mit Sicherheit stattgegeben, der Leutnant bekommt eine Disziplinarmaßnahme aufgebrummt, die es in sich hat und vermutlich auch einen Eintrag in seine Personalakte. Soldat xy kann zufrieden sein, der Gerechtigkeit ist genüge getan, auch bei der Bundeswehr hat alles seine Ordnung. Allerdings hat Soldat xy sich damit einen Feind fürs Leben geschaffen:

Er möchte zu einem bestimmten Zeitpunkt Urlaub? Der Urlaubsantrag läuft natürlich über den Leutnant: Abgelehnt, leider stehen dem dringende dienstliche Erfordernisse entgegen.

Wir brauchen noch „Freiwillige" für die nächsten zwei Wochenenddienste. Da ist natürlich der Leutnant zuständig: „Soldat xy, Sie sind Freiwilliger."

An Weihnachten, Silvester/Neujahr muss die Kompanie auch besetzt sein. Raten Sie mal, wer dafür präferiert ist.

Oder – zweite Möglichkeit – Soldat xy macht das Spiel mit und antwortet dem Leutnant: „Jawohl, Herr Leutnant, ich bin ein Arschloch." Wobei es hierbei selbstredend extrem hilfreich ist, wenn der Soldat xy bereits im Vorfeld beschlossen hat, dass ihm alles, was während seiner Bundeswehrzeit passiert, komplett am Arsch vorbeigeht. In diesem Fall sind alle happy. Der Leutnant ist seinen Anschiss losgeworden, den Soldaten bockt´s, als wenn ich China ein Sack Reis umfällt und der Leutnant wird sich zukünftig nur wohlgefällig über den Soldaten xy äußern, weil er wenige Soldaten kennt, die so positiv kritikfähig sind und Einsicht in die eigenen Unzulänglichkeiten zeigen.

Soldat xy hat nur noch acht Tage Urlaubsanspruch, braucht aber zehn, um seinen lang ersehnten Trip nach xx machen zu können? Und der Leutnant weiß das? Dann – und das schwöre ich Ihnen – wird der Leutnant Soldat xy eines Morgens in sein Büro rufen und ihm eine Belobigungs-urkunde aushändigen, aus der hervorgeht, dass Soldat xy wegen seines herausragenden und weit über das normale Maß hinausgehenden Einsatzes eine Belobigung, verbunden mit einem Sonderurlaub von zwei Tagen, bekommt.

Welche Methode ist nun die Bessere? Tja, das kann natürlich nur jeder für sich entscheiden. Aber wenn solche Vorfälle – in abgemilderter Form – praktisch täglich vorkommen und Sie noch ein Jahr Wehrdienst vor sich haben (oder sogar Zeitsoldat sind) .....

Krankmeldungen:

Drückeberger waren mir zuwider, denn das geht immer auf Kosten der Kameraden. Beispiel 20-km-Leistungs-marsch: Hier werden die Rekruten in Gruppen von normalerweise jeweils acht Soldaten eingeteilt. Neben dem persönlichen Marschgepäck mit einem Gewicht von 15 bis

20 kg, das sowieso jeder Soldat tragen muss, wird pro Gruppe noch eine Panzerfaust mit einem Gewicht von ca. 13 kg mitgeführt. Diese Panzerfaust wird abwechselnd von den Soldaten getragen. Melden sich aus einer Gruppe zwei Teilnehmer krank ....

Wie im normalen Leben haben auch Soldaten jederzeit die Möglichkeit, zum Arzt zu gehen, wenn sie krank sind oder sich krank fühlten. Und wie im normalen Leben wurden sie vom Arzt, wenn dieser es für angeraten hielt, krankgeschrieben. Und wiederum wie im normalen Leben gab es bei den Krankmeldungen/Krankschreibungen an bestimmten Tagen verdächtige Häufungen.

Exkurs: Krankmeldungen bei der Bundeswehr:

In jeder Kaserne gibt es eine medizinische Station mit einem Arzt und Krankenbetten. Wenn ein Soldat sich krank fühlt, meldet er sich bei seinem Vorgesetzen (meist morgens nach dem Wecken). Der schickt ihn zur medizinischen Station, dort wird er vom diensthabenden Arzt begutachtet und falls der Arzt zu dem Schluss kommt, dass der Soldat tatsächlich krank ist, wird er krankgeschrieben.

Dabei gibt es drei Stufen:

- Verbleib auf der medizinischen Station: Das ist relativ selten und bedeutet praktisch „Einlieferung ins Krankenhaus“, Beispiel hierfür ist eine akute Blinddarmentzündung.
- Stubenkrank: Das bedeutet, dass der Betreffende zwar in seine Kompanie zurückdarf, aber auf seiner Stube im Bett bleiben soll, zum Beispiel bei Fieber, starker Grippe o,ä..
- Innendienstkrank: Das war die Regel und bedeutete, wie der Name schon sagt, dass ein Einsatz im Außendienst nicht erlaubt ist, im Innendienst aber

schon, zum Beispiel bei einer leichten Erkältung, einem verstauchten Fuß o.ä.. Ist also zum Beispiel ein 20-Kilometermarsch angesetzt (Außendienst), darf der betreffende Soldat nicht teilnehmen, für die Waffenpflege (Innendienst) darf er aber eingesetzt werden. Wobei die Realität oftmals so aussah, dass vom Stammpersonal niemand Zeit und/oder Bock hatte, für die Innendienstkranken (sinnvolle) Arbeiten zu suchen und deren Durchführung zu überwachen. Dies führte dazu, dass die betreffenden Soldaten auf ihre Stuben geschickt wurden, wo sie sich dann sich selbst überlassen waren und mehr oder weniger ihren Vergnügungen hingeben konnten, sei es Lesen, sei es Fernsehschauen, sei es Kartenspielen. Im Prinzip hatten sie also Urlaub.

Nun gab es Soldaten, die das ausnutzten. Oje, Montag früh, das Wochenende (und hier vor allem der Alkohol) steckte noch in den Knochen: „Herr Unteroffizier, ich glaube, ich bin krank.“Morgen ist ein 20- Kilometermarsch mit 15 kg Gepäck angesagt: „Herr Unteroffizier, mir geht es gar nicht gut.“Also ab auf die Krankenstation, denn ob ein Soldat tatsächlich krank ist, kann der „Herr Unteroffizier“ natürlich nicht selbst entscheiden. Sprich: An bestimmten Tagen (die ich Ihnen – wenn ich nur einen kurzen Blick auf den Dienstplan werfe – mit schlafwandlerischer Sicherheit voraussagen kann), stieg die Zahl der Krankmeldungen signifikant an. Und meist waren das immer dieselben Kandidaten.

Dabei hatte schon allein der Gang zur Krankenstation, egal wie das Ergebnis ausfiel, den Vorteil, dass der Vormittag des entsprechenden Tages auf jeden Fall „gerettet“ war. Denn alle Soldaten, die sich krank fühlten (oder dies vorgaben), meldeten dies gleich morgens, was zur Folge hatte, dass alle mehr oder weniger gleichzeitig in der Krankenstation eintrafen, was eine Wartezeit von 2-3 Stunden nach sich zog. Und damit war der Vormittag schon mal durch. Und der 20- Kilometermarsch startete leider schon um 8.00 Uhr und nun ist es schon 11.00 Uhr und „Herr Unteroffizier, ich bin zum Glück doch nicht krank und würde gerne noch am Marsch teilnehmen.“ aAber nun ist leider gerade kein Fahrzeug/Fahrer greifbar, der den Soldaten zu seinen marschierenden Kameraden fahren könnte. „Aalso Soldat, dann gehen Sie halt auf Ihre Stube.”

Weiterhin konnten die Soldaten zu fast 100% sicher sein, auch tatsächlich krankgeschrieben zu werden. Denn die Ärzte handelten – verständlicherweise, das ist jetzt nicht als Vorwurf gemeint – nach dem Grundsatz „im Zweifel für den Angeklagten“. Zum einen waren sie qua Beruf sowieso hm… ich sag jetzt mal, sehr sozial eingestellt: Aber, und das wog ungleich schwerer, mussten sie die Folgen ihrer Entscheidung abschätzen. Und wenn sie dann, gerade bei der Bundeswehr mit teilweise doch sehr körperbetonten Tätigkeiten, einen Soldaten für gesund erklärten und der dann im Einsatz zusammenbrechen würde, wäre die Hölle los. Also galt im Zweifel: krankschreiben.

Tja, und Zweifel gab es natürlich immer: „Herr Doktor, mir ist schlecht und ich habe rasendes Kopfweh.“Ja, wer soll da das Gegenteil beweisen? Hier lautete die Diagnose so gut wie immer: „innendienstkrank“ vulgo: Sonderurlaub.

Also, frohgemut zurück zur Kompanie, Krankmeldung auf dem Geschäftszimmer abgeben (dabei auch ja nichts falsch machen, also auf „Korrektes Melden im Geschäftszimmer“ achten) und dann ab auf die Stube.

ABER IM GESCHÄFTSZIMMER SAß JA DER TEUFEL!

Dieses Bild wurde zwar nicht 1976, sondern erst 40 Jahre später aufgenommen, aber ich finde es passend

Und der, also ich, hatte erkannt, dass es nur eine Möglichkeit gab, solchen Simulanten den Wind aus den Segeln zu nehmen, sprich, sie davon abzuhalten, sich überhaupt krank zu melden: Der Innendienst, der ihnen im Fall der Diagnose „Innendienstkrank“ drohte, musste unattraktiver sein als der Außendienst, den sie verrichten mussten, wenn sie sich nicht krankschreiben lassen würden.

Mit ein bisschen Erfahrung war es sehr leicht, diese Spezialisten von den wirklich Kranken zu unterscheiden. Und wenn ich dann noch regelmäßig sah, dass es jede Menge Soldaten gab, dies sich lieber mit 38° Fieber ins Feld schleppen, als sich krank zu melden, war es mir ein Vergnügen, die tatsächlichen Simulanten adäquat zu beschäftigen. Wenn mir also ein solche Delinquent vor die Flinte kam (um im Bundeswehrjargon zu bleiben), suchte ich ihm gerne eine sinnvolle Beschäftigung.

Und was war sinnvoller, als Latrinen schrubben? Da bestand praktisch immer Reinigungsbedarf und diese Arbeit hatte als schönen Nebeneffekt noch den Vorteil, dass die Jungs sich dabei bewusst machten, dass es vielleicht doch keine so schlechte Idee wäre, beim nächsten Mal den Marsch zu wählen, auch wenn es in Strömen regnet und der Marsch quer über frisch gepflügte Felder führen würde. Immer noch besser, also unter der Fuchtel des Kompanieteufels Latrinen schrubben zu müssen. („Soldat, bitte nicht vergessen, hinter dem Knick geht es weiter ….") Wie auch immer, dem Spieß fiel auf, dass während meiner Einsatzzeit die Zahl der Krankmeldungen unerklärlicherweise extrem zurückging.

Und bevor Sie nun einen schlechten Eindruck von mir gewinnen: Jede, aber wirklich jede Arbeit, die ich den Rekruten aufgetragen habe, habe ich vorher mindestens einmal selbst komplett durchgezogen. Es war und ist schon immer mein eherner Grundsatz, dass ich Arbeiten nur delegiere, wenn ich mich vorher persönlich davon überzeugt habe, dass diese Arbeiten auch wirklich durchführbar sind.

Aber nun genug geplaudert, lassen Sie uns zurückkehren zu meinem Freund Kurt: Er hatte also eine komplett falsche Meinung von mir. Tatsächlich hatte Kurt es unter meiner „Führung" ausgesprochen gut, er hätte sich nichts Besseres wünschen können.

Hierfür nur ein Beispiel, Stichwort „Stubenreinigung":

Einmal in der Woche war gründliches Reinigen der Stube angesagt und gründlich bedeutete gründlich, also einschließlich Fensterglas und -rahmen putzen usw., eine Angelegenheit von drei bis vier Stunden. Und natürlich außerhalb der regulären Dienstzeit. Und anschließend, vor dem Zapfenstreich um 22 Uhr, wurde das Ergebnis beim Stubengang vom diensthabenden Unteroffizier, ab und an sogar vom Spieß persönlich, penibel überprüft.

Das sah dann so aus: 17 Uhr Dienstschluss, anschließend Abendessen und dann, so ab 17.30, Stubenreinigen. Als Kurt das erste Mal zugange war, habe ich ihm fünf Minuten bei seinen diesbezüglichen Bemühungen zugesehen, die bei mir in der Kategorie „Er bemühte sich sehr.“ landeten. Dann sagte ich zu ihm: „Kurt, ich mache Dir einen Vorsc: Du gehst jetzt nach Ingolstadt rein, hockst Dich in einen Biergarten und trinkst gemütlich ein paar Bier. Ich putze derweil die Bude. Und Du siehst nur zu, dass Du pünktlich zum Stubendurchgang wieder zurück bist.“

Denn was Reinlichkeit angeht, bin ich ein bisschen penibel und was Kurt da abgeliefert hat, war mehr oder weniger Dreck verschmieren. Und bevor ich mir das – von vornherein absehbar sowieso nutzlose –Bemühen, Kurt da auf meine Linie zu bringen, antat, hab ich ihn lieber neutralisiert und die Putzerei alleine übernommen; was natürlich auf der Gegenseite auf relativ wenig Ablehnung stieß.

Wir hatten auch viel Spaß zusammen. Auch hierfür nur ein Beispiel: Wir hatten einmal im Rahmen irgendeines innermilitärischen Austauschs von Jungoffizieren, die das wahre Bundeswehrleben kennenlernen sollten, das Vergnügen, für einige Zeit einen ziemlich einfältigen Leutnant genießen zu dürfen. Dieser Leutnant ging mit seiner Besserwisserei Allen auf den Sack. Nun, dann beschlossen Kurt und ich, es sei an der Zeitdass der Leutnant tatsächlich das wahre Bundeswehrleben kennenlernt.

Dabei kamen uns zwei Eigenschaften des Leutnants

entgegen: Er verbrachte nach Dienstschluss grundsätzlich mehrere Stunden im Offizierskasino. Und: Er fuhr einen VW-Käfer, ein sehr formschönes Auto also, das er immer direkt vor dem Kompanieeingang - natürlich auf dem Parkplatz des Kompaniechefs, wer kann, der kann - abstellte. Hinzu kam, dass wir gerade einen überaus heftigen Winter mit Schnee ohne Ende und Temperaturen im zweistelligen Minusbereich hatten.

Und so trommelten wir eines Abends nach Dienstschluss, als wir sicher waren, dass der besagte Leutnant sich im Offizierscasino vergnügt, ein paar Kumpels zusammen, versahen seinen kompletten VW mit einer ca. 50 cm starken Schneeverpackung und gossen über diese Schneeverpackung dann etwa 20 Eimer Wasser. Die daraus in wenigen Minuten entstehende Eiskugel war wirklich sehr gefällig anzusehen. (Vielleicht kennen Sie die eindrucksvollen Eisskulpturen, die im chinesischen Harbin jährlich zum Harbin-Eisfestival geschaffen werden? Dann wissen Sie, was ich meine.)Die Meinung, die unser Leutnant zu diesem Thema äußerte und die wir aus unserem Versteck heraus deutlich mit anhören durften, verschweigt des Sänger Höflichkeit. Wie er heimkam, entzieht sich meiner Kenntnis, die VW-Skulptur jedenfalls stand am nächsten Morgen bei Antreten – sehr zum Vergnügen der Rekruten – immer noch in prachtvoller Schönheit vor der Kompanie.

40.51155, 43.57253 – Ani, Türkei, Ostanatolien (1989)

Während unserer Reisevorbereitungen für den Türkeiurlaub hatte ich von Ani gelesen. Ani ist eine Ruinenstadt, die direkt an der türkisch-armenischen Grenze (zu unserer Zeit noch türkisch-sowjetische Grenze) liegt, die nächstgrößere Stadt ist das etwa 40 Kilometer entfernt liegende Kars. Früher war Ani Hauptstadt des arenischen Königreiches. Die Beschreibung war dermaßen faszinierend, dass ich einen Besuch von Ani auf jeden Fall in unser Reiseprogramm einbauen wollte. Hinzu kam noch, dass Ani in einem militärischen Sperrgebiet liegt und der Zugang für Touristen nur mit ausdrücklicher Erlaubnis der Militärkommandantur, die sich in Kars befand, möglich war. Damit war mein Abenteuersinn endgültig gereizt und für mich stand fest: Ani muss sein!

An dieser Stelle sollte ich Ihnen vielleicht erzählen, dass ich ein Hobby habe, das sich für Außenstehende vielleicht etwas seltsam darstellt: Mich reizen im Urlaub Orte (und hier insbesondere Grenzen), die verboten sind! Als wir – nur ein Beispiel (breit)während unseres Polenurlaubs 1987 Danzig besuchten, nervte ich meine Eltern und Ute so lange, bis sie damit einverstanden waren, dass wir zur Frischen Nehrung fahren. Da bin ich dann mit dem Auto bis an das Ende der Straße gefahren – misstrauisch beäugt von den dort patrouillierenden Grenzsoldaten – weil ich unbedingt die Grenze zur damaligen Sowjetunion sehen wollte. Enttäuscht musste ich feststellen, dass es vom Ende der Straße bis zur Grenze von etwa zwei Kilometer waren. Ne, so kurz vor dem Ziel gebe ich doch nicht auf! Ich also – zum Entsetzen meiner Mitfahrer, die sowieso schon ein mulmiges Gefühl hatten, raus aus dem Auto, Kopf nach vorne gereckt und auf geht´s Richtung Grenze. Die Grenzer kamen immer näher, das mittlerweile eingesetzte verzweifelte Rufen meines Vaters schwoll mehr und mehr an … Also gut, man kann nicht immer gewinnen. Also, zurück zum Auto und Tschüs, polnisch-russische Grenze. Aber zumindest habe ich es versucht!

Da ging bei der Planung des Türkeiurlaubs natürlich mein Herz auf: So viele verbotene Grenzen! Das wird ein toller Urlaub! Was mein Wohlbefinden schon mal gewaltig steigerte, war, dass wir komplett durch das damals noch kommunistische Tito-Jugoslawien fahren würden. Das allein war schon mal riesig. Aber dann: „Guckt doch mal", versuchte ich, meine Begeisterung auf meine Mitreisenden zu übertragen,„wenn wir durch Jugoslawien fahren, kommen wir doch auch durch Skopje. Und von da aus sind es nicht mal 50 Kilometer bis zur albanischen Grenze!" Albanien war damals noch ein streng abgeschotteter kommunistischer Staat (ähnlich wie heute noch Nord-Korea), beherrscht von dem Diktator Enver Hodscha. „Nicht mal 50 Kilometer! Albanische Grenze! Die Grenze nehmen wir doch mit, oder? Nur mal kurz gucken, dann können wir gleich weiterfahren." Entnervtes Augenrollen.

Und dann,Ostanatolien: „Guckt doch mal. Vom Ararat müssen wir doch weiterfahren nach Doğubeyazıt. Und von dort sind es eben mal 35 km bis nach Gürbulak. Gürbulak! Versteht Ihr? Grenzstadt zu Persien! Die Grenze nehmen wir doch mit, oder? Nur mal kurz gucken, dann können wir gleich weiterfahren."Entnervtes Augenrollen.

Und weiter: „Von Doğubeyazıt fahren wir doch über den Van-See nach Diyarbakır. Und von dort sind es eben mal 135 km bis Şenyurt. Şenyurt! Mein Gott, Ihr seid aber auch schwerfällig! Şenyurt ist doch eine Grenzstadt zu Syrien.

Die Grenze nehmen wir doch mit, oder? Nur mal kurz gucken, dann können wir gleich weiterfahren."Entnervtes Augenrollen.

Und dann natürlich Ani! Kultur! Wissenserweiterung! Aber für mich nur: militärisches Sperrgebiet und 200 m bis zur sowjetischen Grenze!!!!! „Das nehmen wir doch mit, oder?" EntnervtesAugenrollen.

Na gut, um es kurz zu machen: Albanien, Persien, Syrien wurden mir von meinen Mitreisenden - Achtung: Euphemismus! - ausgeredet (was mich heute noch schmerzt) aber mit Ani, da habe ich mich durchgesetzt (wofür mir die restliche Reisegruppe im Nachhinein unendlich dankbar war, denn der Abstecher hat sich wirklich gelohnt)! Wobei ich auch hier erbitterte Widerstände überwinden musste: „Was wollen wir denn da mitten in dieser gottverlassenen Gegend?" „Spinnst Du, das kostet uns einen ganzen Tag, für nix und wieder nix." „Und dann die Umstände! Den Militärposten in Kars, bei dem wir uns die Erlaubnis für den Ani-Besuch abholen müssen, findest du nie und nimmer und dann war alles umsonst." Ich konnte mich schließlich nur mit dem Argument durchsetzen, dass sie mir schon all meine anderen „Grenzwünsche" ausgeredete haben und dass auch mir wenigstens einmal ein Wunsch erfüllt werden könnte.

Wobei, ein Argument war, wie sich dann herausstellte, absolut berechtigt: Wie sollten wir den Militärposten in Kars finden? 1989 war das Internet in weiter Ferne und in Ostanatolien kannste eine Verständigung auf Englisch vergessen. Wir sind lange mit Deutsch durchgekommen, denn irgendjemanden konnten wir immer auftreiben, der als Gastarbeiter in Deutschland zugange war (was uns übrigens schon öfter auf unseren Reisen geholfen hatte. So hatten wir mal in Madrid getankt, damals hatten wir ein MIL-Kennzeichen (Miltenberg). Plötzlich sagte der Tankwart in astreinem Deutsch: „Ach, Ihr seid aus Miltenberg." (Es stellte sich dann heraus, dass er als Gastarbeiter zehn Jahre in der Nähe von Miltenberg gearbeitet hatte.)Aber je weiter wir nach Osten kamen, desto seltener waren deutschsprechende Einheimische zu finden. Daher waren wir gezwungen, mit einem kleinen Langenscheidt-Wörterbuch zu agieren. Das war schon umständlich genug. Erschwerend kam aber dazu, dass es damals viele Analphabeten gab. Die Möglichkeit, im Wörterbuch auf ein türkisches Wort zu deuten, entfiel damit. Wir mussten dieses Wort also auch noch aussprechen! Naja, der Erfolg dieser Fragemethode hielt sich in engen Grenzen.

Aber, egal. Den Mutigen gehört die Welt. „Macht Euch nicht verrückt. Wir fahren erstmal nach Kars, dann sehen wir weiter." Mit diesem genialen Plan machten wir uns auf den Weg. Und, was soll ich sagen: Wir fahren nach Kars rein, halten uns auf der Hauptstraße und nach etwa einem Kilometer taucht vor uns ein Gebäude auf, das von der Optik her nur ein militärisches sein kann. „Na also, ich geh da mal rein, die werden mir schon erklären können, wo wir hinmüssen." Ich also rein und da standen tatsächlich ein paar Uniformierte rum. Ich zielstrebig auf einen zu, die Landkarte in der Hand. „Merhaba."Interessierter Blick. „Ani, lütfen ."Dabei deute ich auf die entsprechende Stelle in der Karte. „Ah, Ani. Evet, evet." Mein Ansprechpartner dreht sich rum und zeigt auf einen Schalter, der keine fünf Meter entfernt ist. Und tatsächlich! Da muss ich hin und da bekomme ich auch unser Permit! Na also, sag ich doch, alles ganz easy. Ich weiß gar nicht, was ihr wollt.

Also, auf geht´s. Zuerst mussten wir unsere Reisepässe in Verwahrung geben (Ich hasse es wie die

Pest, meinen Pass abgeben zu müssen, damit fühle ich mich wie im Knast). Dann wurden die Fotoapparate eingesammelt, denn zu dieser Zeit bestand in Ani absolutes Fotografierverbot. (Darauf war ich allerdings durch Infos in den Reiseführern gefasst und hatte mich entsprechend – nämlich durch eine im Auto versteckte Zweitkamera – vorbereitet). Dann wurden wir vergattert (der Chief konnte Englisch): In Ani nicht von den Wegen abweichen, keinesfalls in irgendwelche abgesperrten Zonen reinlaufen und – ganz wichtig – unter keinen – absolut keinen – Umständen in Richtung sowjetische Grenze blicken. Solche Blicke könnten von den dort stationierten sowjetischen Grenztruppen als Provokation gedeutet werden; und auf Provokationen antworten die ganz schnell mit gezielten Gewehrschüssen. Tatsächlich stellte sich dann heraus, dass auf der sowjetischen Seite der Grenze so alle 50 Meter ein Soldat stand. Die starrten allerdings lediglich gelangweilt in die Luft, zogen an ihrer allgegenwärtigen Zigarette und scherten sich keinen Deut um die Touristen, die dermaßen bescheuert waren, dass sie sinnlos über irgendwelche Geröllhaufen stolperten. Einer winkte uns sogar zu und zaghaft winkten wir zurück.

Schließlich durften wir los. Aber nicht einfach so! Nein, vor dem Gebäude wartete schon eine Militärpatrouille in Form eines Jeeps mit zwei Insassen, die uns begleiten (sprich „überwachen“) würden. Ey, toll. Patrouille! Wie ein Staatspräsident! Stark. Also, auf geht´s, der Jeep vor uns, wir immer dicht hintendran. In Ani dann parken und rein in die Geisterstadt, ein Militärpolizist bewacht unsere Autos, der andere dackelt hinter uns her.

Und einmal, einmal in diesem Urlaub, durfte ich einen Blick auf eine meiner geliebten verbotenen Grenzen werfen.

Vance and Hans (1999)

Bei unserer Ost-West-Tour durch Canada haben wir natürlich auch Vancouver besucht. Nach dem Einchecken in unserem Hotel hatten wir besprochen, was wir unternehmen möchten und haben beschlossen, uns am nächsten Tag die Stadt anzuschauen. Ich bin dann an die Rezeption gegangen und habe mich nach den Möglichkeiten der Stadtbesichtigungen erkundigt. Nachdem der Concierge mir die üblichen Möglichkeiten aufgezählt hatte (Besichtigung per Bus, hop on hop off) hatte er noch einen Geheimtipp für mich: Er könne eine persönliche Tour mit einem Taxi organisieren, nur für uns.

Vancouver – Blick von einer Fähre aus

Das war perfekt für mich! Endlich Urlaub! Ruhe. Abschalten! Keinen Small Talk mit Fremden. Nur hinten im Taxi sitzen, sich die Gegend anschauen und sich von den Erklärungen des Taxifahrers berieseln lassen. Gebongt, das machen wir! Alles klar, Buchung wurde vorgenommen, Abfahrt morgen, 10.00 Uhr, Treffpunkt vor dem Hoteleingang.

Wir also pünktlich und erwartungsfroh zum Treffpunkt.

Dann aber die große Enttäuschung: Wir sind nicht alleine! Bei dem Taxi handelt es sich um ein Großraumtaxi, der Rezeptionist hatte einfach noch eine vierköpfige Familie dazu gebucht. Na, ok, was soll´s.

Aber dann kam´s: Der – im Übrigen sehr nette – Taxifahrer war erstens ein Dauerredner und hat zweitens wohl im Laufe seines Lebens als Fremdenführer gelernt, dass es immer gut ist, sich in einer Teilnehmergruppe einen Gruppensprecher zu suchen. Man weiß ja nie …Also, Frage des Taxifahrers: „Wer möchte denn gerne bei mir vorne sitzen? Das ist ein First-Class-Platz! Fantastische Aussicht! Besser geht es nicht!“ Ich versuchte, mich möglichst klein zu machen und habe mich hinter den anderen Teilnehmern versteckt. Auf die enthusiastische Frage des Taxifahrers erfolgte keine Reaktion. Der Fahrer wartet noch einen Moment, dann lässt er seinen Blick über die komplette Gruppe schweifen, dann ein kurzer Stopp seiner Augen, ich merke, dass ich mich anscheinend doch nicht komplett unsichtbar machen konnte, sein Blick fokussiert sich auf mich, ich kann förmlich hören, was er denkt. Und dann kommt der unvermeidliche Satz, bei dem er auf mich deutet: „Wie wäre es mit Dir? Ich sehe Dir doch an, dass Du unbedingt vorne sitzen möchtest. Willst Du nicht?“ Aber natürlich wollte ich, was denn sonst? Und schon war ich gefangen!

Also, einsteigen, Abfahrt. Und dann ging´s los: “what´s your name?“ “My name ist Hans.” (Mehr geht bei den Amerikanern nicht, das „Ullrich“ wird grundsätzlich überhört oder höchstens noch als Nachname interpretiert.) “Oh, great!! My name is Vance. Hans and Vance. This will be a famous journy.“ Ab diesem Moment hat er die komplette Tour über auf mich eingeredet. Ach, hatte ich es schon irgendwo erwähnt: Die Tour dauerte knappe vier Stunden (und ist im Übrigen wirklich empfehlenswert; wenn Sie nicht gerade „Hans“ heißen und vorne sitzen).

Der Urologe in mir, oder: Steuerberatung rektal (2017)

Es stand mal wieder mein jährlicher Vorsorge-Checkup beim Urologen an. Natürlich einschließlich Abtasten der Prostata. Man(n) gönnt sich ja sonst nichts ....

Ok, schlimm ist es natürlich nicht; aber angenehm ist anders. Egal. Augen zu und durch. Wat mut, dat mut. Dauert ja auch weniger als eine Minute. Dachte ich ....

Ich werde also in Position gebracht, der Urologe startet seinen Finger; alles wie immer. „Ja, schön, alles ok", kommt es von ihm. „Das Gewebe ist schön weich, so, wie es sein soll." Sein Finger wandert dabei immer weiter. Plötzlich verharrt (stockte) sein Finger. Oh, Alarm! Er wird doch nichts gefunden haben? „Sie sind doch Steuerberater?" Der Finger wandert wieder einige Millimeter, dann wieder - Stillstand. „Ich hätte da mal eine Frage." Während er seine Frage formuliert, wandert der Finger langsam weiter.

Ich werde Sie hier jetzt nicht mit den steuerrechtlichen Komplikationen seiner Frage langweilen, nur so viel: Meine Antwort erforderte einige länger währende Ausführungen. Mein Urologe hörte – bewundernswert konzentriert, wie ich an seinem in mir ruhenden Finger bemerkte – zu. „Hmm, sehr interessan." Er verdaute meine Antwort, 10 Sekunden, 20 Sekunden. Schließlich wanderte sein Finger weiter. „Und wenn ich das so und so mache?" Sein Finger verharrt, während er über meine Antwort nachdachte. Und so weiter, und so weiter, und so weiter, und so weiter ...

Nach gefühlten zwei Stunden war die Untersuchung dann vorbei. Und ich schwor mir, beim nächsten Mal, wenn ich meinen Fragebogen bei einem Arzt ausfüllen muss, als Beruf „Burgerbrater bei McDonalds" oder etwas ähnlich Unverfängliches anzugeben.

Ute und der Einpfeifer (2019)

Triiiiiiiiiiiiiiiiiiiiiiiiiiiiiiiiiiiiiiiiiiiiiiiiiiiiiiiiiiiiiiiiiiiiiiiiiiiiiiiiiiiiiiiii

Ein schriller, nicht endend wollender „Schrei“ aus Utes Trillerpfeife, direkt neben seinem Ohr. Der „Einpfeifer“ erstarrt, zunächst vor absoluter Überraschung, dann vor Entsetzen und schließlich vor immer stärker werdendem Schmerz. Ute steckt ihre Trillerpfeife ein, dreht sich um, läuft aufreizend langsam und hochzufrieden zu unserem Auto, steigt ein und wirft dem Einweiser, dessen schmerzverzerrtes Gesicht einen Ausdruck völligen Unverständnisses trägt, einen triumphierenden Blick zu. Rache gelungen!

11 Stunden vorher:

Sizilien lag hinter uns und wir waren auf dem Weg zum Fährhafen nach Bari, von dort wollten wir nach Durres/Albanien übersetzen, Fahrtzeit 22.00 Uhr bis 8.00 Uhr. Wir checken gegen 20.00 Uhr ein. Das Einchecken funktionierte problemlos und wir fuhren mit dem Auto auf das uns zugewiesene Parkdeck im Bauch der Fähre. Auf diesen Parkdecks befindet sich immer Schiffspersonal, das den einfahrenden Autos ihre endgültige Parkposition zuweist. Wir hatten ein besonders begnadetes (italienisches) Exemplar erwischt (hoffe ich jedenfalls, denn ich sträube mich gegen den Gedanken, dass alle Einweiser so sein könnten). Da er vorzugsweise über seine Trillerpfeife mit uns kommunizierte, habe ich ihn den „Einpfeifer“ getauft.

Im Laufe der etwa 15-minütigen „Einweiseprozedur“ konnten wir auch feststellen, dass die Einpfeifer offensichtlich vor ihrem Einsatz in der Realität einen Lehrgang erhalten hatten, der ihnen alle für diesen verantwortungsvollen Job erforderlichen Kernkompetenzen vermittelte, also

a) dem jeweiligen Autofahrer seinen Stellplatz zu zeigen
b) den Fahrer - mittels Trillerpfeife und entsprechenden Begleitkommandos - auf diesen Platz zu bugsieren und
c) die Fahrzeugpassagiere darauf aufmerksam zu machen, nicht über Nacht im Auto sitzen zu bleiben.

Punkt a) war durchaus notwendig und absolut sinnvoll, der Rest war der absolute Schwachsinn. Punkt b) schafft jeder Autofahrer, sofern er nicht einen Blindenhund benötigt, von ganz alleine und Punkt c): die Überfahrt dauert 9 Stunden!

Zu alledem kam, dass zumindest „unser" Einpfeifer einen Charme an den Tag legte, der an früheren DDR-Grenzer bei der Einreise in die DDR erinnerte:

- „Sie bleiben hier stehen, bitte!"
- „Aber es regnet und ich habe keine Jacke an, ich werde patschnass, kann ich nicht da vorne ..."
- „Das war keine BITTE!"

Na gut. Bei uns lief die Einweisung wie folgt ab: Ich fuhr auf der uns zugewiesenen Spur aufs Parkdeck. Irgendwann tauchte etwa 50 m vor uns unser Einweiser auf. Durch wildes Armgefuchtel gab er zu erkennen, dass wir weiter in seine Richtung fahren sollten, was wir auch taten. Etwa 10 m vor ihm ging dann sein Arm hoch: "STOP!" Ich hielt das Auto an. Dabei konnte ich sehen, dass unmittelbar hinter dem Anweiser die Wand des Parkdecks lag. Ich hätte also nur noch ca. 10 m kerzengeradeaus fahren müssen, dann hätten wir unsere Parkposition erreicht. Aber in diesem Moment ging es los. Trillerpfeife. "STEERING WHEEL LEFT, LEFT, LEFT, LEEEEFT." Da ich dachte, dass der Einweiser uns auf eine andere Spur dirigieren wollte, befolgte ich brav seine Anweisung und kurbelte wie wild das Lenkrad nach links (bei stehendem Auto, wohlgemerkt!). Trillerpfeife. “NO, NO, NO!” Trillerpfeife. “RIGHT, RIGHT, RIGHT.” Na ja, vielleicht hat er ja rechts und links verwechselt. Ich kurbelte (immer noch stehend) das Lenkrad nach rechts. Trillerpfeife. “NO, NO, NO.” Trillerpfeife. “LEFT, LEFT, LEFT.” Trillerpfeife. “COME ON.” Ich fuhr an, etwa 1/4 Reifendrehung. Trillerpfeife. „STOP:“ Ich bewege weder mich noch das Auto. Trillerpfeife. „NO, NO, NO!“ Trillerpfeife. "RIGHT. RIGHT RIGHT.” So ging das minutenlang. Dann kam er plötzlich an die Beifahrertür, öffnete die Tür und wendete sich mit seinem speziellen Charme an Ute: „Madame, get out, please.“ Ich habe nur noch darauf gewartet, dass er seine Trillerpfeife wieder einsetzt. Ute: „No.“„Madame, get out, please.“ Ute mit Nachdruck: „NO!“ Dabei zog sie die Autotür zu.

Offensichtlich hatte unser Einpfeifer nun einen besonders glücklichen Moment oder aber einen totalen blackout. Wie auch immer: Er beschloss, sich nicht auf eine weitere Diskussion mit Ute einzulassen. Ein Entschluss, der ihm mit großer Wahrscheinlichkeit das Leben gerettet hat.

Als er sich stattdessen wieder zwei Meter vor unser Auto stellte und Anstalten machte, seine Einweisungen fortzusetzen, hatte ich endgültig genug. Ich gab Gas und fuhr langsam auf ihn zu. Er ruderte wild mit den Armen. “STOP STOP STOP.” Dazu immer wieder die Trillerpfeife. Ich fuhr immer weiter auf ihn zu, bis er zur Seite ging, dann fuhr ich das Auto noch einen halben Meter und stand sauber und gerade vor der Wand. „Sie haben Ihr Ziel erreicht.“ Unser Einpfeifer aber war offensichtlich zutiefst beleidigt. Jedenfalls lief er permanent um unser Auto herum und setzte hierbei ebenso permanent seine Trillerpfeife ein.

Und jetzt reichte es Ute endgültig. (Ich hatte sowieso die ganze Zeit ihre Engelsgeduld bewundert.): Sie öffnete Ihre Handtasche. Hier muss ich nun kurz anmerken, dass Ute grundsätzlich eine Notfallausrüstung in ihrer Handtasche mit sich führt, bestehend aus Pfefferspray (der hier erstaunlicherweise keine Rolle spielte, das hätte ganz anders ausgehen können) und – oh Wunder - einer Trillerpfeife (daneben, aber das sei hier nur am Rande erwähnt, noch ein 30-teiliges Schweizer Messer, einen Kompass (wir könnten ja mal mit einem Flugzeug mitten in der Wildnis abstürzen), Salz-, Pfeffer- und Senftütchen, ein Ess-Stäbchenbesteck, ein kleines Döschen Soja-Soße (eventuell können wir uns ja bei einem unserer Trecks einen leckeren Lachs angeln, aus dem wir dann Sashimi machen), ein Plastikbesteck (nicht jeder kann mit Stäbchen umgehen) und zwei Quadratmeter Alufolie nebst Plastiktüten (um im Restaurant von uns nicht geschaffte Restportionen einpacken zu können)...Habe ich noch was vergessen? Mal kurz überlegen? Sicher bin ich mir nicht).

Ute also zog ihre Trillerpfeife aus ihrer Handtasche, stieg aus dem Auto aus und näherte sich von hinten unserem Einpfeifer, der sich mittlerweile beruhigt hatte und eben versuchte, das nächste Auto ins Visier zu nehmen. Als sie direkt hinter ihm stand ....

The Boy is Hungry (1970)

Heutzutage, wo drei bis vier Urlaubsreisen im Jahr – bis in die letzten Winkel der Welt - fast schon ein Grundrecht sind, geht selbst Otto-Normalreisender sehr weltläufig mit fremden Sitten um. Da reicht vor dem jeweiligen Urlaub eine halbe Stunde googeln, um zumindest die extremen Fettnäpfchen im Zielland zu vermeiden. Anfang der 1970er aber war das noch ganz anders. Da waren – zumindest für uns – sogar die entsprechenden Sitten eines unmittelbaren Nachbarlandes – in diesem Fall Frankreichs – ein Buch mit sieben Siegeln.

Nur, um Ihnen einen kleinen Eindruck über unsere damalige Unbedarftheit hinsichtlich der Lebensgewohnheiten der Franzosen zu geben: französische Toiletten! Obwohl wir null Ahnung von französischer Kultur und Lebensweise hatten, wussten wir doch, dass Franzosen seltsame Toiletten haben sollen. Sehr seltsame. Das war´s dann aber auch schon mit unserem Wissen. Was an diesen Toiletten „seltsam“ sein sollte, erschloss sich uns zu dieser Zeit noch nicht. Nun, wir sollten noch darauf kommen:

Als wir das erste Mal in unserem Leben in Frankreich übernachteten und unser Zimmer betraten (wir hatten zu dritt ein Zimmer), fiel unser Blick nach dem Eintreten zuerst auf eine, völlig frei mitten im Zimmer an einer Wand angebrachten … Toilettenschüssel! Ach Du liebe Güte! DAS ist die Toilette? Mitten im Zimmer? Völlig frei, ohne jeglichen Sichtschutz?

Ja, das war in der Tat sehr, sehr seltsam! Wir waren, selbst eingedenk unseres Wissens, dass die Franzosen „anders“ sind, doch – wie soll ich sagen – leicht befremdet. Und überhaupt: Wo war die Spülung? Und wie erfolgt der

Abtransport des – ich nenn es jetzt mal so – „Materials”, da ist ja nur ein ganz normaler Ablauf wie in einem Waschbecken drin? Fragen über Fragen. In mir stieg bei der Vorstellung, dass wir da morgens nacheinander „draufsteigen“ sollten, jeweils unter den Augen der beiden anderen, von der olfaktorischen Komponente dieser Herangehensweise mal ganz zu schweigen, ein leichtes Entsetzen auf. Brrr. Umso größer war unsere Erleichterung dann, als wir feststellen durften, dass es auf unserer Etage doch auch noch zusätzlich „normale“ Toiletten gab, wenn auch die original französische – also „seltsame“ – Version. Und irgendwann - Jahre später - haben wir dann auch gelernt, was es mit einem „Bidet“ auf sich hat.

Aber dies nur am Rande. Verlassen wir also den Bereich „Toilette“ und widmen uns quasi dem Gegenteil und hier speziell den unterschiedlichen Vorstellungen bezüglich eines gelungenen Abendessens:

Wir waren mal wieder von einem unserer Spanienurlaube mit dem Auto auf der Rückreise. Diesmal wollten wir es gemütlich angehen und nicht durchfahren, sondern irgendwo in Frankreich eine Zwischenübernachtung einlegen. Gegen 17.00 Uhr begannen wir daher, eine Unterkunft zu suchen. Das zog sich relativ lange hin, so dass es fast 20.00 Uhr war, bis wir eine schöne Unterkunft mit angegliedertem Restaurant gefunden und uns eingecheckt hatten. Diese Unterkunft – das spielt gleich eine entscheidende Rolle – war abseits irgendwelcher Touristengegenden. Da wir seit dem Frühstück vor unserem Aufbruch in Spanien nichts weiter gegessen hatten, waren wir entsprechend hungrig und freuten uns auf ein ergiebiges Abendessen. Bis wir im Restaurant saßen, war es 20.30 Uhr, der Hunger wurde schon fast unerträglich.

Vor Frankreich war Essen in einem Restaurant für uns

völlig klar definiert: irgendein üppiges Hauptgericht, zum Beispiel Schnitzel mit Pommes, Gemüse und Salat. Wenn wir noch einen draufsetzen wollten, haben wir als Vorspeise eine Suppe bestellt und – das war aber dann schon fast zu viel des Guten – auch noch einen Nachtisch. Aufgrund unserer umfangreichen kulinarischen Erfahrungen, die wir auf unseren bis dahin durchgeführten weltweiten Urlaubsreisen (einmal zehn Tage Bayrischer Wald (1966), einmal sieben Tage Nordsee (1968)) gewinnen konnten, war dies weltweiter Standard.

Nun also Frankreich. In warmen Gedanken an französische Filme, bei denen die Tische unter dem Gewicht der servierten Speisen schier zusammenbrachen (und da war „Brust oder Keule“ mit Louis de Funes noch nicht mal gedreht) türmten sie vor unserem geistigen Auge schon die übervollen Teller mit den Hauptspeisen, als wir hoffnungsfroh die Speisekarte in Empfang nahmen. Doch schon in diesem Moment ereilte uns der erste Wermutstropfen: die Karte war auf Französisch! Auf Französisch! Ja, geht´s noch. Wo sind wir denn hier? Wir können doch kein Französisch. Können die sich nicht mal ein bisschen auf deutsche Touristen einstellen? Wer bringt denn das ganze Geld? Unfassbar.

Aber gut, wir sind ja routinierte Reisende. Lassen wir mal unsere Fähigkeiten raushängen, fragen wir mal, ob wir nicht zumindest die in englischer Sprache verfasste Karte bekommen könnten. Der für uns zuständige Ober beherrschte Deutsch so gut, wie wir Französisch. (Dass alle Franzosen davon überzeugt waren, jeder Mensch, der auch nur etwas halbwegs Wichtiges mitzuteilen hat, beherrsche selbstverständlich die französische Sprache und dass es daher absolut keinen nachvollziehbaren Grund geben könne, auch nur drei Worte in irgendeiner anderen unbedeutenden Sprache – und gegenüber

Französisch waren damals im Auge der Franzosen alle anderen Sprachen, die es gab, unbedeutend – zu lernen, erschloss sich mir erst später).

Dazu kam, dass Anfang der 1970er die Gräuel des Zweiten Weltkrieges bei den Franzosen noch sehr präsent waren, sodass Deutsche in Frankreich – wie soll ich es jetzt diplomatisch ausdrücken – grundsätzlich ein relativ schlechtes Standing hatten (was ich damals absolut nicht begreifen konnte, 25 Jahre nach Kriegsende, für jemanden in meinem Alter also eine Ewigkeit. Heute – im Hinblick auf die immer noch vorhandenen Unterschiede nach 30 Jahren Deutsche Einheit – verstehe ich das sehr gut). Wie auch immer, auch ohne ein Wort Deutsch zu können, schaffte es der Ober, uns sehr eindrücklich zu vermitteln, dass es selbstverständlich – wir befinden uns ja schließlich mitten in Frankreich – die Speisekarte nur auf Französisch gäbe und dass es ja wohl – selbst von Deutschen - nicht zu viel verlangt sein könne, wenn Menschen, die in Frankreich eindeutig Gäste sind, der französischen Sprache so mächtig sind, dass sie nicht verhungern müssen.

Na, gut, die Botschaft ist bei uns angekommen. Also fügten wir uns ins Unvermeidliche und beschäftigten uns mit der französischen Speisenkarte. Mittlerweile ging es auf 21.30 Uhr zu und unser Hunger konnte nicht mehr als Hunger, sondern nur noch als immer schmerzhafteres Bohren irgendwo in der Magengegend bezeichnet werden. Die Speisenkarte umfasste 30 Seiten, wovon 28 Seiten einer eindrucksvollen Auswahl von Weinen und sonstigenGetränke gewidmet waren. (Soweit reichten unsere Sprachkenntnisse dann doch, dass wir Getränke von Essen unterscheiden konnten.) Auf den restlichen beiden Seiten standen jeweils fünf Zeilen untereinander, schön über die ganze Seite verteilt. Unten rechts stand dann noch eine recht hohe Zahl, mit der wir zunächst nichts anfangen konnten.

Tja, was machen wir? Zu der Zeit hatten wir absolut keine Ahnung, dass es sich hier jeweils um ein Menu handelte. Wir kannten nur „normale“ Speisenkarten. Eine Zeile, ein Gericht, daneben der Preis. Wir suchen uns was raus und bestellen, fertig. Und hier? Wo sind überhaupt die Preise? Die wollen uns bestimmt übers Ohr hauen und haben extra für Touristen Speisenkarten ohne Preise, da können sie dann beim Bezahlen berechnen, was sie wollen! Na ja, es hilft ja nichts, wenn wir nicht verhungern wollen. Fünf Zeilen sind wohl fünf verschiedene Gerichte, machen wir es doch so, dass jeder von uns was anderes bestellt, dann wird ja hoffentlich irgendwas Essbares dabei sein. Also, Kellner gerufen, Papi zeigt erst auf Mutti, dann auf eine Zeile: „for her this“. Dann zeigt er auf mich und auf eine andere Zeile: „this“ und schließlich deutet er auf sich selbst und dann auf eine dritte Zeile: „and this for me.“ Extrem zufrieden mit sich lehnte Papi sich zurück; hatte er doch mit seiner Bestellung bewiesen, dass er sich auch auf sehr glattem internationalen Parkett fehlerfrei, ja fast lässig, bewegen kann.

Aus diesen Träumen wurde er jedoch sehr schnell durch einen nicht enden wollenden Wortschwall unseres „Betreuers“ gerissen. Wir kapierten absolut nichts, nur, dass er ständig den Kopf schüttelte und dazu jeweils ein entschiedenes „no“ ausstieß. Nach gefühlt fünf Minuten gaben wir es auf und bedeutetem ihm, er solle irgendwas bringen, egal was, nur schnell, sonst ist´s nämlich zu spät. Und so kamen wir zu unserem ersten Menü in unserem Leben und hatten zudem die Möglichkeit, die unterschiedlichen Esskulturen in Deutschland und Frankreich direkt vergleichen zu können; und hier insbesondere auch das sehr divergierende Zeitmanagement (dass wir extrem hungrig waren, hatte ich schon erwähnt?).

Nach der Bestellung dauert es. Und dauert. Und dauert: Dann endlich: Der erste Gang kommt. (Dass das der erste Gang war, wussten wir in diesem Moment noch nicht, zunächst hegten wir die Befürchtung, das könnte das komplette Essen sein): Ein kleines Tässchen mit einem Süppchen; einem sehr klaren Süppchen. Ich denke, ich übertreibe nicht, wenn ich sage, dass es von der Menge her etwa zwei Suppenlöffel waren. Wir gucken uns an. Na, es wird ja hoffentlich noch mehr kommen ... Es dauert, und dauert, und dauert. Dann kommt der Kellner mit riesigen Tellern an, Durchmesser geschätzte 40 cm. Ha, jetzt geht´s los, endlich werden wir für unser Warten belohnt! Als die Teller vor uns auf dem Tisch stehen, können wir auch sehen, was drauf ist: Ein kleiner quadratischer Block mit irgendwas Undefinierbarem drauf, Kantenlänge ca. drei Zentimeter. (Es handelte sich um Gänseleberpastete). Wir untersuchen das Teil mit der Gabel. Vorsichtig wird ein kleines Stückchen probiert. Was soll`n das sein, ist das überhaupt essbar? Na, wurscht, der Hunger treibt´s rein. Dann wieder warten, immer mit der Angst im Hinterkopf, dass nichts mehr kommt.

Aber, weit gefehlt, der dritte Gang ist im Anmarsch: Wieder sehr eindrucksvolle Teller, darauf dann jeweils drei Crevetten mit Majo-Soße. Na, das ist wenigstens was, was wir schon aus Spanien kennen. Aber: Wirkung auf unser Hungergefühl: keine. Dann aber kommt der vierte Gang. (Mittlerweile haben wir das System begriffen: fünf Zeilen auf der Karte = fünf Gänge.) Und was sehen wir: Endlich Fleisch! Und zwar Steak! Wir kennen Schnitzel, Schweinebraten, halbe Hähnchen .... Aber Steak? Na, egal, endlich Menge. Wir schneiden unsere Steaks an ...

und der Hunger war schlagartig verflogen: Ihh, da läuft ja Blut raus! Sind die zu blöd, um ein Stück Fleisch richtig durchzubraten? Ungenießbar, Hunger hin oder her.

Vielleicht lässt sich ja noch was nachbessern? Papi wagt einen Versuch. Er ruft den Kellner und deutet auf das Steak: "no blood, blood not good. Can you make it hot?" Der Kellner zieht indigniert die Augenbrauen in die Höhe, keine Ahnung, ob er auch nur andeutungsweise begriffen hat, was Papi ihm vermitteln will. Aber jedenfalls nimmt er die Teller mit den Steaks mit. Zehn Minuten später taucht er mit den Steaks wieder auf. Wir schnippeln daran herum. Zustand: unverändert, nur jetzt eiskalt. Komplett ungenießbar. Also gut, lieber verhungern als sowas essen. Hoffen wir mal auf den fünften Gang. Der bestand, um es kurz zu machen, aus je einer halben gebackenen Banane, überzogen mit heißer Schokoladensoße. Tja, das war es. Mittlerweile ging es auf Mitternacht zu und unser Hunger hatte eher zu- als abgenommen.

Was tun, ohne uns zu blamieren? Kurzer Familienrat, dann der einstimmige Beschluss: Ich musste herhalten. Papi rief den Kellner, deutete auf mich und sagte dann "The boy is hungry." Dabei setzte er einen Blick auf, der dem Kellner signalisieren sollte, dass er auch nicht verstehe, wie ein einzelner Mensch so verfressen sein könne, nach diesem hervorragenden und sehr umfangreichen Menü überhaupt noch so etwas wie Hungergefühl entwickeln zu können. Wie auch immer: Der Kellner hat ein Einsehen. Er signalisiert, dass er verstanden hat und, na ja, der „Boy" ist ja in der Pubertät, da hat niemand seine Gefühle im Griff und das gilt natürlich auch für Hungergefühle. Er verschwindet in der Küche und kommt nach ein paar Minuten wieder raus, in der einen Hand – wieder einmal – einen großen Teller, in der anderen einen Korb mit Brot. Und diesmal werden wir nicht enttäuscht: Auf dem Teller liegen fünf dicke Scheiben Leberwurst! Endlich mal was, was essbar ist und was wir kennen. So, nun kann ich ungeniert meinen Vorteil ausspielen, schließlich wurde das Essen ja für den „Boy“ gebracht. Genüsslich lasse ich es mir schmecken, während meine Eltern plötzlich komischerweise beide zur selben unter den Tisch abtauchen, um ihre Schnürsenkel festzuziehen und ihre soeben heruntergefallenen Geldbeutel zu suchen (wobei sie aber selbstverständlich nicht vergaßen, je eine Scheibe Brot mit Leberwurst mit unter den Tisch zu nehmen).

Mittlerweile dämmerte uns auch, was es mit dieser komischen Zahl unten rechts auf der Menüseite zu tun hatte: das war natürlich der Preis. Umgerechnet pro Menü 35 Euro. Und das zu einer Zeit, in der deutsche Gastwirte peinlich darauf bedacht waren, ein Schnitzel mit Pommes und Salat und einem großen Bier keinesfalls über 6,80 DM (also 3,40 Euro) kosten zu lassen. Und dieses Bezugssystem für einen Restaurantbesuch hatten wir natürlich auch mit in unseren Urlaub genommen. Und zu der Zeit, zu der uns diese düsteren Gedanken durch den Kopf gingen, wussten wir noch nicht, dass das Zusatzessen für den „hungry boy“ mit zusätzlichen 23,00 Euro zu Buche schlagen sollte.

Gier (1986)

Günter ist selbständiger Hörgeräteakustiker mit einem eigenen Geschäft. Und: Günter ist eigentlich immer ein sehr, sehr umgänglicher Mensch. Also.... „eigentlich“, also ... „fast immer“. Denn es gibt eine Ausnahme: Wenn Günter Hunger hat, wird er zum Tier. Und dann müssen seine Essgelüste in sehr überschaubarer Zeit befriedigt werden.

Und wenn ihn dieses Hungergefühl während einer zweistündigen Hörgeräteanpassung überfällt, tja, dann muss diese Anpassung halt kurz unterbrochen werden. Und da konnte es schon mal vorkommen, dass Günter während einer Anpassung mitten im Sommer bei gefühlten 40° in der Anpasskabine (die natürlich, um die Anpassung ohne störende Außengeräusche durchführen zu können, hermetisch abgeschlossen war), mit einer gemurmelten Entschuldigung aus eben dieser Kabine rausstürmte, den jeweiligen Delinquenten derweil in seinem eigenen Saft schmoren lassend (wie konnte der auch so unverschämt sein, einen Termin zu wünschen, bei dem schon von vornherein klar war, dass Günter Hunger bekommen würde!), um gemütlich sein Frühstück einzunehmen, das er täglich in seiner Aktentasche mit ins Geschäft brachte, wobei „gemütlich“ bei Günter so ca. 20 Minuten bedeutete.

So auch an besagtem Tag: Günter also mal wieder im Sturmschritt raus aus der Kabine, ohne links und rechts zu schauen zu seiner in einer Ecke stehenden Aktentasche mit Zahlenschloss, hurtig die Zahlenkombination (natürlich 0-0-0-0, was denn sonst) eingeben und dann ganz schnell an die Stullen.... Moment mal, was ist das denn? Warum gehen denn diese blöden Schnappschlösser nicht auf? Schnell die Kombination überprüfen, die Hungergefühle werden derweilen immer nagender. Kombination stimmt. Oh Mann, bestimmt sind die Schlösser irgendwie verbogen, Augen auf bei der Qualität. Was mach ich denn jetzt, bis ich diese blöden Schnappschlösser aufgefummelt habe, bin ich verhungert. Ach ja, und dann ist da ja auch noch der Kunde in der Kabine. (Manchmal schlug Günters soziale Ader halt doch durch.).....

Aber, oh Glückes Geschick, wir befinden uns in einem Hörgerätegeschäft und zu einem Hörgerätegeschäft gehört auch ein Reparaturplatz; und das bedeutete, dass Günter Zugriff auf einen umfangreichen Werkzeugsatz hatte. Also, was soll´s. Die Aktentasche ist eh nicht mehr die jüngste und das Vesperbrot da drin wird im Zeitlauf auch nicht besser. Also, was macht der in zahlreichen Reparaturkursen in diesem Bereich umfassend ausgebildete Hörgeräteakustikermeister Günter? Schnappt sich eine elektrisch betriebene Hochleistungsfräse, stattet sie mit einem geeigneten Aufsatz aus – und schneidet die Aktentasche brutal in Schlachtermanier auf. Geschafft, jetzt aber. Happa, happa, endlich. Er klappt die Tasche auf, und ..... seine Gesichtszüge entgleiten: in der Tasche sind zwar jede Menge Unterlagen, aber was ist nicht drin? Günters Frühstücksbrote. Was zur Hölle..... In diesem Moment kommt Günters Bruder, der ebenfalls in dem Geschäft arbeitet, um die Ecke, sein Gesicht verwandelt sich in ein Fragezeichen: „Was machst du denn da bitte mit meiner schönen Aktentasche?"

Ach, weil wir uns grad in einem Hörgerätegeschäft befinden: Ein nicht unwesentlicher Teil der Arbeiten eines Hörgeräteakustikers besteht natürlich in der Anpassung von Hörgeräten. Diese Anpassung wird meist in einer Anpasskabine (siehe oben) durchgeführt. Der Akustiker geht daher mehrmals am Tag mit dem jeweiligen Kunden in die Kabine, in der dieser dann auf einem Stuhl platziert wird. Der Satz „Nehmen Sie doch schon mal Platz“, gehört also zum Standardrepertoire eines Akustikers. Eines Tages kam eine Kundin ins Geschäft und sprach eine Mitarbeiterin an: „Darf ich bitte mal Ihre Toilette benutzen?“. Natürlich, kommen Sie bitte mit, ich zeige Ihnen, wo die ist. Die Mitarbeiterin voran, die Kundin hinterher, Mitarbeiterin öffnet die Toilettentür, tritt zur Seite und – gelernt ist schließlich gelernt: „Nehmen Sie doch schon mal Platz.“

Der Klapperstorch (2018)

RrrrrrrrrrrrrrrrrrrrrrrrrrrrrrrrrrrrrrRATATAT.

RrrrrrrrrrrrrrrrrrrrrrrrrrrrrrrrrrrrrrRATATAT.

RrrrrrrrrrrrrrrrrrrrrrrrrrrrrrrrrrrrrrRATATAT.

Lettland, irgendwo in der Walachei. Hier haben Ute und ich für ein paar Tage einen Ferienbungalow gemietet. Alleinlage, großes Rasengrundstück, drumherum dichter Wald, See in Laufweite. Perfekt.

Die erste Nacht, morgens, kurz nach fünf. RrrrrrrrrrrrrrrrrrrrrrrrrrrrrrrrrrrrrrRATATAT. RrrrrrrrrrrrrrrrrrrrrrrrrRATAT. Und immer wieder: RrrrrrrrrrrrrrrrrrrrrrrrrrrrrrrrRATATAT. Presslufthammer, höchste Stufe!

Moment mal, Presslufthammer?

Selbst aus dem Tiefschlaf aufgeschreckt und noch völlig umnebelt, ist mir doch irgendwie klar, dass das in einem Ferienhäuschen – auch wenn dieses Häuschen mitten in Lettland steht und ich nicht so ganz genau weiß, wie die Letten so drauf sind – eher unwahrscheinlich ist, zumal noch um diese Uhrzeit. Was also zum Teufel ist das?

Schlafumnebelt, wie ich bin, schaffe ich es nicht, mich aufzuraffen; und Ute ging es genauso. Nachdem ich mich nochmals davon überzeugt hatte, dass das Hämmern weder auf einen Presslufthammer neben mir noch auf einen Maschinengewehrangriff feindlicher Mächte zurückzuführen war (weiß der Geier, schließlich sind wir tief im Osten Europas), beschlossen wir einmütig, den Lärm auszusitzen (bzw. auszuliegen). Ist vermutlich die verdammte Heizung oder sonst was mit der Haustechnik, was weiß denn ich. Unsere Geduld wurde belohnt, nach einigen Minuten hörte der Lärm genauso schlagartig (hi hi, Wortwitz) auf, wie er begonnen hatte. Alles prima. Und gute Nacht.

Tagsüber: Himmlische Ruhe. Heizungsraum. Nix zu entdecken. Heizkörper: Keine Auffälligkeiten. Soll ich lieber mal den Vermieter anrufen? Hmmmm, mein Lettisch bewegt sich in sehr engen Grenzen. Englisch würde funktionieren, aber ..... Komm, lass mal, wird schon passen.

Die zweite Nacht, morgens, kurz nach fünf. RrrrrrrrrrrrrrrrrrrrrrrrrrrrrrrrrrrrrrrRATATAT. RrrrrrrrrrrrrrrrrrrrrrrrrRATAT. Und immer wieder: RrrrrrrrrrrrrrrrrrrrrrrrrrrrrrrrrrrrrRATATAT. Presslufthammer, höchste Stufe!

Jetzt reicht`s! Also raus aus dem Bett. Ich tapere Richtung Lärmquelle. Ja, kommt eindeutig aus Richtung Haustür. Noch zwei Schritte um die Ecke und ich kann die verglaste Tür sehen; und ich traue meinen Augen nicht. Vor der Tür steht ein offensichtlich völlig durchgeknallter Klapperstorch und macht seinem Namen alle Ehre, indem er mit aller Wucht und Gewalt, der er fähig ist (und das ist nicht wenig) mit seinem Schnabel im Stakkato immer wieder an die Glasscheibe der Haustür schlägt. Dabei wedelt er auch noch furchterregend mit seinen Flügeln.

Der wahre Chef des Grundstücks

Ich stehe da und sehe - und vor allen Dingen höre - fassungslos zu. RrrrrrrrrrrrrrrrrrrrrrrrrrrrrrrrrrrRATATAT. RrrrrrrrrrrrrrrrrrrrrrrrrrrrrrrrrrrRATATAT. Immer wieder.

In diesem Moment sieht er mich. Er hält inne und schaut mich an. Dann wieder: RrrrrrrrrrrrrrrrrrrrrrrrrrrrrrrrrrrRATATAT. Ich gehe einen Schritt auf ihn zu. Er schaut mich kurz an. RrrrrrrrrrrrrrrrrrrrrrrrrrrrrrrrrrrRATATAT. Noch einen Schritt. RrrrrrrrrrrrrrrrrrrrrrrrrrrrrrrrrrrRATATAT. Will er sein Revier verteidigen? Sind WIR hier die Eindringlinge?

Plötzlich hört er mit seinem Gehämmere auf, dreht sich um und stolziert über den Rasen, jede seiner Bewegungen drückt in aller Deutlichkeit aus: „Dies alles hier gehört mir.“Dann erhebt er sich majestätisch und fliegt davon. WAS? WAR? DENN? DAS?

In diesem Moment dämmerte mir, dass der Vermieter bei der Schlüsselübergabe irgendwas von einem „crazy stork“ und „early morning“ erzählt hatte. Hatte ich mich doch nicht verhört? Anscheinend nicht. Als ich den Vermieter anrufe, erfahre ich die ganze traurige Geschichte: Letztes Jahr hat der Storch seine Partnerin, mit der er seit Jahren glücklich und zufrieden auf dem Grundstück lebte, verloren. Damit kann er sich bis heute nicht abfinden; er denkt, seine Freundin versteckt sich in dem Ferienhaus und wartet darauf, dass er um sie wirbt. Und das macht er, Tag für Tag ……

Die Flucht: Aufbruch – 6. März 1945, 5.00 Uhr

Neu-Malzkow, 6. März 1945, 5.00 Uhr

Zeit, aufzubrechen. Die Familie saß die ganze Nacht zusammen, um den Morgen abzuwarten. Natürlich konnte niemand schlafen. Alle Gedanken kreisten um die Heimat, die sie nun verlassen mussten und, viel schlimmer noch, um ihre völlig ungewisse Zukunft. Was ist morgen, was in einer Woche, was in einem Monat? Würden sie den Russen in die Hände fallen? Würden sie auf ihrer Flucht bei Fliegerangriffen verwundet oder getötet werden? Würde die Familie auseinandergerissen werden? Was wäre dann mit Burkhard und Jürgen?

Dazu kam: der Weg nach Westen war durch die Russen abgeschnitten. Es gab nur noch die Möglichkeit, Richtung Danzig zu fliehen, um den Russen über die Ostsee, möglichst in den Westen Deutschlands, mindestens aber nach Dänemark, das zu dieser Zeit noch unter deutscher Besatzung stand, zu entkommen.

Aber was wäre, wenn sie denn tatsächlich auf ein Schiff gelangen würden? Würde ihr Schiff angegriffen und vielleicht sogar versenkt werden? Die Russen flogen nicht nur immer wieder Angriffe auf die Flüchtlings-Trecks, sie nahmen auch die Schiffe unter Beschuss. Und unterstützten dadurch die russischen U-Boote, die mehr als eines der Flüchtlingsschiffe torpediert und damit versenkt hatten. Zwecklos, darüber nachzudenken, es gab einfach keine andere realistische Alternative.

Realitätsverlust des Führers:

Am Montag, dem 1. Januar 1945, erliess Hitler aus dem Führerhauptquartier «Adlerhorst» in Ziegenberg bei Bad Nauheim seinen letzten «Neujahrsaufruf an das deutsche Volk»:

«Millionen Deutsche aller Berufe und aller Lebensstände, Männer und Frauen, Knaben und Mädchen bis herab zu den Kindern, haben zum Spaten und zur Schaufel gegriffen. Tausende von Volkssturm-Bataillonen sind entstanden oder im Entstehen begriffen. Divisionen sind neu aufgestellt. Volks-Artillerie-Korps, Werfer- und Sturmgeschützbrigaden, sowie Panzerverbände wurden aus dem Boden gestampft, Jagdgeschwader wieder aufgefrischt und mit neuen Maschinen versehen, und vor allem die deutschen Fabriken haben durch die deutschen Arbeiter und Arbeiterinnen Einmaliges geleistet. So wurde, was immer unsere Gegner zerschlagen haben, mit übermenschlichem Fleiss und einem Heldenmut sondergleichen wieder aufgebaut, und dies wird so lange geschehen, bis das Beginnen unserer Feinde eines Tages ein Ende findet. Das, meine Volksgenossen, wird einmal eingehen in die Geschichte als das Wunder des 20. Jahrhunderts! Ein Volk, das in Front und Heimat so Unermessliches leistet, so Furchtbares erduldet und erträgt, kann daher auch niemals zugrunde gehen. Es wird aus diesem Glutofen von Prüfungen sich stärker und fester erheben als jemals zuvor in seiner Geschichte.»

Literaturverzeichnis, 3)

<u>Und die Wirklichkeit:</u>

Doch das Volk war am Ende seiner Kraft. Der Krieg war längst verloren, an allen Fronten mussten die deutschen Armeen der Übermacht ihrer Gegner weichen. Der Untergang war nur eine Sache von Monaten. Aber noch glaubten Soldaten wie Zivilisten an den bevorstehenden Einsatz von Wunderwaffen, die das Unheil in letzter Minute abwenden sollten. Verbissen kämpfte die Wehrmacht weiter. Die Stabschefs stritten sich um die wenigen verfügbaren Divisionen: Generaloberst Guderian, Chef des Generalstabes im OKH, wollte um jeden Preis die Ostfront auffüllen, während Generaloberst Jodl, sein Gegenpart im OKW, auch nach dem Zusammenbruch der Ardennen-Offensive keinen Mann von der Westfront abziehen wollte.

Hitler hatte für seinen letzten Heldenkampf den Westen auserkoren. **<u>Der Osten war für Hitler in diesen Tagen nicht wichtig.</u>** Als

Generaloberst Guderian die jüngsten Zahlen über den gewaltigen russischen Aufmarsch zwischen Memel und Budapest vorlegte, wurde Hitler wütend. «Das ist der grösste Bluff seit Dschingis Khans Zeiten!» schrie er Guderian an. Am Neujahrstag empfing er seine Paladine zur Gratulationscour. Die Atmosphäre war gespannt. Man sprach von der Neujahrsoffensive im Elsass und von einem dritten Schlag, den der grösste Feldherr aller Zeiten bald führen werde.

Guderian stand schweigsam dabei. Er wartete noch den Festakt ab, in dem Oberstleutnant Rudel das neugeschaffene goldene Eichenlaub mit Schwertern und Brillanten zum Ritterkreuz des Eisernen Kreuzes nebst seiner Beförderung zum Oberst verliehen wurde. Dann fuhr der Generaloberst nach Zossen zurück. Am 4. Januar reiste er zu einer mehrtägigen Inspektionsfahrt an die Ostfront. Bei der Heeresgruppe Süd konnte er sich davon überzeugen, dass sich die Lage an der ungarischen Front nicht stabilisieren liess. Die Übermacht der Russen war zu gross, als dass General Wöhler auch nur eine einzige Division für den bedrohten Norden oder den Mittelabschnitt hätte abgeben können. Auch SS-General Gille zuckte nur die Schultern: «Wir haben nicht mehr das Material von 1940. Ich brauche drei Leute, wo ich früher mit zweien oder gar nur einem ausgekommen wäre.»

Guderian fuhr nach Krakau zu General Harpe, dem kommandierenden General der Heeresgruppe A. Hier oder bei der nach Norden anschliessenden Heeresgruppe Mitte würden die Russen ihre grosse Winteroffensive starten. Harpe schlug vor, die Front zur Einsparung von Truppen etwa 20 Kilometer vom Weichselufer zurückzunehmen.

Guderian sagte, er werde Hitler den Vorschlag unterbreiten. «Aber ich muss Sie warnen, Harpe. Das kann für Sie schlimme persönliche Folgen haben.» «Soll er mich doch kassieren», erwiderte Harpe ruhig, «ich tue nur meine Pflicht.» Am gleichen Abend rief Guderian den Befehlshaber der Heeresgruppe Mitte, Generaloberst Reinhardt, in dessen Hauptquartier in Wartenburg bei Allenstein an. Dem Westpreussen Guderian war die Situation in Ostpreussen so vertraut, dass er sich die Reise dorthin sparen konnte: Die 3. Panzerarmee hielt . Seine Befürchtungen sollten sich sehr schnell erfüllen.

den Raum zwischen der Memel und Gumbinnen, die 4. Armee lag im östlichen Ostpreussen in einem nach Osten vorspringenden Bogen, der sich von Gumbinnen über Fillipow bis zum Narew erstreckte. Daran schlossen sich die Stellungen der 2. Armee, die das nördliche Polen abschirmte. Der Heeresgruppe Mitte mit ihren 35 angeschlagenen Divisionen standen weit über 100 ausgeruhte sowjetische Divisionen gegenüber.

Auch Generaloberst Reinhardt war sich der grossen Gefahr bewusst. Er bat darum, seinen exponierten rechten Flügel vom Narew an die ostpreussische Grenze zurücknehmen zu dürfen. Guderian versprach, sein Möglichstes zu tun. Hier ging es nicht nur darum, ein zu grosses militärisches Risiko zu vermeiden: Im Raum der Heeresgruppe lebten über zwei Millionen Deutsche. Wenn die Front hier brach, waren sie der Willkür der Russen ausgeliefert – und was das bedeutete, wusste man seit dem Massaker von Nemmersdorf im vergangenen Herbst, als die Russen zum ersten Mal auf deutsches Gebiet vorgedrungen waren.

Die Wehrmacht würde vor einer Frontverkürzung die deutsche Zivilbevölkerung evakuieren, doch Gauleiter Koch hatte geschworen, jeden Quadratmeter Ostpreussens bis zum letzten Blutstropfen zu verteidigen. Kein Zivilist durfte ohne Genehmigung der Partei Ostpreussen verlassen. Und Koch hatte Hitlers volle Unterstützung. Guderian war machtlos

Noch während Guderian in Ungarn war, fielen in Moskau die Würfel. Churchill hatte Stalin schon im Dezember gebeten, die russische Offensive vorzuverlegen, um die in den Ardennen schwer bedrängten alliierten Truppen zu entlasten. Stalin brauchte jedoch strengen Frost. Er wollte seine Panzer nicht in den ostpolnischen Sümpfen oder den masurischen Seen absaufen sehen. Am Donnerstag, dem 4. Januar, hatten die Meteorologen endlich Hoffnung gemacht: Über Finnland hatte sich ein Hochdruckgebiet aufgebaut, das langsam nach Süden zog und Polarluft mit sich führte. In Leningrad stand das Thermometer bereits auf minus 15 Grad. Spätestens in einer Woche würde bis hinunter zum Schwarzen Meer Dauerfrost herrschen. Stalin hatte daraufhin den 12. Januar, einen Freitag, als ersten Angriffstag bestimmt.

Noch nie waren die Sowjets auf eine Offensive so gut vorbereitet gewesen – nicht zuletzt dank der amerikanischen Waffenlieferungen, die über Murmansk, Wladiwostock und Odessa eintrafen: Frachtschiff um

Frachtschiff mit Panzern, Artillerie, Flugzeugteilen und einer unabsehbaren Menge an Munition. Die sowjetische Industrie arbeitete auf Hochtouren. Offiziere und Mannschaften der fünf Heeresgruppen, die von der Ostsee bis zu den Karpaten zur Grossoffensive gegen Hitlerdeutschland angetreten waren, hatten noch nie so viele Waffen gesehen.

Nach der Herbstoffensive 1944 waren die sowjetischen Einheiten wieder aufgefüllt und durch frische mongolische und kaukasische Verbände verstärkt worden. Um die Deutschen zu täuschen, hatte man einen Teil der Truppen zu Schanzarbeiten eingeteilt, vor allem den nach vorn gezogenen Tross, so dass es den Anschein haben musste, als sei man mit dem Erreichten zufrieden und baue nun eine starke Verteidigungsstellung aus. Seit Monaten bestand strenge Urlaubssperre. Nach dem täglichen Waffendrill zeigten ausgesuchte Politkommissare den Männern Filme über die Untaten der faschistischen Imperialisten, die Verwüstung russischer Städte und Dörfer, die Leichen der Frauen und Kinder von Leningrad, Charkow, Stalingrad. Auch dem letzten Kanonier wurde der Gedanke an die Rache für Tannenberg 1914 eingeimpft. Und zum ersten Mal würden sie tief in deutsches Gebiet vorstossen und Beute machen.

Marschall K. K. Rokossowski war vor einigen Tagen zum neuen Befehlshaber der 2. Weissrussischen Front ernannt worden. Er würde durch den nördlichen Teil Polens und durch Ostpreussen bis nach Pommern vorstossen, während sich die 3. Weissrussische Front unter Marschall Tscherniakowski mit der schwierigen Ostseeküste begnügen musste. Südlich standen die Marschälle Schukow und Koniew mit der 1. Weissrussischen Front und der 1. Ukrainischen Front zum Stoss auf Schlesien und auf Berlin bereit.

Es waren über 200 russische Divisionen, die an der etwa 600 Kilometer langen Ostfront etwa 70 deutschen Divisionen gegenüberstanden. Als letzter der Befehlshaber war Rokossowski an die Front aufgebrochen, um sich mit seinen neuen Truppen vertraut zu machen. **Keine drei Wochen später würde er als Sieger am Geburtshaus des deutschen Generalstabschefs Guderian in Kulm an der Weichsel vorbeifahren.**

Literaturverzeichnis, 3)

Und so liefen sie los. Bis zur Hauptstraße waren es nur wenige hundert Meter. Dort wollten sie sich einem der durchziehenden Militärkonvois anschließen, um nach Danzig zu gelangen. Sie waren noch keine fünfzig Meter vom Haus entfernt, als Mutti es nicht mehr aushielt. Die ganze Nacht schon wuchs und wuchs ihre Wut. Nun aber explodierte sie. Nein, abbrennen würde sie das Haus nicht. „Wer weiß, vielleicht dürfen wir ja doch später wieder zurück", ging es ihr durch den Kopf. Aber die Gardinen, die bekommen die Russen nicht!

Erst kurz vor Weihnachten 1944 wurden von Mutti voller Stolz die neuen, schönen Wohnzimmergardinen aufgehängt. Vorher hat sie den schweren Stoff in wochenlanger Arbeit liebevoll zugeschnitten und abgenäht. Das Wohnzimmer sollte doch schön sein für Weihnachten. Vielleicht durften sogar der Vater oder die Brüder zu einem Heimaturlaub kommen. Da muss das Haus doch herausgeputzt werden.

Ein typisches Dorfhaus:

Das Bild des Dorfes war neben den Gebäuden, die zum Gut gehörten, geprägt von den Ziegelhäusern, in denen die Dorfbewohner lebten. Alle Häuser hatten ein Giebeldach, welches mit Dachziegeln versehen war. Die meisten dieser Häuser waren Zweifamilienhäuser, welche mit der längeren Seite der Straße zugewandt waren. Die Häuser hatten einen Schuppen für Kleinvieh und ein Nebengebäude für Kühe oder anderes Großvieh. Alle Familien hatten verschiedenste Tiere, die sie versorgen mussten. Dies ging von Kühen über Schweine bis hin zu Geflügel, Katzen und Hunden. Um diese Tiere und den eigenen Lebensunterhalt bestreiten zu können, wurde jeder Familie ein Stück Land zugeteilt, welches sie für ihren eigenen Bedarf bewirtschaften konnte.

Im Inneren der Häuser gab es mehrere Schlafstuben für Eltern, Kinder und andere im Haus lebende Personen. Eine Küche mit Ofen, einem Küchenschrank für Geschirr, Töpfe und andere Küchengegenstände sowie einem Tisch mit den zugehörigen Stühlen. Einige Häuser hatten auch eine Räucherkammer, in der zahlreiche Leckereien hergestellt werden konnten. In der sogenannten Familienstube, in der die meisten abendlichen Aktivitäten stattfanden, befanden sich ein Ofen mit einer Ofenbank und teilweise auch ein Plattenspieler oder Radio. In den 40er Jahren waren ein Großteil der Malzkower Häuser mit elektrischem Strom versorgt, so dass Plattenspieler und Radio sowie die Beleuchtung elektrisch betrieben werden konnten.

Der Fußboden in der Küche, der Familienstube und teilweise auch in den Schlafstuben waren mit Ziegelsteinen ausgelegt, da Dielenböden bei den getragenen Holzpantoffeln bzw. Holzschuhen zu sehr beansprucht worden wären. Dielenböden, welche dann mit Teppich ausgelegt worden waren, befanden sich hauptsächlich in Schlafräumen, wo mehrere Personen nächtigten. Die Ziegelböden wurden einmal wöchentlich gesäubert und anschließend mit sauberem Sand bestreut. Der Sand wurde aus hygienische Gründen eingesetzt, denn beim Ausfegen der Stube nahmen die Sandkörner z.B. Speisereste mit und hielten dadurch die Böden sauber. Die Wände waren meist mit einem farbigen Muster versehen, welches mit Hilfe eines mit Farbe getränkten Lappens auf die Wand aufgebracht wurde. Vor den Fenstern befanden sich meist weiße Gardinen.

Weiterhin gehörte zu den meisten Häusern noch ein Gemüsegarten, teilweise ein kleiner Blumengarten, ein oder mehrere Schuppen wo Werkzeuge und andere Hilfsmittel sowie zum Teil Torfbriketts eingelagert waren. Bereiche dieser Schuppen wurden u. a. für die Geflügelhaltung verwendet. Um auch im Winter mit Lebensmitteln versorgt zu sein, gehörte zu jedem Haus ein winterfester Vorratskeller, in dem Teile der Gemüseernte sowie eingemachte und getrocknete Früchte vor Frost sicher waren. Das stille Örtchen war meistenteils ein Holzverschlag, der in der Nähe des Misthaufens stand.

Literaturverzeichnis, 1)

Und jetzt? Jetzt sollen die Russen die schönen Vorhänge bekommen? Nein, nein und nochmals nein. Mutti drehte sich um und stürmte ins Haus zurück. „Lotte, was machst Du denn da? Bitte bleib hier! Wenn wir jetzt mitgenommen werden ...." Omas Stimme war voller Furcht, aber Lotte hörte nicht auf sie. Zornbebend rannte sie ins Wohnzimmer und betrachtete kurz die Vorhänge an den vier Fenstern. Dann machte sie sich ans Werk, riss den ersten Vorhang runter, trampelte darauf rum. Dann den zweiten, dritten, vierten .... Nun war ihr wohler, ihr Zorn wich langsam von ihr. Dann stieg tiefe Verzweiflung in ihr hoch, als langsam die Sinnlosigkeit ihres Tuns in ihr Bewusstsein durchsickerte. Mit hängend Kopf und Tränen in den Augen verließ sie - zum letzten Mal in ihrem Leben - ihr Elternhaus und gesellte sich wieder zu ihrer Familie.

10.00 Uhr. Die Stimmung wird immer gedrückter. Denn die Familie steht immer noch am Straßenrand, nun schon seit vier Stunden, in klirrender Kälte und heftigem Schneefall. Immer wieder ziehen Militärkonvois durch den Ort, immer wieder bittet und bettelt Gertrud, die als älteste Tochter das Kommando übernommen hatte, bei den Soldaten, um mitgenommen zu werden. Immer wieder hören sie: „Nein, keine Zivilisten! Wir dürfen niemanden mitnehmen und daran halten wir uns!"

Schließlich gewann bei Gertrud die Verzweiflung die Oberhand. Aus der Ferne konnte sie einen neuen Soldatentreck erkennen. „Mir reicht es jetzt. Dieser Konvoi MUSS uns mitnehmen. Ich stelle mich mitten auf die Straße und bewege mich keinen Millimeter weg. Entweder überfahren die mich, oder wir dürfen mit."

Vertreibung:

Ende 1944 zogen die ersten großen Flüchtlingszüge durch Malzkow. Diese kamen und blieben teilweise für eine Nacht im Ort. Die Flüchtlinge übernachteten in den Scheunen und Ställen der Anwohner. Die Todesnachrichten häuften sich und Verwundete wurden aus dem Lazarett in ihre Heimatorte entlassen.

Am 08. März 1945 gaben die in Malzkow stationierten SS-Einheiten dem Bürgermeister den Befehl das Dorf aufzugeben und zu fliehen. Die russischen Truppen näherten sich dem Ort aus Richtung Stolp. Daher setzte sich der Flüchtlingstrom von Malzkow aus über Lupow, Grumbkow und Darsin in Richtung Pottangow in Bewegung. Die russischen Truppen hatten die meisten Dorfbewohner bereits in Darsin eingeholt. Einige Familien schafften es bis Pottangow und Schurow.

Vier Familien gelang die Flucht über die Hafenstadt Gotenhafen. Bei dieser Flucht starben insgesamt 5 Dorfbewohner, unter ihnen der Förster Glowka und der Gespannführer Westphal. Die meisten Dorfbewohner kehrten nach Malzkow zurück, welches von den SS-Einheiten ohne größere Kampfhandlungen aufgegeben wurde.

Nach der Besatzung durch die russischen Truppen wurden zahlreiche Gehöfte zerstört, die Frauen wurden vergewaltigt und Krankheiten wie Typhus brachen aus. Die Ausweisung der ersten Dorfbewohner begann bereits im Jahr 1945. Im Jahre 1951 lebte immer noch die Hälfte der ehemaligen Dorfbewohner in Malzkow. Nach der Übergabe des Gutes von den Russen an die Polen wurden die letzten Bewohner ebenfalls aus Malzkow ausgewiesen.

Literaturverzeichnis, 1)

Die Truppe kam näher. Vorneweg ein Halbketten-Schützenpanzerwagen, in Anlehnung an die „Dicke Bertha“, das legendäre 42cm-Mörsergeschütz aus dem Ersten Weltkrieg, ebenfalls „Dicke Bertha“ genannt. Allein der Anblick dieses Fahrzeugs, das bedrohlich immer näher auf Gertrud zukam und keinerlei Anstalten machte, langsamer zu werden oder gar zu halten, hätte eigentlich genügen müssen, um Gertrud von der Straße zu vertreiben. Aber ihr Todesmut war größer. Sie blieb stehen und fixierte das Fahrzeug mit festem Blick. Und tatsächlich, plötzlich kamen das Fahrzeug und damit die ganze Kolonne zu stehen. Hinter dem Fahrzeug erschien ein Leutnant.

Fahrzeug mit festem Blick. Und tatsächlich, plötzlich kamen das Fahrzeug und damit die ganze Kolonne zu stehen. Hinter dem Fahrzeug erschien ein Leutnant.

„Was soll das, räumen Sie gefälligst die Straße!“ „Nein, ich gehe erst weg, wenn Sie uns versprechen, uns mitzunehmen.“ „Sie wissen genau, dass ich Sie nicht mitnehmen darf. Und nun verschwinden Sie endlich.“

Plötzlich erschien eine zweite Person neben dem Leutnant, ein Feldwebel, der, wie sich später herausstellen sollte, Toni hieß. Und Toni sorgte nicht nur dafür, dass Mutti und ihre Familie sich dem Treck tatsächlich anschließen durften. Er rettete ihr zwei Tage später auch noch das Leben.

Toni begann sofort, auf den Leutnant einzureden. „Herr Leutnant, bitte. Lassen Sie die Leute mitkommen. Es ist doch ihre letzte Chance. In zwei Tagen ist der Russe hier.“ Und so weiter und so fort. Und tatsächlich, der Leutnant hatte schließlich ein einsehen. Sie durften mitkommen. „Ok, dann kommt eben mit. Aber glaubt nicht, dass wir uns um Euch kümmern. Seht zu, wo Ihr bleibt. Guckt selbst, wo Ihr Platz findet.“ Mit diesen schroffen Worten verschwand er.

Toni aber kümmerte sich um die kleine Gruppe. Er lief die Fahrzeuge ab und schaute, wo noch Platz war. So fanden schließlich, aufgeteilt auf drei Fahrzeuge, alle Platz. Jürgen wurde im Laderaum der „Dicken Bertha“ versteckt, Gertrud und Oma durften mit in die Fahrerkabine und Mutti kam mit Burkhard in Tonis Fahrzeug unter. Und so zog der Konvoi weiter. Und mit ihm die Angst.

Russland, wir kommen (2018)

Moskau, mach Dich bereit

Mit der Planung für unseren Urlaub 2018 begannen wir irgendwann im Sommer/Herbst 2017. Ganz zu Beginn unserer Urlaubsplanungen gibt es immer ein Stadium, in dem jede Spinnerei erlaubt ist. Dadurch wollen wir möglichst außergewöhnliche Urlaubsziele finden. „Wir könnten doch mal für drei Wochen hinter unserem Haus zelten und uns dabei nur von dem ernähren, was wir im Garten finden“ ist da als Vorschlag ebenso ok wie „wir könnten doch mal zum Mond fliegen“. Bei unserer 2018er Planung erreichten wir dieses Stadium so ganz nebenbei, praktisch, ohne dass wir es bemerkten. Als die Planungsphase dann abgeschlossen war und ich mit den konkreten Vorbereitungen begann, merkte ich sehr schnell, dass „wir könnten doch mal zum Mond fliegen“ irgendwie doch realistischer gewesen wäre. Aber da war es schon zu spät.

„Wir könnten doch eine Autotour machen und endlich mal unsere Freunde auf Öland besuchen.“Damit war die in diesem Moment noch unspektakuläre Grundidee geboren. Wir planten schon lange den Besuch eines befreundeten Paares, das schon vor etlichen Jahren nach Öland (Schweden) ausgewandert ist.

Nachdem Öland beschlossen war, kümmerte ich mich um mögliche Reiserouten (Routenplanung war mein ureigenster Part). Kürzeste Routen sind über Lübeck mit der Fähre oder über Kiel/Flensburg. Hmm, langweilig, keine Herausforderung. Zumal wir diese Strecke schon kannten, seit wir 2009 bis hoch nach Kirkenes gefahren sind. Also, schau´n wir uns mal die Alternativen an. „Ute, was hältst Du denn davon, wenn wir über das Baltikum anreisen? Da waren wir noch nie. Wir schauen uns Litauen, Lettland und Estland an und nehmen dann von da irgendwo eine Fähre nach Schweden rüber.“ Ute war sofort Feuer und Flamme: „Ja, das machen wir.“ Wir beugten uns gemeinsam über die Karte. Utes Blick schweifte weiter gen Osten. „Du, guck mal. Von Estland ist es nicht weit nach St. Petersburg. Wollen wir das nicht auch noch mitmachen?“ Wow, mit dem Auto nach Russland! Da war ich sofort dabei. „Klar, das machen wir, sehr gute Idee!“, stimmte ich Ute in meiner damaligen Blauäugigkeit begeistert zu. „Und weißt Du was? Wir haben genügend Zeit. Dann nehmen wir Moskau auch noch mit. Das liegt genau auf der Route nach St. Petersburg. Und ich wollte schon immer mal mit unserem Auto um den Roten Platz rumfahren.“ Bemerken Sie die schleichende Steigerung der Herausforderungen?

Ich zu diesem Zeitpunkt leider nicht. Ute stimmte zu und damit war der Irrsinn perfekt.

Zu meiner Entschuldigung kann ich nur vorbringen, dass ich mittlerweile ein Kind des Schengener Abkommens geworden bin. Grenzkontrollen in Europa? Was´n das? Mal kurz mit dem Auto über Frankreich und Spanien nach Portugal? Kein Ding. Was, Reisepass vergessen? Na und? Wer braucht schon in Europa einen Reisepass, wir haben doch überall offene Grenzen. Tja, das war und ist meine Vorstellung von einem vereinten Europa; und diese Vorstellung habe ich auf unserer Russland-Reiseplanung übertragen: Polen, Lettland, Litauen, Estland, Weißrussland, Russland. Perfekt, alles Europa! Da wird die Reiseplanung ein Klacks. Mir ging zwar irgendwo im Hinterkopf rum, dass für Russland eventuell ein Visum notwendig sein könnte, aber das ist ja wohl nur eine kleine technische Angelegenheit an der Grenze.

Also, gehen wir´s an.

- Polen
- Weißrussland
- Moskau
- St. Petersburg
- Tallin (Estland)
- Riga (Lettland)
- Fährhafen Klaipėda (Litauen)
- Fähre nach Kopenhagen
- Öland

Perfekt, so machen wir das. Als grobe Reisezeit haben wir Mai/Juni 2018 festgelegt, wobei wir irgendwann Anfang Juni in Moskau einlaufen wollten. Anfang Juni 2018 in Moskau! Merken Sie was? Nein, natürlich nicht. Wie auch? Ich habe auch nix bemerkt! Aber es gibt Dinge, die sind da, egal, ob sie bemerkt werden oder nicht. So auch hier: nämlich die Fußballweltmeisterschaft 2018! Hm, was hat die Fußballweltmeisterschaft 2018 mit unserem Moskaubesuch zu tun? Tja, leider sehr viel. Denn die WM begann am 14. Juni 2018. Und wo begann sie? Richtig! In Moskau!

Mittlerweile hatten wir Mitte Januar 2018. Sollte ich nicht langsam mal mit den konkreten Vorbereitungen anfangen? Na ja, bis Mai ist´s ja noch ewig und wir wollten ja nicht nach Timbuktu oder so fahren. Und ich hab ja Routine, das zieh ich doch in ein paar Stunden durch. Und so wurde es Ende Januar, bis ich mich mal mit den näheren Reisemodalitäten der einzelnen Länder, die wir besuchen wollten, befasste. Ich beschloss, das Feld von hinten aufzurollen und begann daher mit Russland. Einreise mit dem Auto, was haben wir denn da? Google wird´s mir gleich sagen.

Tja, und ein paar googels später („googel" ist meine Internetzeit-Maßeinheit, im analogen Leben lässt sich das mit „Stunden" übersetzen, in Extremfällen (so auch hier) allerdings auch mit „Tagen"), war ich schlauer. Ach Du Scheiße: Visum nix an der Grenze, das muss richtig beantragt werden. Und zwar rechtzeitig vorher. Kann schon mal einige Wochen (!) dauern. Na gut, weiter: Internationaler Führerschein. Ok, kein Thema, muss ich neu beantragen.(Ach so, da muss ich ja persönlich hin, dauert auch wieder seine Zeit.)Ach, halt, hier: „¡Wenn Sie ganz sicher gehen wollen, lassen Sie sich Ihren Führerschein in die russische Sprache übersetzen." Hä, wo bin ich denn? Na egal, erstmal weiter: We, einen internationalen Kfz-Schein brauche ich auch noch???? Na ja, das mach ich mit, wenn ich mir den internationalen Führerschein hole. Ach so, da ist nicht die Führerscheinstelle, sondern die Kfz-Zulassungsstelle zuständig?

Nochmal anstehen? Oh Mann. Grüne Versicherungskarte: Endlich mal was Einfaches, ich rufe mal schnell meine Versicherung an, ist ja kein Ding. Wie, für Russland gibt es eine eigene, kann schon bis zu vier Wochen dauern, bis die bei mir ist!! So langsam erschließt sich mir, dass die Organisation der Tour wohl doch nicht in ein paar Stunden erledigt ist. Und das sind jetzt nur die Anforderungen für Russland.

Aber das war noch nicht alles. Es muss auch noch eine Migrationskarte ausgefüllt werden. Und natürlich eine Zollerklärung. Na, endlich mal was Einfaches, wir haben ja nichts zu erklären. Ach so, das Auto muss in die Erklärung auch mit rein? Na, schau´n wir mal. (Glücklicherweise kursiert im Netz eine deutsche Übersetzung.) Was um Gottes Willen ist die „Registrier-Nummer" des Autos? Klar, das ist die Fahrgestell-Nummer. Ne, die wird ja extra abgefragt. Ah, ganz einfach, die Autonummer. (Wenn´s google nicht gäbe, müsste es erfunden werden.)Und „Zollwert des Autos"? Weiß ICH doch nicht. Und: Muss ich über denselben Grenzübergang, über den ich eingereist bin, auch wieder ausreisen, weil ja das Auto dort registriert wurde? Fragen über Fragen.

An diesem Punkt war ich kurz vor dem Aufgeben. Bevor ich den Wahnsinn weitermache, muss ich erstmal entspannen. Kümmern wir uns mal um die Fahrtroute, das macht Spaß. Wie war das doch gleich. Polen – Weißrussland. Ok, Polen kein Problem, ist wie ne Fahrt von Bayern nach Hessen. Also, nehmen wir uns mal Weißrussland vor, wie schaut´s denn da aus, wird ja kein großes Ding sein (das war vor den Unruhen). Brauchen wir überhaupt ein Visum oder kommen wir da so durch, ist ja nur ne Durchreise, schwupp rein, schwupp durch, schwupp raus nach Russland, keine 600 km, nicht der Rede wert!

Halt, was steht da: Grenzübergang Weißrussland – Russland ist nur für Belarussen und Russen möglich. Wer schreibt denn sowas? Schauen wir mal auf die Seiten des Auswärtigen Amtes, die wissen wenigstens, wovon sie reden. Und was steht da: Grenzübergang Weißrussland – Russland ist nur für Weißrussland und Russen möglich. So viel dazu.

Also gut, fügen wir uns. Macht ja nichts, fahren wir einfach ein paar Kilometer weiter hoch nach Lettland, da gibt es schließlich auch Grenzübergänge und die sind wohl hoffentlich für alle offen. Weiterer Vorteil: Auf der Strecke kommen wir durch Vilnius, das wollen wir uns sowieso ansehen. Also, was sagt google: Grenzübergang Lettland – Russland. Ah, sag ich doch, kein Problem. Hier: Terehova. Also, siehste, geht doch. Googeln wir noch kurz, wie hier die Erfahrungen sind:

- „Wenn es eine Hölle gibt auf Erden, hier habe ich sie gefunden."
- „Kein Auto vor mir am Grenzübergang, aber 16 Stunden Wartezeit"
- „Es gibt genau EINE Toilette und die besteht aus einem Loch mit einer Mauer drum herum; die Mauer ist etwa 1 m hoch."

Ne, dann mach ich doch erstmal mit den Einreisebestimmungen Russland weiter. Also, wie ist das: Nach der Einreise in Russland muss man sich am jeweiligen Wohnort registrieren lassen. Dazu gibt es jeweils eine bestimmte Stelle. Kann auch mal einige Stunden dauern. Nee, oder? Wir übernachten doch immer nur ein- oder zweimal und dann jedes Mal diese Prozedur? Ah, nein, hier: Das ist nur notwendig, wenn Sie länger als sieben Werktage an einem Ort sind. Was für ein Glück, Entwarnung, sogar für Moskau haben wir höchstens fünf

Tage geplant. Aber was steht hier?: Im Zusammenhang mit der Fußball-WM gibt es Erleichterungen bei der Visa-Beantragung. Ah, das ist gut, endlich mal was Erfreuliches. Im Gegenzug ist es aber erforderlich, sich schon registrieren zu lassen, wenn Sie an einem Ort mehr als einen Tag bleiben. Was nun? Mehr als sieben Tage? Mehr als einen Tag?. Was gilt für wen? Gilt die „Mehr-als-einen-Tag-Regelung“ grundsätzlich für alle Visa während der Fußball-WM? Oder nur für die, die ihr Visum zusammen mit den Eintrittskarten erhalten haben? Fragen über Fragen. Die russische Botschaft ist ihrer Tradition, grundsätzlich keine Anfragen zu beantworten, in unserem Fall treu geblieben und andere Stellen – bis hin zum ADAC – konnten uns keine verbindliche Auskunft geben.

Schließlich haben wir die Problematiken folgendermaßen gelöst:

Bezüglich des Grenzübergangs sind wir – nach entsprechender Recherche - bis Estland hochgefahren und haben den – sehr empfehlenswerten – Grenzübergang Narva genommen. Dabei waren wir auf das Schlimmste vorbereitet. Tage vorher entwickelte ich schon Albträume, die in der Vorstellung gipfelten, dass uns die Esten aus Estland raus-, die Russen aber nicht nach Russland reinlassen würden. Wir würden tagelang im Niemandsland zwischen Estland und Russland herumirren, kein Trinken, kein Essen, keiner ist für uns zuständig. Schließlich würden wir sterben und nach Jahren per Zufall gefunden werden.....

Aber, was soll ich sagen: Nach einer Stunde waren wir in Russland. Wobei die russischen Grenzbeamte im Vergleich zu den estnischen deutlich freundlicher und hilfsbereiter waren; die Esten waren bestenfalls als reserviert zu bezeichnen, wobei es „ablehnend“ eigentlich besser trifft. Dieser Eindruck wurde bei unserer Ausreise bestätigt.

Und bezüglich der Registrierungsbestimmungen haben wir´s gehalten wie die Russen: wWr machen gar nix und Moskau ist weit (stimmte zwar für uns nicht, aber schließlich hat´s doch gestimmt, denn es hat niemanden gekümmert, ob wir registriert waren oder nicht).

Übernachtung im Ryokan oder: kleine japanische Sittenkunde (1993)

Heute geht es weiter vom Mount Fuji in das geschichtsträchtige Kyoto; hier wollen wir an einem der beiden prächtigen Umzüge, die während des jährlichen Gion-Fests durchgeführt werden, teilnehmen.

Die Vorfreude ist groß, insbesondere auch, weil uns in Kyoto ein besonderes Erlebnis erwartet: Wir würden in einem Ryokan übernachten. Ryokan sind traditionelle japanische Gasthäuser, oft für nur wenige Gäste und oft in irgendwelchen Nebenstraßen gelegen und von Familien betrieben (vergleichbar mit Pensionen in Deutschland). Eine Übernachtung beinhaltet normalerweise Frühstück und Abendessen, diese beiden Mahlzeiten werden auf dem Zimmer serviert. Ryokans sind traditionell mit allem japanischen Pipapo eingerichtet, also Tatami-Matten, Schiebetüren usw.. In der Mitte des Raums steht jeweils ein ca. 30 cm hoher (!) Esstisch (auf den wir noch zu sprechen kommen werden). Nach dem Abendessen wird dieser Tisch weggeräumt, um Platz für die in einem Schrank versteckten Futons zu schaffen, die dann zum Schlafen ausgelegt werden. In einer Nische vor der Toilette befindet sich ein kleines Waschbecken (auf das wir noch zu sprechen kommen werden). Eine Dusche bzw. ein Bad ist nicht auf dem Zimmer, denn Ryokans verfügen über Gemeinschaftsbäder (auf die wir noch zu sprechen kommen werden). Am Eingang des Ryokans werden die Straßenschuhe ausgezogen und zur Verwahrung abgegeben, im Gegenzug werden den Gästen japanische Hausschuhe ausgehändigt (auf die wir noch zu sprechen kommen werden). Von den Gästen wird erwartet, dass sie nach dem Frühstück „verschwinden“ und erst am späten Nachmittag wieder auftauchen.

Und allerspätestens mit Übernachtungen in einem Ryokan sind wir beim Thema „japanische Sitten und Gebräuche“:

Für uns war und ist es immer selbstverständlich, dass wir uns auf unseren Reisen den Sitten und Gebräuchen des jeweiligen Landes anpassen. Schließlich sind wir Gäste. Und da gebietet es schon die Höflichkeit, sich entsprechend zu benehmen (übrigens immer wieder ein Grund zum absoluten Fremdschämen: Wenn am Van-See, also im tiefsten Ostanatolien, Touristinnen in kleinen Fischerdörfchen im Bikini durch den Ort laufen (und da muss man schon „Danke“ dafür sagen, dass sie nicht gleich oben ohne unterwegs sind), begleitet von Männern in kurzen Hosen (oder, Steigerung, in Badehosen, die modisch dazu passenden FlipFlops lass ich jetzt lieber mal außen vor), ist das mehr als nur peinlich).

Und mit Sitten und Gebräuchen ist das so eine Sache. (Und) Japan ist hier nochmals die absolute Steigerung: Denn dieses Land besteht eigentlich nur aus Sitten und Gebräuchen. Das geht schon damit los, dass die Gegenüber sich bei einer Begrüßung voreinander verneigen. Wer sich da aber wann und wie tief verneigt, darüber gibt es ganze Bücher.

Und so ist uns auch klar, dass wir in fremden Ländern, so sehr wir uns auch darauf einstellen, ständig in irgendwelche Fettnäpfchen treten. Aber, sehr wichtig für uns: Wir versuchen zumindest, uns korrekt zu benehmen.

Und damit zu den uns im Zusammenhang mit einer Ryokan-Übernachtung besonders interessierenden Sitten und Gebräuchen, als da wären:

- Bevor eine Wohnung betreten wird, werden die Straßenschuhe gegen Hausschuhe getauscht;

- Ein weiterer Schuhtausch ist erforderlich, wenn Sie die Toilette aufsuchen möchten, denn es gibt spezielle Hausschuhe für die Toilette. Diese Schuhe sind in jeder japanischen Wohnung vor der Toilette zu finden. Um Verwechselungen zu vermeiden, sind diese Schuhe besonders gekennzeichnet;
- Jeder Gast erhält einen Kimono (Yukata), der überall im Ryokan getragen werden kann. Achtung – Fallstrick und immer wieder Anlass für Belustigung: Beim Anziehen des Yukata wird eine Seite über die andere Seite geschlagen. Dabei unbedingt aufpassen: Niemals die linke Seite unter die rechte Seite schlagen. Diese Form wird nur für Tote bei Bestattungen verwendet!
- Vor dem Abendessen wird eine Ganzkörperreinigung erwartet. In den Ryokan sind hierfür die Gemeinschaftsbäder vorgesehen, das sind kleine Schwimmbäder. Vor der Benutzung des Gemeinschaftsbades ist es erforderlich, sich abzuduschen.
- Das Essen wird an dem 30 cm hohen Tisch eingenommen. Hierzu kniet man, wie es in Japan Tradition ist, auf dem Boden und sitzt auf seinen Fersen (Seiza).

Jetzt könnte ich noch das halbe Buch mit japanischen Verhaltensregeln füllen, aber für unsere Ryokan-Übernachtung mögen die hier geschilderten genügen.

Wir beziehen unsere Zimmer, Ute und ich haben ein Doppelzimmer, Monika, unsere Freundin, die uns in diesem Urlaub begleitet, ein Einzelzimmer. Ute muss auf die Toilette. Achtung: Schuhtausch nicht vergessen! Kein Problem. Ute kommt stolz zurück: „Ja, ich habe nicht vergessen, vor dem Toilettenbesuch die Schuhe zu tauschen. Kurzer Blick auf ihre Füße. Ja, tatsächlich, BEVOR Du auf die Toilette gegangen bist, hast Du die Schuhe getauscht. Aber warum hast Du jetzt immer noch die Toilettenschuhe an?“

Monika möchte auf ihr Zimmer, um sich frisch zu machen. Wir verabreden uns für 17.30 Uhr. Dann wollen wir ins Gemeinschaftsbad, um uns - wie es die Tradition erfordert - für das Abendessen vorzubereiten. Normalerweise sind die Gemeinschaftsbäder nach Geschlechtern getrennt, unsere Gastgeberin hat uns aber schon beim Einchecken gesagt, dass sie eines der Bäder allein für uns reserviert hat, so dass wir das Bad zusammen benutzen können. Pünktlich um 17.30 Uhr steht Monika vor der Tür. „Habt Ihr Euch mit dem Duschen auch so geplagt?“ „ Hä, Duschen? Wo denn? Geplagt? Wir gehen doch jetzt erst ins Gemeinschaftsbad?” „Ja, aber vorher müssen wir uns doch gründlich abduschen!“ „Natürlich, aber die Duschen sind doch in den Bädern drin.“ „Was??“ Es stellte sich dann heraus, dass Monika davon ausgegangen ist, dass die Gemeinschaftsbäder nur betreten werden dürfen, wenn man sich VORHER abgeduscht hat. Und da die Gästezimmer nur ein kleines Handwaschbecken aufwiesen, hat Monika es wirklich geschafft, an (oder soll ich sagen „in“) diesem Handwaschbecken, wie auch immer, eine Ganzkörperreinigung vorzunehmen.

Es ist soweit! Wir haben uns im Gemeinschaftsbad gründlichst gereinigt, der Yukata ist korrekt angelegt, insbesondere haben wir die rechte unter die linke Seite geschlagen, wir leben also noch, wir sind zurück auf unserem Zimmer, das Abendessen kann kommen.´:

Selbstverständlich nehmen wir am Tisch die traditionelle Seiza-Position ein, schließlich weiß man, was sich gehört. Hey, ist ja richtig bequem, von wegen anstrengend, keine Ahnung, was die Weicheier da in ihren

Reiseführern schreiben. Wir sitzen fünf Minuten, zehn Minuten, so nach und nach merken wir dann doch ein Ziehen in den Beinen und so nach ca. 20 Minuten wissen wir, dass Seiza eine Vorstufe der – ebenfalls traditionellen – japanischen Folter ist. Falls Sie das Bedürfnis haben, unsere Gefühle nachvollziehen zu wollen, kein Problem: Nehmen Sie einfach die Seiza-Stellung ein, ist überhaupt nicht schwer. Und dann bleiben Sie einfach so sitzen. Sollte Ihnen dabei langweilig werden, lesen Sie gerne zur Abwechslung ein Buch oder schauen Sie ein bisschen fern. Und dann, je nach Ihrer Kondition, nach 15, spätestens aber nach 20 Minuten, wissen Sie, was ich meine.

Glücklicherweise hatten wir die Möglichkeit, uns während des Essens Erleichterung zu verschaffen. Uns wurde ein fünfgängiges japanisches Menu serviert, wobei der Ablauf beim Servieren der einzelnen Gänge immer gleich war: Wir sitzen in Seiza-Position am Tisch, es klopft an der Tür, eine nette japanische Dame serviert uns die Vorspeise. Wie es die japanische Höflichkeit erfordert, ernten wir ausschweifendes Lob und großen Beifall dafür, dass wir Seiza so formvollendet beherrschen. Die Dame wünscht uns guten Appetit und verlässt den Raum. Wir essen die Vorspeise und bemerken dabei so langsam das Ziehen in den Beinen. Aber, nur nicht schlapp machen! Was jeder ortsübliche Japaner kann, das können wir schon lange. Wo kämen wir denn da hin? Oje, das war jetzt die Vorspeise. Das heißt, es fehlen noch vier Gänge. Mal kurz die Servier- und Essgeschwindigkeit hochgerechnet: Hm, noch ca. zwei Stunden, bis wir wieder aufstehen dürfen! Aus diesen düsteren Überlegungen werden wir durch ein Klopfen aufgeschreckt. Der zweite Gang. Die Dame kommt herein: Sieht uns, reißt ihre Augen auf und ist total begeistert. Ihr sitzt ja immer noch im Seiza. Toll, das schaffen nicht Viele! Unsere Motivation steigt ins

Unermessliche. Unser Schmerz allerdings auch. Und dann, mitten während des zweiten Ganges, geben wir nacheinander auf und lassen uns zur Seite sacken und strecken die Beine aus. Oh, mein Gott, tut das gut, wenn der Schmerz nachlässt! Was für eine bequeme Stellung. Was soll´s, wir sind schließlich keine Japaner.

Aber selbstverständlich gilt es, den Schein aufrechtzuerhalten. Einmal aus Gründen der Selbstachtung, aber in erster Linie natürlich auch, um unsere nette Gastgeberin nicht zu enttäuschen und ihr vor allen Dingen zu beweisen, dass es auch Touristen gibt, die nicht unter die Kategorie „Warmduscher" fallen. Also: Aes erneut klopft,wir ruckzuck in Seiza-Stellung. Die Dame kommt, bewundert und lobt uns, serviert den nächsten Gang, verlässt den Raum und wir verlassen die Seiza-Stellung. So geht das einige Mal. Klopfen, noch etwas zu trinken? Klopfen, fehlt Ihnen etwas? Klopfen, der nächste Gang. Und wir dabei immer fleißig Seiza an, Seiza aus.

Plötzlich geht, ohne Klopfen, die Tür auf und unsere Gastgeberin steht im Raum. Sie hat das Anklopfen schlicht vergessen. Wir sofort aus unserer bequemen Stellung zurück zu Seiza. Aber, zu spät. Bums, waren wir enttarnt. Denn unsere Gastgeberin hat natürlich sofort kapiert, was los ist. Schallendes Gelächter. Leider war unser Nimbus als hartgesottene Touristen damit unwiderruflich dahin.

Ochos Del Salados (1993)

1993 sind wir zu einer von Hauser-Reisen organisierten Trekking-Tour nach Chile aufgebrochen. Unser Ziel war die Besteigung des Ochos Del Salados. Der Ojos del Salado ist mit einer Höhe von 6893 m der höchste aktive Vulkan der Erde, der höchste Gipfel in Chile und nach dem Aconcagua der zweithöchste Gipfel Südamerikas.

Wir machen für unser Leben gerne Höhentrekking (je höher, desto besser), klettern aber nicht. Daher hat uns diese Tour so gereizt, denn bis auf die letzten etwa 100 Meter vor dem Gipfel kann der Berg bestiegen werden, ohne dass Kletterkünste notwendig sind. Das war für uns eine ganz tolle Herausforderung, denn bisher dachten wir immer, der Kilimandscharo sei der höchste Berg, der, ohne klettern zu müssen, bestiegen werden kann.

Um es vorwegzunehmen: Wir sind bis ca. 6.500 m gekommen, dann haben wir uns ausgeklinkt. Das war für uns auch absolut ok, denn unser Ziel vor der Besteigung war, auf jeden Fall über 6.000 m zu kommen.

Exkurs: Verpflegung während der Trekking-Tour

Wir hatten ein Riesenglück mit unserer Reiseführung, aber das haben wir nur zufällig und so ganz nebenbei erfahren: Bei diesen Touren war immer auch ein eigener Koch dabei. Bei uns war dieser Koch Franzose; und er liebte seinen Beruf. Sobald wir irgendwo auf unserer Reise durch eine größere Ortschaft kamen, wurde sofort der örtliche Markt für einen stundenlangen Großeinkauf aufgesucht. Und entsprechend wurden wir versorgt. Einmal erhielten wir auf 5.200 m Höhe (!) Crepes Suzette. Flambierte Crepes! Frisch hergestellt! Auf 5.200 m Höhe! Und, überhaupt keine Frage: dazu gab´s Rotwein.

So wurden wir jeden Tag mit den besten und frischesten Leckereien versorgt, teilweise fühlten wir uns wie in einem französischen Sternelokal. Das fanden wir jetzt zwar ganz toll, aber irgendwie war das für uns dann auch selbstverständlich. Wir hatten schließlich eine Menge Geld für diese Reise bezahlt, da ist es klar, dass die Verpflegung entsprechend ist.

Diese Einstellung hatten wir jedenfalls bis zu dem Moment, in dem wir auf eine andere Hausergruppe trafen, die die gleiche Tour gebucht hatte. Hauser hat spiegelbildlich immer zwei Touren gleichzeitig durchgeführt. Das heißt, als wir in unseren Pickups auf dem Weg zum Ochos waren, war die zweite Gruppe auf dem Rückweg. Die Guides der beiden Touren hatten abgesprochen, dass wir uns auf einem Parkplatz treffen, um Erfahrungen auszutauschen. Da die andere Gruppe gerade vom Ochos zurückkam, konnten die uns schon mal Infos über Wetter, Bodenbeschaffenheit, Schnee usw. geben. Und so kam es dann auch. Bei dem Treffen haben wir uns dann auch allgemein über die Organisation und den Ablauf der Touren unterhalten. Und da kam es: Ein Mitglied der anderen Gruppe sagte: „Das ist ja alles ganz, ganz toll von Hauser organisiert, wir sind topzufrieden. Aber das Essen!! Unsäglich! Zum Frühstück bekommen wir praktisch jeden Tag Weißbrot und Marmelade. Und zum Mittag- und Abendessen jeweils wahlweise Hühnchen mit Reis oder Bohneneintopf. Und zum Trinken Wasser. Sonst nichts!"Da wussten wir Bescheid!

Eine der größten Herausforderungen beim Höhentrekking ist die Luft, die immer dünner wird. Bereits bei 3.000 m nimmt der Sauerstoffgehalt merkbar ab, ab 4.000 m wird es dann schon herausfordernd, ab 5.000 m wird es richtig heftig. Die einzige Möglichkeit, nach wie vor genügend Luft (genauer, Sauerstoff) zu bekommen, ist, die Geschwindigkeit den Körperbewegungen entsprechend anzupassen. Am Ende bewegen Sie sich nur noch in Zeitlupe. Und wehe, Sie vergessen das mal kurz. Ich sehe vor mir einen ausgesprochen hübschen Stein liegen, vergesse die Höhe, bücke mich in gewohnter Geschwindigkeit nach dem Stein .... und beginne zu japsen, bis ich nach 30 Sekunden wieder einigermaßen normal atmen kann.

Der Ochos – da isser – und da wollen wir rauf

Mit der Zeit gewöhnt sich der Körper dann an die dünne Luft, wobei eine gute Akklimatisation wichtig ist (auch, um die Gefahr der Höhenkrankheit zu verringern). Akklimatisation läuft im Idealfall so, dass drei bis vier Tagestouren in Regionen mit dünner Luft durchgeführt werden, die dann anschließend wieder auf Höhen unter 3.000 m enden. Die Touren gehen dann immer höher. Also z.B. erster Tag 3.500 m, zurück auf 2.900 m. Zweiter Tag hoch auf 3.900 m, zurück auf 2.900 m. Dritter Tag hoch auf 4.200 m, zurück auf 2.900 m. Nach einigen Tagen passt es dann. Wir waren am Ende so gut akklimatisiert, dass wir auf 4.500 m Höhe eine Runde Fußball gespielt haben.

Extrem ätzend in dieser Höhe sind die Nächte im Zelt. Draußen minus 30° (klingt allerdings schlimmer als es ist, da die Luft sehr trocken ist, von daher ist das nicht so ganz so dramatisch. Allerdings: Minus 30 Grad sind eben doch minus 30 Grad). Wir komplett eingemummelt in einem engen Zweimannzelt, Bewegungen fast unmöglich, Schlafsack eng rumgezogen. Und, da es außerordentlich wichtig ist, dass sehr viel getrunken wird (nein, kein Bier! Obwohl ....), mit der Gewissheit, mindestens einmal in der Nacht pinkeln zu müssen. Nachts, so gegen 2 Uhr, geht dann die Action los. Draußen Gegrummel, die ersten Zeltverschlüsse werden hochgezogen, dann die Flüche beim unvermeidlichen Stolpern über die Zeltschnüre. Und dann, dann muss ich halt auch raus.

Vergegenwärtigen wir uns nochmals kurz die Lage: 4.500 m Höhe, dünne Luft, jede Bewegung ist eine Bewegung zu viel, minus 30° und ich muss aufs Klo. Also raus aus dem Schlafsack, dauert ca. acht Minuten. Dann hocke ich in T-shirt, Unterhose und barfuß in der minus 30° kalten Luft. Jetzt sollte ich mir also mindestens noch Hose, dicken Pullover und natürlich die Trekkingschuhe anziehen. Gefühlte Dauer: 40 Minuten! Und: Nachher alles wieder retour! Never! Hoinzi, vergiss es. Ich will so schnell wie möglich wieder zurück in den Schlafsack! Also, was mach ich? Stolpere halbnackt aus dem Zelt, laufe barfuß (!) ein paar Meter zur Seite, verrichte mein Geschäft, komme zurück und packe mich wieder in den Schlafsack. Meine Füße spüre ich zwar nicht mehr, zufrieden bin ich aber trotzdem.

In solchen Nächten können die Gedanken schön schweifen, denn an Schlaf ist sowieso nicht zu denken. In dem Moment, in dem Du Dich in den Schlafsack reinwühlst, hast Du nur einen Wunsch: Bitte, bitte, lieber Gott, lass es so schnell wie möglich wieder hell werden.

Dann liege ich da. Und will mich rumdrehen. Und da ich nicht der Kleinste bin und das Zelt nicht sehr groß ist, sind mir (wieder mal) die Haare an der Zeltwand festgefroren. Was ich beim Rumdrehen schmerzlich merke. Und dann fange ich unweigerlich an, nachzudenken.

Du hast für diese gottverdammte Trekking-Tour 6.500 DM gezahlt. Und jetzt liegste auf 4.500 m Höhe in einem scheißkleinen Zelt, lässt Dir die Haare an der verdammten Zeltwand anfrieren und wartest nur drauf, dass es Morgen wird, weil Du wegen der Höhe ätzend Kopfweh hast und sowieso nicht schlafen kannst? Hmm 6.500 DM. Ne Dreiwochentour nach Hawaii, 5-Sterne-Hotel-Anlage, nachmittags lässig am Pool, alle halbe Stunde wird ein neuer Cocktail vorbeigebracht?? Würde ca. 5.500 DM kosten. Hoinzi, wie bekloppt kannst Du denn noch sein??????????????

Ungeduscht und fern der Heimat – nach einer Woche Höhentrekking nicht mehr ganz das blühende Leben

Auch die Relativitätstheorie kann in solchen Nächten sehr gut überprüft und verifiziert werden: Schlaflos, es soll nur morgen werden. Blick auf die Uhr:0:30. Oje. Warten, frieren, Kopfweh, denken. Blick auf die Uhr: 0:35. Hoinzi, jetzt beherrsch Dich mal. Jetzt guckst Du mal mindestens eine Stunde nicht mehr auf die Uhr. Ok, gehen wir´s an. Also. Warten, liegen, frieren, denken, Kopfweh, rumdrehen, frieren, warten, denken, Kopfweh. Aber jetzt, jetzt ist mindestens eine Stunde rum! Vielleicht ist es sogar schon 4.00 Uhr. Jetzt darfst Du mal wieder auf die Uhr gucken. 0:45 Uhr......

Aber dann, endlich, endlich! Es wird morgen. Und nun kommt der absolute Höhepunkt eines jeden Tages auf dieser Höhe: Der tägliche Toilettengang! Denn morgens wird groß gemacht! Mittlerweile sind wir ein eingespieltes Team. Die Truppe strebt auseinander. Jeder hat sich mittlerweile sein eigenes Plätzchen reserviert. Und dann immer das gleiche Ritual: Blick Richtung Osten, Hose runter und dann unendliche Erleichterung bei Minus 30° um den nackten Hintern und dabei einen unglaublich geilen Sonnenaufgang auf 4.500 m Höhe!!

Scheiß auf Hawaii, Scheiß auf die Cocktails, Scheiß auf alles andere. Hier, und nur hier, spielt sich das wahre Leben ab. Es gibt Milliarden Menschen auf der Welt. Aber diesen Sonnenaufgang hat der Schöpfer, wie immer er auch heißt, ganz allein für mich gemacht.

Ein bisschen Philosophie - Diese Weite, diese unendliche Weite ...

„Wir werden nie ferne Galaxien erreichen, denn schneller als das Licht werden wir uns nie bewegen können." Eine oft gehörte Aussage. Aber..... ist sie auch wirklich richtig? Lassen Sie uns ein Gedankenexperiment machen:

Der Proxima Centauri ist der Stern, der unserem Sonnensystem am nächsten ist. Die Entfernung beträgt 4,24 Lichtjahre. Das bedeutet, selbst wenn wir fähig wären, uns mit Lichtgeschwindigkeit zu bewegen, wovon wir weit entfernt sind, würden wir 4,24 Jahre brauchen, um den Proxima Centauri zu erreichen. Und da aufgrund unumstößlicher physikalischer Tatsachen die Lichtgeschwindigkeit die höchste Geschwindigkeit ist, die überhaupt erreicht werden kann, werden wir nie in der Lage sein, ferne Galaxien zu erreichen. Das sagen schon allein die Naturgesetze. Soweit die landläufige Meinung. Nun, lassen Sie uns ein kleines Gedankenexperiment machen:

Es geht um Dimensionen. Eine Dimension im hier gemeinten Sinn können Sie sich, vereinfacht ausgedrückt, als Richtung vorstellen. Ein gerader Strich zum Beispiel ist eindimensional. Er kennt nur die Richtung geradeaus (Länge). Wenn ich auf einem Strich laufe (ja, ja, nicht, was Sie jetzt denken), kann ich nur geradeaus laufen. Ich bin eindimensional unterwegs.

Lasse ich den Strich abknicken, habe ich zwei Dimensionen (Länge und Breite, eine Fläche). Hier habe ich schon mehr Bewegungsfreiheit: Ich kann mich in der Fläche geradeaus, rechts, links, quer und so weiterbewegen. Auf der Fläche bin ich also zweidimensional unterwegs.

Wir Menschen sind dreidimensional, wir leben also in drei Dimensionen. Zu Länge und Breite kommt noch die Höhe dazu. Wir denken auch dreidimensional (die von Manchen vertretene Ansicht, die Zeit sei die vierte Dimension, lasse ich hier einmal beiseite. Ich bin anderer Ansicht, für mich ist die Zeit lediglich eine Maßeinheit, wie zum Beispiel „Entfernung“, aber das tut hier auch nichts zur Sache und würde das Gedankenexperiment nur unnötig verkomplizieren).

Exkurs: Dimensionen

Eine Dimension: Linie

Zwei Dimensionen: Fläche

Drei Dmensionen: Raum

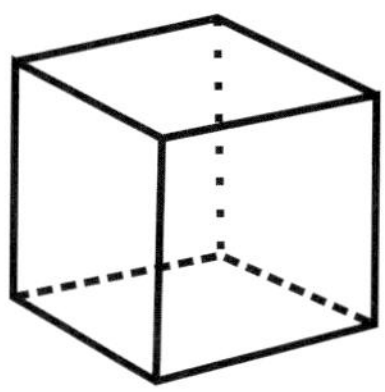

Nun stellen Sie sich vor, es würde ein zweidimensionales Wesen existieren, vielleicht eine Wanze. Dieses zweidimensionale Wesen kann sich nur auf der Fläche bewegen, es kennt keine Höhe. Eine Wand würde daher ein unüberwindliches Hindernis für dieses Wesen darstellen. Nun stellen Sie sich weiter vor, dass diese Wanze für ihr Leben gerne Schokoladenpudding isst. Sie würde alles dafür tun, an Schokoladenpudding zu kommen. Jetzt zu unserem Versuchsaufbau:

Die Wanze ist leider sehr kurzlebig, sie stirbt schon nach zwei Wochen. Und sie ist leider auch sehr langsam, sie kann in einer Stunde nur 10 Meter vorankommen. Wenn sie in ihrem ganzen Leben nichts anderes macht, als zu laufen, kommt sie lediglich 3.360 Meter voran.

Nun stellen wir, 40 Zentimeter von der Wanze entfernt, eine Schüssel mit Schokoladenpudding hin. Die Wanze weiß, dass wir die Schüssel dort hingestellt haben. Aber, wir sind fies: Wir bauen jetzt um die Wanze herum eine Mauer aus Legosteinen (eine Reihe Legosteine genügt). In dieser Mauer lassen wir nur einen einzigen Ausgang, durch den die Wanze den Pudding erreichen kann. Dieser (Ausgang) ist aber 100 Kilometer von der Wanze entfernt. Da die Wanze zweidimensional ist, kennt sie keine Höhe, denn sonst könnte sie einfach über die Backsteinmauer drüberkrabbeln. Aber da sie das nicht kann, müsste sie, um an den Pudding zu kommen, die 100 Kilometer an der Mauer entlanglaufen, dann auf die andere Seite wechseln und die 100 Kilometer zurücklaufen. Da sie aber weiß, dass sie nicht mal so lange lebt, um auch nur fünf Kilometer zu schaffen, verwirft sie diesen Gedanken sehr enttäuscht.

Jetzt stellen Sie sich dieses arme zweidimensionale Wesen nur einmal kurz vor, versuchen Sie, sich in seine Gedankenwelt hineinzuversetzen: Es ist komplett in seinem zweidimensionalen Universum gefangen. Sobald eine dreidimensionale Mauer auftaucht, und sei sie auch nur 1 mm hoch, kommt es an seine Grenzen. Es kann immer nur an der Mauer entlanglaufen, sie aber nie überwinden. Ist das nicht eine ganz und gar schreckliche Vorstellung?

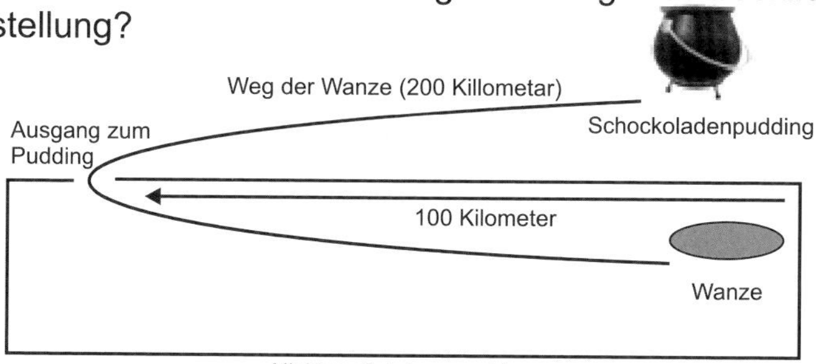

Nicht maßstabsgerecht

Nun sind wir zwar fies, weil wir zwischen die Wanze und den begehrten Schokoladenpudding eine für die Wanze unüberwindliche Mauer gestellt haben, aber wir sind keine Unmenschen. Wir wollten die Wanze ja nur ein bisschen ärgern. Also gehen wir zu der Wanze, nehmen sie in die Hand, heben sie über die Mauer und setzen sie vor ihrem geliebten Pudding ab. Und schwupp, ist die Wanze in Sekundenschnelle am Ziel.

Experiment Ende.

Nun ersetzen Sie die Wanze durch den Menschen, die Mauer durch den Weltraum, der uns die Entfernung zum Proxima Centauri vorgibt und stellen sich vor, dass es ein vierdimensionales Wesen gibt, dass uns, wie wir die zweidimensionale Wanze, in die Hand nimmt und uns über die „Mauer“ hebt. Und schwupp, sind wir in Sekundenschnelle beim Proxima Centauri.

Jetzt stellen Sie sich dieses arme dreidimensionale Wesen nur einmal kurz vor, versuchen Sie, sich in seine Gedankenwelt hineinzuversetzen: Es ist komplett in seinem dreidimensionalen Universum gefangen. Sobald eine vierdimensionale Mauer auftaucht, und sei sie auch nur 1 mm hoch, kommt es an seine Grenzen. Es kann immer nur an der Mauer entlanglaufen, sie aber nie überwinden. Ist das nicht eine ganz und gar schreckliche Vor……

Merken Sie es? Wir sind genauso eingemauert, wie diese arme Wanze, nur eine Dimension höher….

Vielen Dank für Ihr Interesse,

das ich sehr zu schätzen weiß!

Hoinzi

Literaturverzeichnis und Textverweise

1) Die Beschreibung des Ortes Neu-Malzkow (Rittergut, Aufbau der Häuser, Dorfleben, Verkehr) habe ich den sehr lesenswerten Informationen auf der homepage des „Stolper Heimatkreise e.V.“ entnommen (https://www.stolp.de/malzkow_einfuehrung.html)

2) „Chronik des Jahres 1945“, Württembergische Landesbibliothek Stuttgart, (https://www.wlb-stuttgart.de/seekrieg/ksp/ostsee/1945.htm)

3) Danziger Bucht 1945, Chronik einer Katastrophe, Egbert Kieser, 8. Auflage 1997, Bechtle-Verlag München

4) Einige Informationen über den Ablauf der Flucht (Tieffliegerangriffe auf der Flucht, Lagerleben in Dänemark) habe ich dem Buch “Der Weltkrieg hat meine Kindheit versaut“ von Heinz Voemel entnommen:
Voemel Heinz, „Der Weltkrieg hat meine Kindheit versaut“, BoD - Books on Demand, Norderstedt, ohne Jahresangabe, ISBN 978-3-7347-6014-3

hoinzi

„... und dann...
hab ich den
da gekriegt!"

Freuen Sie sich auf die Folgebände:

Band 2

Weiter, immer weiter oder: Der Weg ist das Ziel

Band 3

Apocalyse Now oder: Jeder Mensch muss einmal sterben, vielleicht auch ich

Band 4

Phönix aus der Asche oder: Lazarus lebt

Australien (1997)